La Raíz cuadrada del Verano

Harriet Reuter Hapgood

La Raíz cuadrada del Verano

Traducción de Laura Fernández

PUCK

Argentina – Chile – Colombia – España
Estados Unidos – México – Perú – Uruguay – Venezuela

Título original: *The Square Root of Summer*
Editor original: Roaring Book Press –A division of Holtzbrinck Publishing
Holdings Limited Partnership, New York
Ilustraciones: Kristie Radwilowicz
Traducción: Laura Fernández Nogales

1.ª edición Enero 2018

Aribau, 142, pral. – 08036 Barcelona
www.mundopuck.com

ISBN: 978-84-96886-71-1
E-ISBN: 978-84-17180-22-5
Depósito legal: B-26.174-2017

Fotocomposición: Ediciones Urano, S.A.U.

Impreso por: Rodesa, S.A. – Polígono Industrial San Miguel
Parcelas E7-E8 – 31132 Villatuerta (Navarra)

Impreso en España – *Printed in Spain*

Para mis padres, por todo

Índice

{1} PARTÍCULAS

El Principio de Incertidumbre dictamina que uno puede saber dónde se encuentra una partícula, o puede saber a dónde se dirige, pero no puede saber ambas cosas al mismo tiempo. Y resulta que con las personas pasa lo mismo.

Y cuando lo intentas, cuando te fijas demasiado, contraes el efecto del observador, que significa que, cuando intentas descubrir lo que está ocurriendo, interfieres en el destino.

Una partícula puede estar en dos sitios a la vez.
Una partícula puede interferir en su propio pasado.
Puede tener muchos futuros y muchos pasados.

El universo es complicado.

Sábado 3 de julio

[MENOS TRESCIENTOS SIETE]

Mi ropa interior está colgada en el manzano.

Estoy tumbada en la hierba mirando entre las ramas. Está atardeciendo y el sol brilla en el resto del jardín, pero aquí debajo estoy fresca, rodeada de oscuridad e insectos. Cuando inclino la cabeza hacia atrás todo el jardín se pone del revés; y mi colada también, como si fuera la guirnalda de banderines más triste del mundo.

Me asalta un *déjà vu* y se me ocurre una superestupidez: «Ey, Grey está en casa».

Cuando nuestra cuerda de tender se rompió hace unos años, mi abuelo Grey estaba justo debajo. «¡La madre que me parió!», rugió mientras lanzaba las prendas mojadas hacia arriba para que se secaran colgadas en los árboles. Le gustó tanto el resultado, que insistió en que lo repitiéramos cada vez que saliera el sol.

Pero Grey murió el septiembre pasado, y ya nunca hacemos esa clase de cosas.

Cierro los ojos y recito cien decimales de pi. Cuando los abro, mis bragas siguen adornando el manzano. Es una especie de recuerdo de cómo solían ser las cosas, y eso significa que sé perfectamente quién ha sido.

Entonces escucho su voz pronunciando mi nombre; el sonido flota hasta mí por encima de los arbustos.

—¿Gottie? Sí, sigue siendo un cerebrito.

Me doy media vuelta y miro entre los árboles. Mi hermano Ned acaba de entrar por la puerta de atrás que hay en la otra punta del jardín. Un metro ochenta, barbita de tres días, pantalones ajustados de piel de serpiente y una pinza prendida a la camiseta. Desde que ha vuelto de la facultad de arte hace un par de semanas, ha estado haciendo un *revival* de los veranos de Grey: ha sacado las cosas de nuestro abuelo de la caseta del jardín, ha cambiado algunos muebles de sitio, pone sus discos. Ahora se está tomando una cerveza sentado en la hierba mientras finge que toca la guitarra con la otra mano. Nunca se está quieto.

Entonces veo quién lo sigue y me agacho instintivamente. Jason. Su mejor amigo y bajista del grupo. Se sienta despacio y yo clavo los ojos en la espalda de su chupa de cuero.

—Acaban de dar las siete —está diciendo Ned—. Supongo que Grots volverá pronto a casa, si quieres saludarla.

Arrugo la nariz al escuchar el mote. *Kla Grot* —Sapito Bueno—. ¡Ya tengo diecisiete años!

—¿Tan tarde es? —La voz de Jason es un rugido grave—. Deberíamos llamar a los otros, ensayar todo el grupo aquí.

«No, no hagáis eso», pienso. «¡Largo!» Ya he tenido bastante con Ned de vuelta estas últimas dos semanas, que ha puesto la casa patas arriba con su música, el ruido y el desorden. No quiero por aquí también a los Fingerband rascando sus guitarras toda la noche y hablando sin parar. Y menos teniendo en cuenta que en septiembre decidí hacer voto de silencio.

Y luego está Jason. Rubio, con su tupé y sus ojos azules. Es guapísimo. Y, para ser exactos, es mi exnovio.

Exnovio *secreto.*

Bufff.

Aparte del funeral, ésta es la primera vez que lo veo desde que terminó el verano. Es la primera vez que lo veo desde que estuvimos haciendo el amor bajo el sol.

Ni siquiera sabía que había vuelto. No sé cómo he podido no enterarme; nuestro pueblo, Holksea, es del tamaño de un sello postal. Apenas hay las casas suficientes para una partida de Monopoly.

Tengo ganas de vomitar. Cuando Jason se marchó a la universidad, no es así como imaginé que volveríamos a vernos: yo espiándolo por entre los setos como el enorme Buda de piedra de Grey. Estoy petrificada, obligada a quedarme donde estoy, mirando fijamente la parte de atrás de la cabeza de Jason. Una imagen demasiado impactante para mi corazón y, al mismo tiempo, insuficiente.

Entonces *Umlaut* aparece de la nada.

Un borrón rojizo que recorre el jardín y aterriza maullando junto a las botas camperas de Ned.

—Hola, enano —dice Jason, sorprendido—. Tú eres nuevo.

—Es de Gottie —inventa Ned. Lo del gato no fue idea mía. Apareció un día de abril, por cortesía de papá.

Ned se levanta y empieza a observar el jardín. Intento fusionarme con el paisaje, convertirme en una hoja de metro setenta, pero mi hermano ya viene pavoneándose hacia mí.

—Grots —Se pone en plan guay alzando la ceja—. ¿Estás jugando al escondite?

—Hola —contesto dándome la vuelta para mirarlo.

La cara de mi hermano es un reflejo de la mía: piel aceituna, ojos oscuros, nariz ganchuda. Pero él lleva el pelo castaño suelto y sin cepillar por encima de los hombros, y yo hace cinco años que no me corto el mío, y siempre lo llevo recogido en un moño. Y sólo uno de los dos lleva pintada la raya de los ojos. (Pista: no soy yo.)

—La encontré.

Ned me guiña un ojo. Entonces, con una rapidez pasmosa, saca el móvil del bolsillo y me hace una foto.

—Uuuuggghhh —me quejo escondiendo la cara. Una de las cosas que no he añorado durante todo el tiempo que ha estado fuera: la manía de jugar a *paparazzo* de Ned.

—Deberías venir con nosotros —me dice por encima del hombro—. Voy a preparar *frikadeller*.

La perspectiva alimenticia me obliga a salir de mi escondite, a pesar de lo poco que me apetece. Me levanto y lo sigo por entre los arbustos. Jason sigue ganduleando entre las margaritas. Está claro que ha adquirido un nuevo hábito en la universidad: tiene un cigarrillo medio consumido en la mano, y lo levanta cuando saluda esbozando media sonrisa.

—Grots —dice sin mirarme a los ojos.

«Así es como me llama Ned», pienso. «Tú me llamabas Margot.»

Quiero decir hola, quiero decir muchas más cosas, pero las palabras desaparecen antes de llegar a mi boca. Tal y como dejamos lo nuestro, todavía tenemos muchas cosas que decirnos. Mis pies echan raíces mientras espero a que se levante. A que hable conmigo. Que me alivie.

Noto el peso del móvil en el bolsillo, no tengo ningún mensaje. Jason nunca me escribió para decirme que había vuelto.

Aparta la mirada y le da una calada al cigarrillo.

Después de un silencio, Ned da una palmada.

—Venga, par de charlatanes —exclama con alegría—, vamos dentro a freír albóndigas.

Se marcha hacia la casa y Jason y yo lo seguimos en silencio. Cuando llego a la puerta, estoy a punto de acompañarlos a la cocina, pero algo me detiene. Igual que cuando tienes la sensación de haber escuchado tu nombre y te quedas como colgando de un hilo. Me planto en el umbral y miro hacia el jardín. Veo el manzano, con sus flores de ropa interior.

La luz de la tarde se está condensando a nuestra espalda, en el aire flota una densa nube de mosquitos y madreselva. Me estremezco. Estamos en pleno verano, pero tengo una sensación de final, no de principio.

Aunque quizá todo se deba a la muerte de Grey. Todavía me parece como si la luna se hubiera caído del cielo.

Domingo 4 de julio

[MENOS TRESCIENTOS OCHO]

A la mañana siguiente bajo a la cocina muy temprano, y cuando estoy llenando un cuenco de *birchermuesli* me doy cuenta: Ned ha vuelto a colgar las fotografías en la nevera, un hábito decorativo de Grey que siempre odié. Porque en esa composición se ve el hueco que debería ocupar mi madre.

Tenía diecinueve años cuando nació Ned y se trasladó a Norfolk, llevándose también a papá. Tenía veintiuno cuando me tuvo a mí y murió. En la primera fotografía en la que aparezco después de eso tengo cuatro años y estamos en una boda. Papá, Ned y yo aparecemos apiñados. Por detrás de nosotros asoma Grey, una figura peluda, barbuda y con pipa, un Gandalf gigante con vaqueros y una camiseta de los Rolling Stones. Veo mi sonrisa mellada: llevo un corte de pelo que parece hecho en cualquier cárcel, camisa y corbata, zapatos con hebillas, unos pantalones remetidos por dentro de los calcetines mugrientos. (Ned lleva un disfraz de conejito rosa.)

Hace un par de años le pregunté a Grey por qué me habían vestido como un niño, y él se rio y me dijo: «Gots, tía, nadie te vestía de nada. Era cosa tuya. Incluso esa cosa tan rara que hacías con los calcetines. Tus padres querían que tú y Ned os expresarais con libertad». Después se marchó a remover el extraño estofado que estaba preparando.

A pesar de mi presunta insistencia infantil en vestirme como el señor Darcy, no soy una marimacho. Puede que estén colgadas de un árbol, pero mis bragas son de color rosa. Ayer me pasé la noche despierta y me pinté las uñas de los pies de color rojo cereza. Y en mi armario —aunque escondidos debajo de un montón de playeras— hay un par de tacones negros. Y creo ciegamente en el amor.

Eso es lo que había entre Jason y yo.

Antes de salir de la cocina, le doy la vuelta a la foto y la pego boca abajo con el imán.

Fuera hay una bucólica escena pastoril inglesa. Los altísimos *delphiniums* acarician un cielo sin nubes. Entorno los ojos al sol y me encamino hacia mi habitación: un anexo de ladrillo que se erige por detrás del manzano. Casi inmediatamente, mi pie choca contra algo sólido que encuentra en la hierba y salgo volando.

Cuando me incorporo y me doy la vuelta, Ned se incorpora frotándose la cara.

—Bonita imitación de diente de león —le digo.

—Bonita forma de despertar a alguien —murmura.

Por la puerta de atrás de la casa, que está abierta, oigo sonar el teléfono. Ned se despereza al sol como si fuera un gato, sin inmutarse por el sonido. Lleva una camisa de terciopelo arrugada.

—¿Acabas de llegar a casa?

—Más o menos. —Sonríe—. Jason y yo salimos después de cenar: ensayo de los Fingerband. Había tequila. ¿Está papá?

Como si lo hubiera hecho aparecer algún director escondido, papá emerge de la cocina con una taza en cada mano. En esta casa de gigantes, él es un *Heinzelmännchen*: un elfo pálido salido de algún cuento de hadas alemán. Sería invisible si no fuera por sus deportivas rojas.

Además, vive completamente en las nubes, ni siquiera se inmuta cuando nos ve allí tirados en la hierba, y se sienta entre mi cuenco volcado y yo. Le da una taza a Ned.

—Zumo. Toma, tengo que haceros una proposición a los dos.

Ned gruñe, pero se toma el zumo, y cuando separa la cara de la taza se le ve un poco menos verde.

—¿Qué proposición? —pregunto.

Siempre me desconcierta que papá conecte con la realidad el tiempo suficiente como para compartir alguna idea con nosotros. Tiene una seria deficiencia de *Vorsprung durch Technick*: precisión y eficiencia alemanas. No sólo olvidaría la manta para hacer el picnic, él también olvidaría el picnic.

—Bueno —dice papá—, os acordáis de los vecinos de al lado, ¿no? Los Althorpe…

Ned y yo nos volvemos automáticamente para mirar a través del jardín, a la casa que hay al otro lado del seto. Hace casi cinco años, nuestros vecinos se marcharon a Canadá. No vendieron la casa, así que siempre existió la posibilidad de que volvieran, a pesar del cartel de «Se alquila» y el continuo desfile de turistas, veraneantes y familias. Ahora la casa lleva unos cuantos meses vacía.

Incluso después de todo este tiempo, todavía recuerdo a ese mugriento niño pequeño con gafas de culo de botella que se colaba por el agujero del seto para enseñarme un puñado de gusanos.

Thomas Althorpe.

Si digo que era mi *mejor amigo* me quedo muy lejos de lo que significaba para mí.

Habíamos nacido la misma semana y crecimos juntos. Thomas-y-Gottie, éramos inseparables, un buen par de dos, los raritos del pueblo.

Hasta que se marchó.

Me miro la cicatriz de la palma izquierda. Lo único que recuerdo es un plan para jurar un pacto de hermanos de sangre, la promesa de seguir en contacto. Cinco mil kilómetros no cambiarían nada. Me desperté en urgencias con un vendaje en la mano y un agujero negro en la memoria. Cuando volví a casa, Thomas y sus padres se habían ido.

Esperé y esperé, pero nunca me escribió ninguna carta ni correo electrónico, ni me envió un mensaje en código Morse, ni nada de lo que dijimos que haríamos.

Se me curó la mano; me creció el pelo. Poco a poco yo también crecí. Poco a poco olvidé al chico que me olvidó a mi primero.

—Los Althorpe. —Papá irrumpe en mis pensamientos—. ¿Los recordáis? Se van a divorciar.

—Fascinante —grazna Ned.

Y, aunque me abandonó, se me encoge un poco el corazón por Thomas.

—Pues sí. La madre de Thomas, estaba hablando con ella por teléfono, vuelve a Inglaterra en septiembre. Thomas viene con ella.

Su anuncio conjura en mí una especie de certeza insólita. Como si llevara esperando a Thomas todo aquel tiempo. Pero ¡cómo se ha atrevido a no decírmelo! ¡Ha dejado que su madre llamara a mi padre! «Menudo gallina.»

—En fin, a ella le gustaría que Thomas se adaptara antes de que empiece la escuela, cosa que me parece muy sensata —dice, añadiendo un carraspeo, una reveladora señal típica de mi padre que deja entrever que hay más de lo que está explicando—. Ya sé que su plan es un poco repentino, pero le he dicho que Thomas puede quedarse con nosotros este verano. Ésa, ésa es mi proposición.

Increíble. No sólo vuelve, además va a vivir en este lado del seto. La inquietud florece como un puñado de algas.

—Thomas Althorpe —repito. Grey siempre afirmaba que decir algo en voz alta lo hacía realidad—. Se viene a vivir con nosotros.

—¿Cuándo? —pregunta Ned.

—Ah. —Papá le da un sorbo a su taza—. El martes.

—El martes, o sea, ¿dentro de *dos días*? —chillo como una tetera perdiendo toda la compostura.

—Espera —dice Ned. Su cara ha recuperado el verde resaca—. ¿Se supone que tengo que compartir litera con él?

Papá vuelve a carraspear y lanza el *Götterdämmerung*.

—En realidad, le he ofrecido la habitación de Grey.

Los cuatro jinetes. Una lluvia de ranas. Lagos de fuego en llamas. Puede que no conozca las Revelaciones, pero ¿mancillar el santo dormitorio de Grey? Es el apocalipsis.

A mi lado, Ned vomita en la hierba en silencio.

Lunes 5 de julio

[MENOS TRESCIENTOS NUEVE]

—¡Espacio-tiempo! —La señora Adewunmi desliza el rotulador por la pizarra—. El espacio matemático de cuatro dimensiones que utilizamos para formular… ¿el qué?

La física es mi asignatura preferida, pero mi profesora es demasiado entusiasta para ser las nueve de la mañana. Para ser lunes. Para cualquier día después de haberme pasado toda la noche despierta que, desde octubre, es básicamente siempre. «Espacio-tiempo», escribo. Y entonces, por algún motivo inexplicable —y lo borro automáticamente—: «Thomas Althorpe».

—E es igual a doña Cabeza-Cuadrada —murmura Nick Choi desde la otra punta de la clase.

—Gracias, Einstein —dice la señora Adewunmi, provocando las risas de toda la clase—. Ésa es la teoría de la relatividad especial. Espacio-tiempo: el espacio es tridimensional, el tiempo es lineal, pero si los combinamos, conseguimos un patio de juegos para toda clase de diversiones relacionadas con el mundo de la física. ¿Y fue calculado por...?

«Hermann Minkowski», pienso, pero en vez de levantar la mano la utilizo para esconder un bostezo.

—Fue ese tío, ¡Mike Wazowski! —grita alguien.

—¿El de *Monstruos, SA?*—pregunta Nick.

—Viajan entre dos mundos, ¿no, doña Cabeza-Cuadrada? —escucho por detrás de mí.

—Minkowski —aclara la señora Adewunmi por encima de los vítores y abucheos—. Vamos a intentar centrarnos en la realidad...

Pues, buena suerte. Estamos en la última semana del trimestre y el ambiente es tan efervescente como el dióxido de carbono, cosa que probablemente explique que la señora Adewunmi se haya saltado el programa y se esté divirtiendo un poco.

—¿Alguien quiere comentar algo sobre dimensiones interestelares? ¿Cómo describiríais una métrica unidireccional?

«Un agujero de gusano», pienso. Una métrica unidireccional es una explosión del pasado. Eso es lo que yo contestaría. Ned trayendo de nuevo a Grey al repatriar sus Budas, dejar minerales en el lavamanos del baño y cocinar con demasiado chile. Jason sonriéndome en el jardín después de casi un año.

Thomas Althorpe.

Pero yo nunca he intervenido en ninguna de las clases de la señora Adewunmi. No es que no sepa las respuestas. Y recuerdo que cuando iba al colegio de Holksea nunca me había importado contestar y que todo el mundo se quedara mirándome como si fuera una empollona. Nos conocíamos de toda la vida. En la ciudad, las clases son el doble de grandes y están llenas de desconocidos. Pero, básicamente, se debe a que, desde que murió Grey, me siento vulnerable cada vez que hablo en público. Como si fuera lo opuesto de invisible pero todo el mundo pudiera ver a través de mí.

Cuando la señora Adewunmi me mira, alza las cejas hasta esconderlas en su pelo afro. Ella sabe que conozco la respuesta, pero mantengo la boca cerrada hasta que se vuelve hacia la pizarra.

—Muy bien —dice—, ya sé que el trimestre que viene daréis fractales, así que avancemos un poco.

«Fractales», escribo. «Las formas que se reproducen de modo infinito en la naturaleza. La imagen general, la historia completa, son miles de historias diminutas, como un caleidoscopio.»

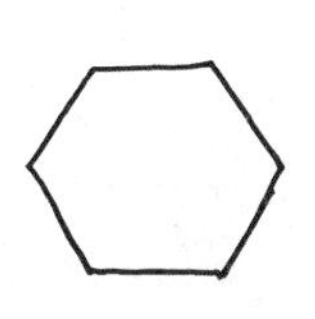
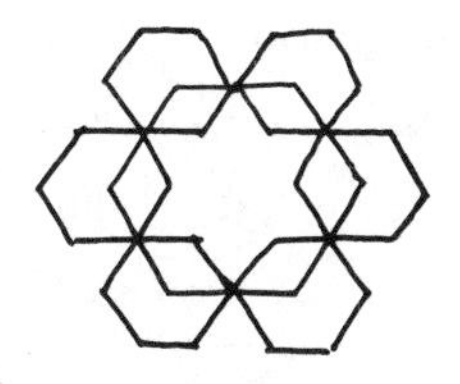
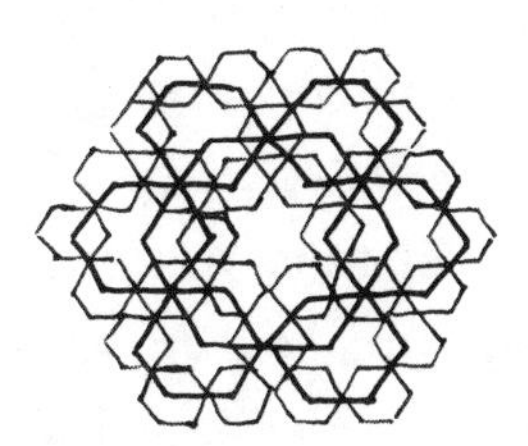

Thomas era un caleidoscopio. Él pintó el mundo de colores. Podría contaros mil historias sobre Thomas y seguiría sin transmitiros toda la verdad: mordió en la pierna a una profesora. El cura le prohibió la entrada a la feria de Holksea de por vida. Metió una medusa en la fiambrera de Megumi Yamazaki cuando ella dijo que mi madre estaba muerta; y se metía el regaliz por la nariz.

Pero era mucho más que eso. Según Grey, éramos «un par de lobeznos criados en el mismo estercolero». Thomas no encajaba en su lado del seto, con aquel césped tan bien cortado y las temibles y prácticamente inamovibles normas de su padre. Y yo no acababa de encajar en el mío, donde nos dejaban hacer lo que queríamos. No era que nos gustáramos, o nos quisiéramos, sencillamente, siempre estábamos juntos. Éramos uno. Y ahora va a volver...

Me siento igual que cuando le das la vuelta a una piedra del jardín y ves todos esos gusanos retorciéndose debajo.

El timbre suena demasiado pronto. Pienso que es un simulacro de incendio hasta que veo cómo todo el mundo a mi alrededor levanta una hoja de ejercicios. La pizarra está llena de anotaciones, ninguna tiene nada que ver con los fractales. De pronto el reloj dice que es mediodía. Y la señora Adewunmi va recogiendo las hojas, una a una, para añadirlas a su creciente pila.

Miro al frente aterrada. Tengo una hoja de ejercicios delante, pero no he escrito absolutamente nada. Ni siquiera recuerdo que me la dieran.

El chico que se sienta a mi lado, Jake Halpern, entrega su ejercicio y me golpea un poco con su mochila cuando se levanta del banco. La señora Adewunmi chasquea los dedos.

—Emm... —Me la quedo mirando y después miro mi papel en blanco—. No me ha dado tiempo —digo sin convicción.

—Pues muy bien —contesta frunciendo un poco el ceño—. Castigada.

Nunca me habían castigado. Cuando me presento en el aula de castigo después de la ultima clase, un profesor al que no conozco me sella el impreso y después agita la mano con aburrimiento.

—Busca un sitio y ponte a leer. Haz los deberes —dice, concentrándose de nuevo en sus correcciones.

Cruzo el aula sofocante y medio vacía hasta una silla libre que está junto a la ventana. Dentro de la carpeta encuentro el formulario de preinscripción universitaria que me han dado esta mañana en tutoría. Lo meto en el fondo de la mochila, para enterrarlo en el olvido, y saco la hoja de ejercicios de la señora Adewunmi. Como no tengo nada mejor que hacer, empiezo a escribir.

¡EL GRAN EXAMEN DEL ESPACIO-TIEMPO!

Nombra tres características básicas de la relatividad especial.

(1) La velocidad de la luz NUNCA cambia. (2) Nada puede viajar más rápido que la luz. Y eso significa (3) que, dependiendo del observador, el tiempo viaja a diferentes velocidades. Los relojes son una forma de medir el tiempo tal y como existe en la Tierra. Si el mundo girara más deprisa, necesitaríamos otra clase de minuto.

¿Qué es la relatividad general?

Es lo que explica la relatividad en el contexto del tiempo y el espacio. Un objeto —la manzana de Newton, por ejemplo— obliga al espacio-tiempo a curvarse a su alrededor debido a la gravedad. Por eso existen los agujeros negros.

Describe la métrica de Gödel

Es una solución a la ecuación $E = MC^2$ que «demuestra» que el pasado sigue existiendo. Porque si el espacio-tiempo es curvo, podrías cruzarlo para llegar hasta allí.

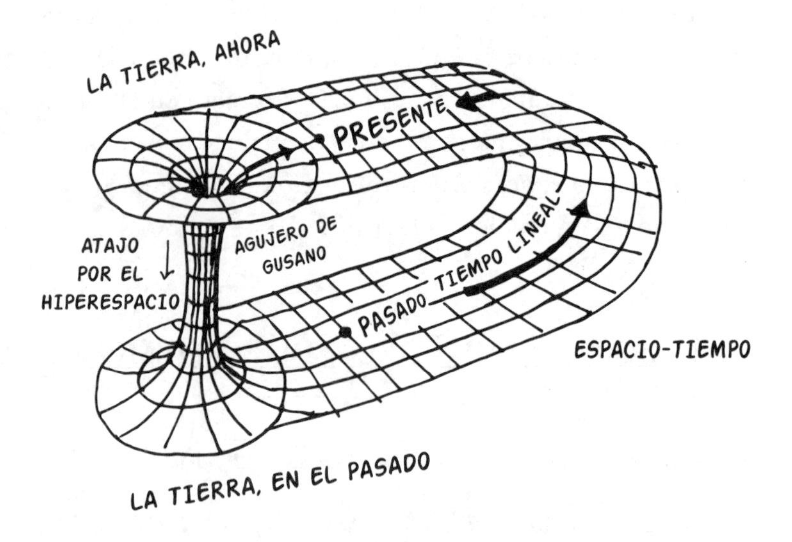

¿Cuál es la característica principal de la cinta de Möbius?

Es infinita. Para hacerla hay que retorcer una cinta de papel y pegar los extremos. Una hormiga podría recorrer toda su superficie sin cruzar nunca el final.

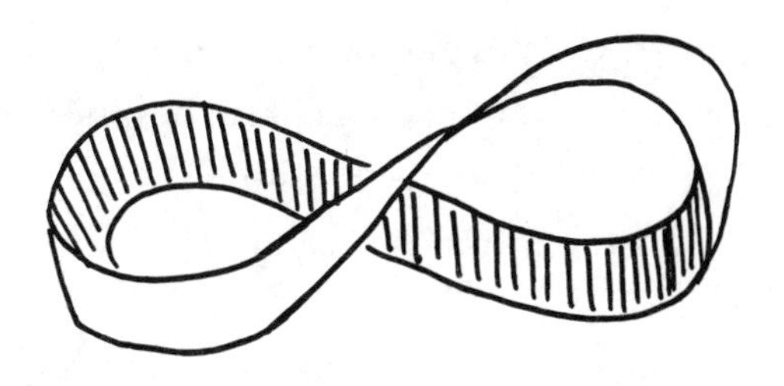

¿Qué es un horizonte de sucesos?

Una frontera del espacio-tiempo, el punto de no retorno. Si observas un agujero negro, no puedes ver su interior. Cruzando el horizonte de sucesos se pueden ver los secretos del universo, pero no se puede salir del agujero negro.

Punto extra: escribe la ecuación de la excepción Weltschmerz.

?!

Aunque me quedo mirando la última pregunta durante varios siglos antes de darme por vencida, siguen siendo sólo las 16:16. Todavía faltan cuarenta y cuatro minutos para poder escapar.

Peleo contra las ganas que tengo de echarme una siestecita y me pongo a garabatear: la vía láctea, constelaciones de interrogantes. Chistes geométricos, naves espaciales, escribo el nombre de Jason para tacharlo después, una y otra vez. Después el de Thomas, y lo mismo.

Cuando vuelvo a mirar la hoja del ejercicio, está hecha un desastre.

Las 16:21. Bostezo y abro la libreta con la intención de copiar las respuestas en una hoja limpia.

«$E = MC^2$», empiezo a escribir.

Y en cuanto escribo ese 2, toda la ecuación empieza a brillar.

Emm... bostezo y parpadeo, pero ahí está: no hay duda de que lo que he escrito está brillando. Sólo necesita un par de plataformas y una bola de discoteca.

Cierro la libreta. La cubierta reza que se trata de una libreta de papel rayado con suaves líneas paralelas de color azul. Con el corazón acelerado vuelvo a abrirla un par de veces por la página de antes. Ahora las líneas del papel están ondeando como si fueran ondas de sonido.

Una vez leí que la falta de sueño podía provocar alucinaciones si uno pasaba demasiado tiempo despierto. Pero pensaba que se refería a ver cosas como puntitos negros, no a libretas animadas. Como para demostrarme que me equivoco, la ecuación empieza a girar. Soy vagamente consciente de que probablemente debería abandonarme al pánico. Pero es como intentar despertar de un sueño: te das las instrucciones, pero no ocurre nada.

Así que bostezo y miro hacia otro lado, por la ventana, y empiezo a contar hacía atrás en números primos: 997, 991... Cuando voy por 97 me pica la curiosidad y vuelvo a echarle un vistazo a la libreta. No se mueve. En el papel de rayas sólo están mis garabatos, nada más.

«Pues, muy bien», como diría la señora Adewunmi. Será una gripe de verano, o el calor que hace aquí dentro, o las consecuencias de llevar despierta desde ayer. Echo los hombros hacia atrás, cojo el bolígrafo.

Cuando estoy escribiendo otra vez el nombre de Jason, la libreta desaparece.

En serio.

Mi bolígrafo queda flotando en el aire donde debería estar la hoja y de pronto no está. Es tan absurdo que no puedo evitarlo: me echo a reír.

—Nada de risitas, señorita Oppenheimer —me advierte el profesor.

«De señorita nada», le corrijo mentalmente. Y después pienso: «¿Risitas? ¿Es que tenemos siete años? ¡Ni siquiera soy virgen! He tomado decisiones irreversibles, horribles, importantísimas. Y ya tengo edad de conducir».

Me mira con el ceño fruncido —yo sigo sonriendo como una tonta—, así que finjo escribir en una libreta invisible hasta que el profesor acaba apartando la mirada.

Vuelvo a observar mi libreta invisible y reprimo otra carcajada. Porque estoy equivocada: no es invisible. Si lo fuera, podría ver la mesa que hay debajo. Pero lo que veo es un rectángulo de nada. Una ausencia. Se parece a esa nieve en blanco y negro que aparece en el televisor cuando no hay forma de sintonizar bien los canales, o al pegote indescriptible que yo imagino más allá de los confines del universo, la materia por la que se expande el Big Bang.

¿Me estoy volviendo loca?

Me agacho para mirar lo que hay debajo de la mesa. Pegotes de chicle, una pegatina de los Fingerband y grafitis decorando la madera.

Pero cuando me vuelvo a poner derecha, sigo viendo ese rectángulo televisivo.

No crece, ni cambia, ni se mueve. Me hundo en el asiento y me lo quedo mirando hipnotizada. Y viajo cinco años atrás en el tiempo. Cuando había un chico.

Un desván.

Y un primer beso que no lo fue.

—Co-cooo, co-cooo —cloquea Thomas desde la otra punta del desván—. Gallina. Si ni siquiera tenemos arterias en las manos.

—Mmmm. —No levanto la cabeza de la enciclopedia. Como todos los libros de la biblioteca de Grey, es de segunda mano, y las ilustraciones están llenas de garabatos—. Voy a comprobarlo.

Se equivoca, sí que tenemos arterias en las manos, pero pienso hacer el pacto de sangre de todas formas. Sólo quiero echarle un vistazo al libro primero. En especial, a las páginas sobre anatomía masculina. Ladeo el libro, inclino la cabeza. ¿Cómo funciona el…?

—G, ¿qué estás haciendo?

Thomas mira por encima de mi hombro.

Cierro el libro de golpe.

—¡Nada! Tienes razón. No hay arterias —miento con la cara como un tomate—. Vamos a hacerlo.

—Dame la mano —dice, haciendo ondear el cuchillo—. Ups.

El cuchillo sale disparado. Cuando Thomas se vuelve para cogerlo, tropieza con una montaña de libros.

—¿Qué estáis haciendo, niños? —aúlla Grey desde el piso de abajo.

Yo le respondo gritando escalera abajo:

—Nada. Thomas está ordenando los libros. Hemos pensado que vamos a utilizar ese alocado sistema nuevo llamado al-fa-be-to.

Se oye una palabrota sofocada y una carcajada. Me vuelvo hacia Thomas, que ha recuperado el cuchillo y está grabando nuestras iniciales en una estantería. Mañana ya no estará aquí. No volveremos a vernos nunca. ¿En qué estúpido planeta es posible algo así?

Y eso significa que quedan unas cuatro horas para hacer algo en lo que llevo pensando unas cuatro semanas.

—Thomas. Nadie te va a besar —anuncio. Él levanta la cabeza y parpadea como un búho por detrás de sus gafas—. Y a mí tampoco me besará nadie.

—Está bien —dice, y toma una gran bocanada de su inhalador—. Entonces, probablemente deberíamos hacerlo.

Nos levantamos, cosa que supone un problema. Este verano he crecido treinta centímetros. Las vigas son bajas y me agacho, pero sigo siendo quince centímetros más alta que él. Thomas se sube a una montaña de libros y nuestras bocas quedan alineadas. Se inclina hacia delante y yo succiono la manteca de cacahuete de mi ortodoncia. Allá vamos...

—¡Au!

Su cabeza impacta contra mi barbilla. Los libros resbalan bajo sus pies. Manoteamos en el aire, agarrándonos el uno al otro, y chocamos contra las estanterías. Todavía nos estamos desenredando cuando Grey entra rugiendo, y nos persigue escaleras abajo hasta la puerta principal agitando las manos como si fueran un par de enormes mariposas peludas.

—Está lloviendo —finjo gimotear. Estamos en la costa, no me importa mojarme, pero quiero oír lo que dice...

—Eres una niña de doce años, no la Malvada Bruja del Oeste —aúlla Grey cerrándonos la puerta en las narices mientras yo me río.

Fuera, Thomas y yo nos quedamos en el porche, el aire es húmedo. Me mira, tiene las gafas sucias y el pelo rizado por la humedad. Aprieta el puño y me acerca el dedo meñique extendido.

Un saludo, una señal, una promesa.

—¿Vamos a tu casa? —pregunta. No sé si lo dice por el beso o por el pacto de sangre. O por ambas cosas.

—No sé vivir sin ti —digo.

—Yo tampoco —contesta.

Levanto la mano y enrosco el meñique con el suyo. Después, saltamos el escalón y salimos a la lluvia.

Un dedo manchado de pintura toca el borrón que tengo delante y, de pronto, vuelve a ser una libreta. Parpadeo, mirando a mi alrededor, aturdida.

—¿Qué estás haciendo?

Sof está plantada delante de la mesa. Recortada contra las ventanas no es más que una silueta: pelo de punta, vestido en forma de triángulo, piernas larguiruchas, la luz brilla a su alrededor. ¡Es un ángel vengador que ha venido a rescatarme del aula de castigo!

Estoy confusa, adormilada. Sof y yo apenas hemos pasado de saludarnos por los pasillos durante todo el año y, sin embargo, ahí está, tirando la carpeta al suelo y sentándose en la silla de al lado.

Parpadeo para acostumbrarme a la luz del sol, y parpadeo una vez más cuando veo su pelo rizado recogido en plan cucurucho, el pintalabios rojo y las gafas con brillantitos. En algún momento entre el actual y cuandoquiera que dejé de fijarme, mi antigua amiga se ha convertido en un musical de los años cincuenta.

—Ah, hola —susurro, sin estar muy convencida de que podamos hablar. No porque estemos castigadas, sino porque últimamente no es que hablemos mucho. Nos saludamos y nos sonreímos cuando nos cruzamos en el comedor o en la biblioteca, pero ya no vamos juntas como cuando íbamos al otro colegio.

Se inclina para mirar mi libreta.

—Vaya —dice señalando los borrones que he garabateado encima de los nombres de Jason y Thomas para que queden ilegibles. Supongo que eso explica mi sueño—. ¿Es tu regreso al mundo del arte?

El comentario va con segundas. En secundaria, Sof eligió arte, geografía y alemán. Yo me apunté a lo mismo que ella para no tener que elegir nada, cosa que resume toda nuestra amistad. Nunca le dije que tenía otros planes para cuando empezáramos el instituto; me pareció más fácil esperar a que se diera cuenta de que yo no estaba en el caballete de al lado.

—Un examen de física —le explico.

—¿Qué has hecho para acabar en el talego? —grazna. Para ser una especie de bruja *hippy* adicta al bálsamo de tigre, habla como si desayunara cigarrillos.

—Soñar despierta. —Jugueteo con el bolígrafo—. ¿Y tú?

—Nada —dice— He venido a sacarte.

Levanto la cabeza para mirar el reloj y me doy cuenta de que tiene razón. El profesor ya se ha ido. El aula está vacía. El castigo terminó hace una hora. Vaya. No tengo la sensación de haber dormido tanto.

—Cerraron el parking de bicis a las cinco. —Se levanta jugueteando con la goma de su carpeta—. ¿Cogemos juntas el bus?

—Vale… —digo prestándole atención a medias.

Me quedo mirando la libreta. No es más que un montón de papel y garabatos, pero la meto en el fondo de la mochila como si tuviera la culpa de lo que acaba de pasar.

¿Me he quedado dormida de verdad? ¿Eso es lo que he hecho durante la ultima hora? Pienso en el sábado, perdí toda la tarde hasta que me descubrí debajo del manzano.

Igual estoy loca. Cojo ese pensamiento y también lo entierro lo más profundamente que puedo.

Sof me está esperando en la puerta. El silencio que viaja entre nosotras durante el trayecto a casa es tan espeso que tendríamos que haberle sacado billete.

Lunes 5 de julio (tarde)

[MENOS TRESCIENTOS NUEVE]

*Schere. Stein. Papier**.

Ya hemos cenado y llevamos los últimos veinte minutos en la puerta de la habitación de Grey jugando a piedra-papel-tijera. Hemos comido en silenciosa incredulidad después de que papá sugiriera que quizá Ned y yo querríamos despejar la habitación de Grey.

—Te reto —dice Ned. *Stein* gana a *Schere*.

—Tú primero —contesto. *Papier* gana a *Stein*.

—El mejor de, emm, ¿cincuenta?

Sólo he entrado una vez en todo el año. Fue justo después del funeral. Ned se marchaba a la facultad de arte en Londres y papá se estaba desmoronando y se escondía en la librería para fingir lo contrario, así que lo hice. Entré sin mirar hacia los lados, cogí una bolsa de basura y metí dentro todo lo que debía: tubos de desodorante, botellines de cerveza, platos sucios, periódicos a medio leer. (La filosofía higiénica de Grey: «¡Aquí hay dragones!»).

* Tijera, Piedra, papel.

Después recorrí la casa y fui recogiendo todas las cosas que no soportaba ver —la enorme cacerola naranja y el gato de la suerte japonés; su manta de tartán preferida y un cenicero de arcilla abollado que le hice cuando era pequeña; las docenas de estatuas de Buda que estaban escondidas por las estanterías y las esquinas— y lo metí todo en la caseta del jardín. Hice lo mismo con su coche. Papá no lo notó, o no dijo nada, ni siquiera cuando cambié los muebles de sitio para esconder las marcas de lápiz que hay en la pared, las que hizo Grey para dejar constancia de nuestras alturas mientras crecíamos: mamá, Ned, yo. Incluso Thomas, de vez en cuando.

Después cerré la puerta de la habitación de Grey, y no se ha vuelto a abrir desde entonces.

El papel vence a la piedra, otra vez. Yo gano.

—Está bien.

Ned se encoge de hombros, no pasa nada. Pero me doy cuenta de que deja la mano apoyada en el pomo de la puerta durante un minuto antes de girarlo. Lleva las uñas pintadas de color rosa. Cuando por fin abre la puerta, cruje. Contengo la respiración, pero de la habitación no sale ningún enjambre de langostas. No hay ningún terremoto. Está tal y como la dejé.

Y eso es malo, porque hay libros por todas partes. En pilas que van del suelo torcido hasta el techo inclinado. Apilados contra las paredes. Amontonados bajo la cama. Estalagmitas de palabras.

Ned pasa por mi lado y descorre las cortinas con energía. Yo observo desde la puerta cómo la luz de la tarde se cuela en el dormitorio e ilumina aproximadamente otro millón de libros provocando tornados de polvo.

—Guau —exclama Ned girando sobre sí mismo para observarlo todo bien—. Papá me dijo que habías limpiado.

—¡Y lo hice!

Dios. Me quedo en la puerta, tengo miedo de entrar.

—¿Ves alguna taza de café llena de moho?

—Ya, pero...

Se da media vuelta y empieza a toquetear puertas de armarios y a abrir cosas. Hay más libros dentro de una cómoda. Ned abre el ropero y suelta un largo silbido.

No dice nada, sólo se queda ahí mirando como si hubiera visto algo... extraño. Tan raro como una libreta que desaparece dejando un vacío en el universo.

—¿Has encontrado Narnia ahí dentro o qué?

—Grots.

—¿Qué pasa?

Doy un paso hacia el interior de la habitación clavando la vista en Ned y sin mirar el resto de cosas; las fotografías de nuestra madre que hay por todas partes; el enorme cuadro de la pared colgado encima de la cama.

—Grots —repite Ned sin levantar la vista hablándole al armario—. Joder. Gottie. Sus zapatos siguen aquí.

Vaya. Ahí está el enjambre de langostas.

—Ya lo sé.

—No pudiste, ¿eh?

Ned me lanza una mirada comprensiva y se vuelve para sentarse en la banqueta del piano. Cuando Grey se ponía hasta las cejas de vino casero, dejaba la puerta de su habitación abierta y se ponía a aporrear grandes éxitos de la música clásica. «Lo importante no es la melodía, es el volumen», aullaba, ignorando nuestras múltiples quejas al respecto.

Ned desliza las manos por las teclas. Las notas emergen en una serie de tintineos amortiguados, pero reconozco la canción.

Papá ha dejado un montón de cajas de cartón aplanadas encima de la cama. La rodeo hasta el otro lado para no tener que ver el cuadro y empiezo a montarlas. Intento no tocar la cama, a pesar de que está cubierta por un manto de polvo. Aquí es donde dormía Grey. En veinticuatro horas, Thomas va a borrar sus sueños.

—Tía, ¡vamos a tardar una eternidad! —exclama Ned, aunque todavía no ha hecho nada. Después de tocar una última escala a dos manos en el piano, se da media vuelta perezosamente sobre la banqueta—. No tendrías que estar aquí haciendo esto. Es el gran plan de papá.

—¿Quieres ir a decírselo tú, o voy yo?

—Ja. —Pasa junto a mí hasta una pila de libros y empieza a toquetearlos; no los está organizando, más bien los reordena. Juguetea con ellos. Los hojea y lee algunos fragmentos. Levanta la cabeza y me mira—. Grots. ¿Qué crees que habrá hecho Thomas?

—¿A qué te refieres?

Frunzo el ceño mirando la caja que tengo delante. Estoy intentando alinear los libros para que queden completamente perpendiculares, pero uno de ellos tiene las páginas onduladas de haberse caído al mar y lo está torciendo todo.

—Ya sabes —dice Ned—. Para que lo envíen de nuevo aquí. Castigado a Holksea.

—¿Castigado?

—Venga, no hay quien se crea ese rollo de venir en verano para irse adaptando —prosigue Ned haciendo malabarismos con un libro—. Es tan improvisado, el vuelo debe de haberles costado un dineral. Qué va, es un castigo por algo, o para alejarlo de lo que sea que haya hecho. Apuesto a que se ha marcado un señor Tuttle.

El señor Tuttle era el hámster de Thomas. Una bola de pelo que se escapó por la noche diecisiete veces seguidas, hasta que su padre descubrió lo que estaba ocurriendo y compró un candado para la jaula. «Oh, diantre», declaraba Thomas con pesar después de haber abierto la jaula cinco minutos antes. «El señor Tuttle ha vuelto a escapar. Dormiré en casa de G por si acaso está allí». Y ya tenía la mochila preparada.

—Venga —insiste Ned—. Ya sabes cómo era Thomas.

Vaya. A mí no se me había ocurrido pensar *por qué* lo habrían mandado de vuelta tan rápido.

Alguien llama a la puerta de la habitación y el ruido se cuela en mis pensamientos.

—¡Ey, Oppenheimer! ¿Es que no contestas al teléfono? Te he estado buscando por todas partes, ¿sabes la hora que es?

Jason deja de hablar en cuanto me ve. Se hace una pausa mientras cambia de postura y reajusta su pose: da un paso atrás y se apoya en la estantería que hay junto a la puerta, se recoloca lo justo antes de esbozar media sonrisa y corregirse: «Oppenheimers».

Mi garganta empieza a jugar a piedra-papel-tijera y se convierte en *piedra.*

—Gottie. —Esta vez me mantiene la mirada, sus ojos azules estudian los míos antes de sopesar sus palabras, una a una—. ¿Otra vez… Todo… Bien?

Yo tengo un libro en una mano y abro y cierro la otra en el aire tratando de mantener la compostura mientras nos miramos.

Ajeno a lo que está ocurriendo, Ned deja el libro que sostiene en las manos encima de una estalagmita, que se desmorona. Salta por encima de la pila de libros desmoronados y hace chocar el puño contra el de Jason.

—Vaya mierda, tío —dice Ned mientras siguen con su elaborado saludo. Parece que los pulgares jueguen un papel destacado—. ¿Niall está muy cabreado?

—Lo normal. —Jason vuelve a moverse a cámara lenta cuando concluye el saludo—. ¿Nos vamos?

—Grots —Ned ha salido prácticamente de la habitación cuando se vuelve hacia mí—. ¿Intercambio?

Me concentro en montar otra caja, tanteando las esquinas.

—¿Qué intercambio?

—Había olvidado que había quedado con los Fingerband. ¿Te ocupas tú de los libros? Mételos en el coche y te prometo que yo me encargaré del resto. —Cuando lo miro, añade en voz baja—: De su ropa.

—¿En serio?

No sé si Ned está intentando escaquearse de recoger los libros o si está intentando protegerme del resto. De los zapatos de Grey. De las fotografías. De *La Salchicha.*

Me obligo a mirar el cuadro de la pared. Mi trabajo de arte de fin de curso del año pasado. Es muy duro ser la única persona centrada de una casa en la que viven juntos, bajo el mismo techo, Dumbledore, Peter Pan y Axl Rose, que además son amigos de artistas que llevan pulseras y purpurina. Así que lo intenté, y pinté el canal. En la exposición de la escuela, papá miró el cuadro —una salchicha gigante de color azul— y lo bautizó como *La Salchicha.* Ned se rio como un tonto. Yo fingí que no me importaba, y también me reí.

—Oye, Gots, colega. —Grey me había agarrado del hombro con fuerza con una de sus manos gigantes—. Has intentado hacer algo distinto. ¿Crees que tu hermano se atrevería a probar algo que no supiera que iba a salirle bien? —Estuvimos contemplando *La Salchicha* durante un minuto y después dijo—: A tu madre le gustaba el azul.

Cuando dejo de mirar *La Salchicha* me doy cuenta de que Ned sigue parado en la puerta, esperando a que me decida.

—Trato hecho —le digo.

—¡Genial! —grita marchándose por el comedor—. Jase, voy a por mis cosas, te veo fuera dentro de cinco minutos.

Y entonces me quedo a solas con Jason por primera vez desde el día en que murió Grey.

Esboza una sonrisa serena como una puesta de sol. Y dice:

—Margot.

Teniendo en cuenta cómo acabó todo entre nosotros, con ese mensaje de texto a miles de kilómetros de distancia, nunca llegué a olvidarme de él. Lo que hice fue meter mi corazón roto en una caja como la que estoy llenando de libros ahora mismo, y esperé. Cuando dice mi nombre, el sonido se adueña de toda la habitación.

Podría fundirme en él. Pero sonrío, aterrorizada, intento hablar, y...

...

...

...

...

Al final Jason rompe el silencio incómodo y murmura:

—¿Cómo... Va... Todo?

—¡Genial! —contesto demasiado alto y demasiado rápido. Y sigo hablando con la voz chillona—: ¿Cómo es...?

Mierda. Me quedo en blanco. Soy incapaz de recordar dónde ha estado. El verano anterior hablábamos cada día, lo estuve acechando por Internet durante casi todo el otoño, pero soy incapaz de recordar a qué universidad se fue.

—Nottingham Trent —concluye encogiéndose de hombros sin dejar de mirarme a los ojos—. Está bien.

Jason se separa de la puerta y se acerca a mí: no hay ni una pizca de aire en la habitación, no tengo aire en los pulmones. Por un segundo me permito desear que me coja de la cintura y me ayude a olvidar este año horroroso ofreciéndome un lugar donde sentirme segura. Entonces se deja caer de espaldas junto a la caja medio vacía, en la cama de Grey. Hago una mueca de dolor.

Es demasiado: la combinación del dormitorio de Grey y Jason, tan cerca de mí. El octubre pasado, sola en esta casa y después de pasar varias semanas intentando comprender lo que significábamos el uno para el otro, se lo pregunté. Y él me contestó en un mensaje: «Creo que de momento sólo puedo decirte que somos amigos». De momento. Rendí mi corazón a ese «de momento», y ahora él está aquí.

Me agarro con fuerza a la caja e intento respirar. Me concentro en meter los diarios de Grey en ella. En no mirar *La Salchicha.* En no recordar que Jason también se había reído del cuadro, un poco.

—Eh, soñadora. —Alarga la mano y me toca el brazo—. ¿Y tú qué? ¿Has pasado un buen año?

Cuando lo dice, todo lo que hay en la caja desaparece. Ya no es una caja de libros, es una caja de nada. La nieve de la televisión. Como en el aula de castigo esta misma tarde.

Bueno, no es como la del aula de castigo.

Esta vez la nieve se está moviendo, está formando una imagen, girando, es más como, como… humo. Incluso puedo olerlo. Y hay una llama. Me tiemblan los dedos. No me puede estar pasando esto, y menos ahora que Jason está aquí. Me acerco un poco para mirar si se le ha caído un cigarrillo o algo dentro de la caja, y juro que puedo ver los cuadros de nuestra manta de los picnics. Nuestro césped salpicado de dientes de león. Oigo música. Alargo la mano, casi puedo tocarlo…

—¿Margot? ¿Gottie? —dice Jason—. Pareces…

Su voz suena muy lejos, y de repente noto un tirón, como si alguien me estuviera

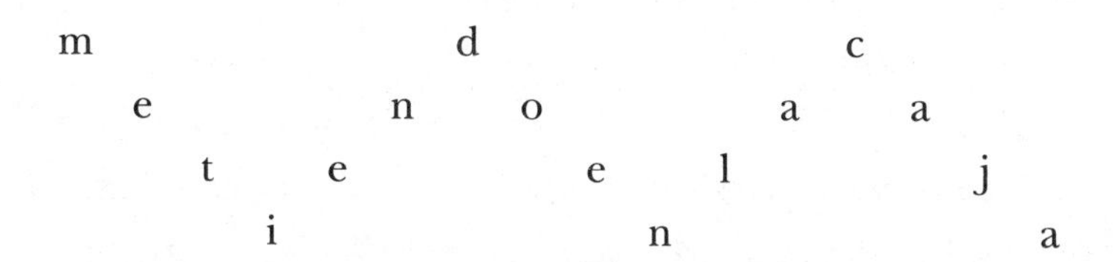

Cierro los ojos mientras el universo se contrae y se expande.

—Eh, soñadora. ¿Una birra? —me pregunta tendiéndome una lata de cerveza.

La acepto, aunque no quiero seguir bebiendo. Sof lleva toda la noche bebiendo vodka, pero yo me he mareado sólo con un trago, estoy como flotando. Y las fiestas no son lo mío. Cuando Grey quiere celebrar la existencia de los árboles, o la migración de los pájaros, o su festival anual del fin del verano, yo me quedo al margen. Esta noche celebramos el solsticio de verano, y me he escondido debajo del manzano, desde donde puedo ver a todo el mundo, pero los demás no pueden verme del todo. Excepto, por lo visto, Jason.

Ya la ha abierto, me refiero a la cerveza. Los Fingerband no paran de tomar cerveza últimamente y de hacer bromas absurdas sobre lo guay que es. Parecen idiotas.

—Así no tenemos que levantarnos —añade Jason dejando un paquete de seis cervezas delante de nosotros. Después se tumba en la manta. A mi lado. ¿Vale?

—Bien pensado, colega —le contesto poniendo la voz grave, y después le doy un trago a la cerveza: está caliente.

Se ríe.

—Sabes que es todo pura ironía, ¿no? —Se gira para mirarme, se le ven los ojos prácticamente azul marino—. No te puedes llamar Fingerband e ir por ahí en plan metalero.

—¿Metalero?

Tomo otro sorbo deseando que la cerveza estuviera fría. La noche es muy cálida, pero Grey ha insistido en encender una hoguera enorme. Hace un rato estaba saltando por encima mientras gritaba algo sobre los vikingos. Sonrío en la oscuridad.

—Maquillaje en plan KISS, imperdibles en la nariz, aullar consignas satánicas.

Jason intenta simularse unos cuernos de diablo con los dedos, pero es complicado cuando uno está apoyado en los codos.

—¿Eso no es punk? —pregunto.

Jason se ríe, su carcajada es un murmullo grave, como si nos estuviéramos riendo juntos, pero yo no estoy de broma. No tengo ni idea. Ned es la enciclopedia musical. Yo escucho todo lo que suene en la radio —que Grey sintoniza con estática—. No estoy segura de por qué Jason está aquí hablándome de música. La frase más larga que me ha dicho en los diez años que hace que conoce a Ned es: «¿Cómo lo llevas, rarita?»

—Lo que quiero decir es que mola que toquemos música metal pero nos hagamos los tontos. —Abre otra lata. El crujido que hace al abrirse retumba tan fuerte como los fuegos artificiales en la oscuridad del jardín, pero nadie nos mira. Entonces se acerca un poco más a mí y murmura—: Margot, ¿por qué nunca vienes a vernos ensayar?

Porque nunca me lo has pedido. Porque preferiría sentarme a ver cómo se seca la pintura de la pared. Porque Sof adora a Ned y si le digo que me has invitado me obligará a ir, y los Fingerband suenan como una cabra atrapada en un cortacésped.

Miro a Sof. Está en la otra punta del jardín sentada en una manta con su amiga de esta semana, las dos se ríen viendo cómo Ned simula que toca la guitarra. Añado mentalmente la invitación de Jason a la lista de secretos que no le he contado.

—Deberías venir —repite—. Ya han acabado las clases, ¿no?

—Sí. El viernes hice el último examen.

Me están empezando a doler los codos, noto un cosquilleo. ¿Por eso ha venido a hablar conmigo? ¿La escuela ha acabado y ahora ya puedo mezclarme con los tíos guays?

En la otra punta del jardín, Ned grita algo y entra corriendo en casa. Cuando desaparece, Jason se inclina sobre mi hombro y me empuja con la barbilla.

—Déjame probar.

Me vuelvo hacia él para decirle que se puede quedar con mi cerveza, es asquerosa, y de repente me planta los labios en la boca. Yo doy un gritito, presa de la sorpresa, al sentir el contacto de su lengua, pero él no se ríe. Noto la firmeza de sus labios contra los míos, un dilema. Le devuelvo el beso, pero no sé qué hacer. Nunca había besado a nadie. Está cálido y sabe a cerveza, ¡y es Jason! ¿Por qué me está besando? Y entonces… Yo… Estamos… Empiezo a flotar y cierro los ojos.

Cuando los abro sigo en la habitación de Grey. Pero ahora está oscura, y Jason ya no está, y acabamos de darnos nuestro primer beso.

Por lo menos, es lo que me parece. El recuerdo ha sido tan real que había imágenes, sonidos, olores y sensaciones. Noto el tacto de la manta en la que estábamos tumbados; huelo el humo de la hoguera en el aire. Percibo el sabor a cerveza en su lengua, el tacto rasposo de su cara al rozar la mía. El primero de un verano de besos secretos, algo que era sólo mío.

Y de repente, perder a Jason parece tan real y tan doloroso que me dan ganas de echarme a llorar.

Tomo una estremecida bocanada de aire e intento llenarme los pulmones, que noto oprimidos y pequeños. Me abruma tanto darme cuenta de lo mucho que me duele —añorar a Jason, ver a Jason— que tardo un momento o dos en recordar lo que acaba de ocurrir y pensar: ¿qué narices ha pasado?

Recupero el pensamiento que almacené cuando salí del aula de castigo. Aquello de que nadie debería soñar despierto durante más de una hora. Que no debería quedarme atrapada en esa oscuridad yo sola. ¿Por qué no recuerdo que Jason se haya marchado, que se haya despedido? ¿Y qué era eso que he visto dentro de la caja? He tenido la sensación de estar mirando por el extremo equivocado de un telescopio, a otro tiempo. Un tiempo en el que Grey seguía vivo.

Un vórtice. Una métrica unidireccional. Pero eso significaría...

Me tambaleo hasta la puerta, enciendo la luz, me doy la vuelta.

Todo está guardado. Los libros ya no están, las cajas tampoco. Hay pequeños perímetros de polvo en las estanterías. Libros fantasma. Y la habitación parece más pequeña, ahora que está vacía. El techo está más bajo y las paredes se me vienen encima.

Quizá sea un ataque de pánico. No recuerdo haber hecho nada de esto. Me siento en el suelo porque mis piernas han olvidado cómo mantenerse derechas, e intento pensar.

He tocado la nieve de televisión y estaba con Jason, el verano pasado. ¿Ha sido una ilusión óptica? ¿Soñaba despierta? «Venga, Gottie, ¿en serio estás diciendo que era un agujero de gusano?»

Todos los libros están guardaos. La habitación está vacía. He tenido que hacerlo yo. Me suena el bolsillo, y cuando cojo el teléfono leo un mensaje de Jason: «Me ha gustado volver a verte...». No comenta nada sobre que la caja se me haya tragado, aunque quizá no sea la clase de cosas que uno comenta en un mensaje de texto. Un texto que se desvanece en tres puntos suspensivos, como si hubiera algo más.

¿Existirá algo así como un vórtice de doble pantalla? El verano pasado en un lado, esta habitación en el otro. Y que sólo se pueda sintonizar una de las dos perspectivas a la vez.

Tiene todo el sentido del mundo. Siempre que pasemos por alto el detalle de mi absoluta demencia.

Todavía hay una caja encima de la cama y me pongo de pie para rebuscar en ella, con los dedos temblorosos, con la esperanza de encontrar algo que explique lo que acabo de ver. Algo que me convenza de que no estoy perdiendo la cabeza.

Pero sólo hay algunos chismes. Una foto enmarcada de mi madre donde es unos meses mayor de lo que soy yo ahora, y nos parecemos tanto que me duele mirarla. Y algunos de los diarios de Grey. Los utilizaba para anotarlo todo: una nueva receta de espagueti con albaricoques (en serio), comentar la aparición de un nido de pájaro en el césped, cuando la tienda del pueblo dejó de vender Marmite durante algunos días. Él era el único que la comía en casa.

Cuando toco el cartón del fondo con los dedos, admito mi derrota y me convenzo de que me lo he imaginado todo.

He perdido algunas horas, eso es todo. Me he quedado dormida de pie, como un caballo en un establo, y he soñado con Jason. Apago el interruptor de la luz con la barbilla y me llevo la caja fuera, hasta el viejo y destartalado Morris Minor de Grey.

El coche está aparcado sobre un montículo de hierba, medio internado entre los setos, tan bajo que a papá le costará mucho llevarlo hasta el Book Barn mañana. Tengo que ponerme de lado sobre el montículo para alcanzar el botón mientras me apoyo la caja en la rodilla; y cuando se abre el maletero, la caja resbala y se abre de golpe en el césped, donde todo lo que hay dentro sale desperdigado.

—¡*Scheisse!*

Me arrodillo en la penumbra para recogerlo todo y vuelvo a meter los diarios en la caja como puedo.

POLLO ASADO Y ENSALADA DE PATATAS EN EL JARDÍN.

Leo los garabatos de Grey aprovechando la luz que sale de la cocina. *Hojas de haya en el fuego. Sueño que soy un vikingo.*

Ensalada de patata. Se refiere a una *Kartoffelsalat*, esa clase de ensalada alemana que se sirve caliente acompañada de mostaza y vinagre, y no con mayonesa (y que no está tan mal). La entrada tiene fecha del solsticio de verano del año pasado: la noche de mi primer beso con Jason. El primer beso de verdad de toda mi vida.

Es un golpe en el corazón. Pero también tiene una explicación: me he pasado la tarde estudiando el espaciotiempo, y estaba leyendo los diarios mientras recogía. Por eso lo he recordado de esa forma tan real. Ned ha vuelto a casa, he estado un rato con Sof, Jason ha vuelto y me ha sonreído... Por eso mi cabeza se ha ido al verano pasado.

No me he tumbado en una manta en la hierba ni he estado oliendo el humo de la hoguera. Me estoy imaginando cosas.

Porque, de ser así, tendría que admitir que existen los agujeros de gusano, y que hoy he visto dos. Pero Thomas llega mañana, y ésa ya es más información de la que puedo procesar en un día.

Alargo la mano y cierro el diario.

Martes 6 de julio

[MENOS TRESCIENTOS DIEZ]

Después de contestar el mensaje de Jason con un desenfadado: «¡A mí también!» que tardo dos horas en redactar, *Umlaut* y yo nos pasamos toda la noche despiertos leyendo los diarios de Grey con el corazón roto. No he sido capaz de meterlos en el coche. Y una parte de mí espera que los agujeros de gusano sean reales, y poder trasladarme a cuando él estaba vivo.

Las entradas son semicrípticas, pero ésta me hace reír porque recuerdo el día al que se refiere:

> GOTTIE HA INICIADO UN BOICOT CONTRA LAS FRUTAS Y LAS VERDURAS DESPUÉS DE ENTERARSE DE LO DE LOS PÁJAROS Y LAS ABEJAS.
>
> TIENE QUE VER CON ALGO SOBRE UN PRESERVATIVO Y UN PLÁTANO.
>
> (¿LE COMPRAMOS VITAMINAS?)
>
> CONSIDERAR LA POSIBILIDAD DE ENCERRARLA EN UN CALABOZO. SE PARECE MUCHÍSIMO A CARO.

Caro era mi madre. Grey todavía estaba intentando aceptar que su única hija se había quedado embarazada a los diecinueve años de un minúsculo estudiante de intercambio alemán rubio, pero tenía muy claro que la historia no se iba a repetir. Aquel día, yo había vuelto a casa después de la clase de educación sexual convencida de que Grey me diría: «¡Haz el amor en el mar, Gottie! ¡Enrédate entre las olas! ¡Deja que Neptuno proteja tus óvulos!»

Pero lo que hizo fue bramar: «No sé si creo en todo lo que hago, colega, o si sólo creo a medias en ello y eso es como tener un seguro cósmico. Pero sé que puedes quedarte embarazada haciéndolo boca abajo, la primera vez, en el mar, sobre la hierba, bajo la luna llena —especialmente bajo la luna llena—; cuando aparece el romance uno olvida hasta su nombre, por no hablar del condón de la cartera. O sea que tómate la píldora, por amor de Dios. Tómate todas las píldoras. Utiliza un preservativo, ponte un diafragma».

Cuando dejo de leer ya está amaneciendo, el sol empieza a emerger brillante como una llama de magnesio. No ha habido ninguna tormenta que haya obligado a cerrar los aeropuertos. Cosa que significa que Thomas va a llegar en T-menos ocho horas.

Que dé comienzo el *Sturm und Drang*.

Pero primero tengo que asistir a la reunión de fin de curso. Apenas hemos terminado las clases y ya nos están cerrando la puerta en las narices; cada semana hay charlas sobre preinscripciones universitarias, cartas de motivación, préstamos para estudiantes, los exámenes del año que viene…

—Éste Es El Verano De Las Últimas Oportunidades —está diciendo desde el escenario el señor Carlton, el coordinador universitario—. Los Exámenes De Prueba Empiezan En Septiembre, Chicos, No Malgastéis Las Vacaciones.

En la fila de delante, Jake ha apoyado la cabeza en el hombro de Nick, no está nada preocupado por las advertencias fatalistas del coordinador. La chica que está sentada a mi lado está enganchada al teléfono, escribiendo un tuit sobre lo *injusto* que le parece tener deberes en verano. En la otra punta de la sala veo a Sof, vestida de rosa de pies a cabeza, y tomando notas como una loca mientras el señor Carlton empieza a susurrar sobre el Proceso A Seguir Para Preinscribirse En Las Carreras Artísticas. Debería enviarle un mensaje y decirle que no se moleste en apuntarlo todo, Ned pasó por todo el proceso el año pasado.

Pero estoy demasiado ocupada abandonándome al pánico.

Y no sólo por lo que pasó ayer por la noche: esa especie de agujero de gusano de la memoria. Perder ese periodo de tiempo. *Jason.* También estoy pensando en Thomas, que a estas horas ya debe de haber cruzado la mitad del Atlántico. En Ned escuchando la radio de la cocina con estática, que era como solía escucharla Grey. («Sonido cósmico, tío, ¡no hay nada mejor! Es el sonido del universo expandiéndose.») Y en papá, revoloteando por la librería; entra y sale de casa, repone las existencias de cereales y proporciona gatitos sorpresa y visitantes de verano, pero no está ahí, en realidad.

Tengo todas esas cosas en la cabeza, y luego está el señor Carlton, que se pasea de un lado a otro advirtiéndome que tengo que decidir lo que debo hacer con el resto de mi vida, y durante los próximos tres años, y dónde lo quiero hacer. ¡Ahora Mismo!

Prácticamente pueden escucharse los signos de exclamación cuando habla. Se supone que debería estar emocionada. Todos los demás lo están. Contenta de escapar de nuestros aletargados pueblos de mar, anclados en la costa, donde hemos estado toda nuestra vida, y donde nunca ocurre nada.

Pero a mí me gusta el letargo. A mí *me gusta* que no pase nunca nada. Yo compro la misma chocolatina en la misma tienda cada día, al lado del estanque del pueblo con su población de patos minimalista de tres miembros, y después leo el periódico local de Holksea en el que nunca hay noticias. Es reconfortante. Puedo envolver toda mi vida con una manta.

Yo no quiero «Pensar en el Futuro», como no deja de adoctrinar el señor Carlton. Ya es lo bastante complicado vivir en este presente.

Mientras él no deja de encontrar nuevas y terroríficas formas de sisearnos sobre El Resto De Nuestras Vidas, yo desconecto, y empiezo a tomar notas en la libreta. Quizá no tenga el poder de detener el avance inexorable de las pruebas de acceso, la agenda veraniega de Ned basada en *lo que haría Grey*, o el avión de Thomas, pero hay algo que sí puedo controlar.

Puedo averiguar lo que ocurrió ayer por la noche.

Al final de la conferencia, ya tengo la libreta llena de ecuaciones que justifican mi hipótesis de la doble pantalla telescópica. Cuando todo el mundo empieza a levantarse de sus sillas, Sof me hace señas desde la otra punta de la sala para que me sume a ella y al grupito que espera junto a la puerta. Yo niego con la cabeza mientras señalo a mi profesora de física, y ella me sonríe apretando los labios.

La señora Adewunmi sigue sentada y mira un programa con el ceño fruncido, pero espero que reciba con agrado algunas preguntas como…

—¿Cómo funciona el espacio-tiempo? —le pregunto.

Levanta la mirada con seriedad.

—*Sabía* que ayer no estabas prestando atención.

—No, me refiero… Sí que estaba escuchando. Contesté las preguntas, en el aula de castigo. En clase, lo siento…

Mis disculpas se apagan y ella se ríe.

—¡Era una broma! ¿Qué es exactamente lo que quieres saber?

—Quería preguntarle por los vórtices. Los agujeros de gusano. ¿Cómo son exactamente?

—¿Es una pregunta académica o debería preocuparme que Norfolk acabe en la cuarta dimensión? —pregunta la señora Adewunmi.

—Es hipotética. O sea, ¡teórica! Me interesa el proceso matemático —le aseguro—. Ya sé que no se puede crear un agujero de gusano sin materia oscura, ni viajar a través de ellos. Pero ¿se puede ver a través de ellos? ¿Como si fuera un canal de televisión de larga distancia?

Mi profesora me observa un momento, después mira a ambos lados. Todavía hay alumnos rezagados en las puertas, y se queda mirando cómo se marchan antes de inclinarse hacia delante para susurrar con urgencia:

—¿Cuál es el milésimo número primo?

—¿Eh? —No entiendo lo que pretende, pero lo calculo de todas formas—. 7.919.

Hace un gesto con la cabeza en dirección a las puertas.

—Sígueme.

La señora Adewunmi recorre los pasillos en silencio. Cada vez que intento hacerle una pregunta, sacude un poco la cabeza. Empiezo a preguntarme si me habré metido en algún lío. Cuando llegamos a su despacho, se sienta a su escritorio, y entonces empuja la otra silla hacia fuera con el pie para invitarme a que me siente sin decir una sola palabra. Está en plan radical.

Me siento. ¿Va a volver a castigarme? Esta mujer siempre está sonriendo, incluso cuando está hablando de temas aburridos como la topología, pero ahora me está mirando completamente seria. Y por fin se decide a hablar.

—Bienvenida al Club del Universo Paralelo —dice clavándome la mirada.

Me la quedo mirando fijamente con el corazón desbocado.

—¡Dios! ¡Era otra *broma*! —Se deshace en sonoras carcajadas—. Qué ingenuos sois los adolescentes.

Se limpia los ojos sin dejar de reír. Qué gracioso.

—Gottie, cada año alguno de mis estudiantes empieza a creer que los agujeros de gusano son reales. Y, bueno, es la primera vez que te oigo hablar en todo el curso. Entenderás que me parezca divertido. Está bien. Teóricamente, ¿quién sabe lo que verías? Quizá el vórtice sería tan curvado que el horizonte de sucesos evitaría que vieras lo que hay al otro lado. Y suponiendo que pudieras ver lo que hay dentro de un agujero de gusano, la gravedad de su interior sería tan fuerte que distorsionaría las ondas de la luz, sería como un ojo de pez.

Es decir: que no se vería nada, sería como la casa de los espejos. Pero el beso que me dio Jason ayer por la noche fue real, percibí olores, era en tecnicolor, en 3D, IMAX. Con palomitas y todo.

—Vale, pero —insisto—, matemáticamente. En teoría. Según la métrica de Gödel, el pasado sigue existiendo porque el espacio-tiempo es curvo. Si *pudieras* ver el pasado, como a través de —murmuro las palabras siguientes siendo consciente del supremo ridículo que estoy haciendo— un agujero de gusano telescópico-televisivo, y no estuviera distorsionado... ¿Cree que mientras observáramos el pasado el tiempo funcionaría de una forma distinta? Desde el punto de vista. ¿Que lo afectaría de alguna forma?

—¿Te refieres de la misma forma en que un reloj en un tren en marcha va más despacio que el de la estación?

—¡Sí! —exclamo emocionada. Eso del reloj es cierto y *alucinante*—. Estaba pensando..., si observaras veinte minutos del pasado a través de un agujero de gusano, perderías un par de horas del tiempo real.

—Podría ser. —La señora Adewunmi me observa un momento. Después coge un bolígrafo y empieza a escribir—. Si te interesa seguir estudiando mecánica cuántica en la universidad, será mejor que leas estos libros. También deberías concentrarte en las solicitudes.

Señala mi libreta con el bolígrafo, que está abierta por una página en la que he hecho un dibujito con el nombre de Jason.

Asiento y alargo la mano para coger la lista de libros. Pero no me la da.

—¿Has pensado en alguna rama concreta, matemáticas puras o física teórica? —pregunta sosteniendo el papel de forma que no puedo alcanzarlo—. No nos gustaría que te echaras a perder estudiando biología. ¡Ja, ja!

—Todavía no estoy segura…

La idea de concentrarme en un solo tema durante el resto de mi vida me pone los pelos de punta. Apenas soy capaz de concentrarme en la misma emoción durante cinco minutos.

—No tardes mucho en decidirte, las solicitudes para Oxford y Cambridge son en octubre, y necesitaré un poco de tiempo para redactar tu carta de recomendación. De hecho… —Hace ondear el papel—. Te daré la lista de libros si la escribes tú. Tu opinión sobre los agujeros de gusano.

—¿Deberes?

Tuerzo el gesto, aunque supongo que pasarme el verano encerrada en la biblioteca es una buena forma de evitar a Thomas.

—Tómatelo como tu carta de presentación a la preinscripción universitaria. También quiero que expongas la parte matemática. Hazme una buena redacción sobre esa teoría tuya del telescopio temporal. Y yo te escribiré una recomendación que te llevará a un millón de años luz de Holksea: a Oxford, a Cambridge, a cualquiera.

Me ofrece la hoja de papel. Yo no quiero estar a un millón de años luz de aquí. No sé dónde quiero estar. Pero sí que quiero saber lo que está pasando. Y por eso la cojo.

No me sorprende comprobar que casi ninguno de los libros de la lista de la señora Adewunmi está en la biblioteca del instituto. Lo miro después de mi última clase, pero entre las nueve mil antologías poéticas sólo encuentro un ejemplar hecho polvo de *Breve historia del tiempo.* El otro par de libros que deberían estar aquí están cogidos; los reservo en el mostrador y me marcho hacia el aparcamiento de las bicicletas.

Sé dónde encontrar lo que necesito. En el Book Barn. Siempre he pensado que Grey vivía en un universo paralelo, pero tenía una planta entera dedicada a la ciencia: ficción y física. El único problema es que llevo un año sin pisar la librería. Cada vez que papá ha descendido a la Tierra para pedirme que fuera, he inventado alguna excusa: deberes, salir en bici, ir a nadar, incluso cuando el mar estaba helado en noviembre, o quedarme tumbada en la cama mirando el techo durante horas.

Si pasas de alguien las veces suficientes, al final deja de venir a buscarte.

Cuando llego a la verja, me paro y rebusco mi casco en la mochila. Pero me encuentro con el diario de Grey. Esta mañana he decidido cogerlo. Una especie de talismán. Lo abro para ver qué estaba haciendo este mismo día el año pasado.

G DEBERÍA TRASLADARSE A LA HABITACIÓN DE NED CUANDO ÉL SE MARCHE A ST. MARTIN. VOLVER AL MUNDO.

Debajo hay un dibujito de un gato, y sé exactamente qué día es. Ya hacía mucho que habían acabado los exámenes, pero yo estaba encerrada en el desván de la librería, leyendo. Hasta que Grey se sentó a mi lado y me quitó el libro de las manos.

—¿Schrödinger, eh?

Lo miré mientras repasaba el texto por encima, la famosa teoría del gato. Fue antes de *Umlaut.*

—A ver si lo entiendo —dijo Grey—. Metes en una caja un gato, uranio, un contador Geiger, un martillo y un tarro lleno de veneno. ¡Menudo regalo de Navidad!

Me reí y le expliqué que el uranio tiene un cincuenta por ciento de posibilidades de desintegrarse. Si ocurre, el contador Geiger hace que el martillo rompa el tarro de veneno, y el gato muere. Pero si el uranio no se desintegra, el gato vive. Por tanto, antes de que abras la caja y averigües la verdad, ambas teorías son ciertas al mismo tiempo. El gato está muerto y vivo a la vez.

—¿Quieres saber algo gracioso sobre Schrödinger? —me preguntó Grey devolviéndome el libro mientras se levantaba.

—Vale.

—Era un ligón empedernido —dijo Grey—. ¡Se lo hizo con media Austria!

Seguí escuchando sus carcajadas mientras bajaba por la escalera, incluso mientras yo volvía a intentar comprender cómo dos situaciones opuestas podían ser ciertas. Jason era mi Schrödinger. Dentro de la caja estábamos nosotros: un secreto, algo especial; nadie nos lo podía quitar ni destruirlo. Pero lo nuestro había durado algunas semanas, y ahora había otro pensamiento dentro de la caja: yo quería que él reconociera nuestra relación.

Antes de salir de la librería, fui a la sección de biografías y lo busqué, eso de que Schrödinger era un mujeriego. Grey hablaba en serio.

No sé cómo se lo monta papá para trabajar ahí cada día.

Pero cuando empiezo a alejarme de la ciudad pedaleando por la carretera de la costa en dirección a Holksea empiezo a relajarme. Noto la caricia dulce del aire en la piel, y después de un rato el mundo no es más que sol, cielo y mar. Acelero hasta que se funden las tres cosas y la sal me llena los pulmones. Respiro hondo y entonces vuelvo a ser una niña, y por un momento nada importa, ni Thomas, ni Grey, ni Jason.

Algunos minutos después, empieza a acercarse un grupo de edificios desde la lejanía: las afueras de Holksea. La librería está al lado del mar, y el cartel se ve desde lejos: The Book Barn. Es enorme, mayúsculas brillantes en neón rosa, tenues a la luz del sol, pero aun así tan brillantes como el propio Grey, y las letras se me imprimen en las retinas.

Estoy a quince metros de distancia y todavía pedaleo muy deprisa, y entonces las letras desaparecen. Sencillamente, *parpadean* y se desvanecen.

«No.»

Se me acelera el corazón, reduzco la velocidad, pero no mucho. Siento la necesidad de seguir adelante. Ahora estoy a diez metros. En el sitio en el que deberían estar las letras sólo hay espacio. Y esta vez no me refiero a un vacío, la nada, un entero negativo, la puta raíz cuadrada de menos diecisiete. Me refiero a espacio exterior. Hay un agujero en el cielo donde debería haber cielo.

Seis metros. Estoy a setecientos metros del mar, 52,96 grados norte, y a un billón de años luz de la Tierra. Esto no es un telescopio. Es el puto Hubble.

Y en los bordes del agujero, donde el cielo vuelve a teñir el negro de azul, la misma nieve de una televisión mal sintonizada que ya he visto antes, en dos ocasiones. ¿Qué es lo que ha dicho la señora Adewunmi sobre los vórtices? ¿Que la imagen podía distorsionarse? Ésta es clarísima.

Estoy aterrorizada, pero no puedo evitar que mis pies sigan pedaleando. Porque, oh mierda, oh mierda, oh mierda. La habitación de Grey. Los diarios de Grey. La librería de Grey. Sea lo que sea esto —y definitivamente hay *algo*, ayer vi el verano pasado, ¡y hoy hay un agujero por donde se ve la vía láctea!—, está relacionado con Grey. Y Grey está muerto. Cosa que significa que tiene que ver conmigo...

Cuando estoy a tres metros, el instinto gira el manillar y me conduce al camino del mar. Inclino el cuerpo al girar, es una curva que he tomado un millón de veces en mi vida, y a mucha más velocidad. Pero esta vez, por algún motivo, algo no va bien.

Giro con demasiada fuerza, es más bien un viraje, y me asalta una oleada de adrenalina. Esto no va bien. Siento una punzada de terror cuando intento recuperar el equilibrio y doy una sacudida hacia la derecha. Pero entonces la rueda delantera esquiva una roca y se encuentra con un bache, y me caigo —y me duele—, pero no dejo de moverme, ni siquiera cuando impacto contra el camino. Lo primero que toca el suelo es mi codo y noto una punzada de dolor que me recorre todo el brazo. El fuego me arde en el muslo mientras me deslizo por el asfalto algunos metros desgarrándome la piel. Me paro de golpe al chocar contra el seto, pero la bicicleta sigue derrapando con mi pie atrapado en el pedal. Me arrastra por la pierna retorciéndome el tobillo antes de soltarse y estrellarse después de salir volando. Y me deja atrás.

Martes 6 de julio (más tarde)

[MENOS TRESCIENTOS DIEZ]

Me quedo tendida en el seto durante una eternidad. Lo único que veo es el cielo: el cielo de verdad, el que se supone que debe estar ahí. Es enorme y no hay nubes, brillante y azul, y muy, muy lejano.

Más o menos un siglo después miro el reloj —está aplastado, los números digitales desaparecidos— y mi teléfono ha muerto, da igual lo fuerte que intente presionar las teclas. Pero, aun así, sé que no he perdido el tiempo. He sentido cada segundo. Porque…

Dios

Joder

Au

Duele

Me duele la cabeza. Quiero a Jason. Quiero a la mamá que nunca he tenido. Quiero a Grey. *Quiero.*

—¿Hola? —digo tanteando con la voz temblorosa—. ¿Hola?

Y espero y espero, pero no viene nadie. Llevo un año haciéndome cada vez más y más pequeña, y ahora ya apenas estoy aquí.

Al rato me levanto y pongo a prueba mi tobillo. No está roto, no creo —lo he escuchado crujir, como cuando Thomas me desafió a saltar del muelle y pasé tres meses con una escayola en la que él escribió un montón de palabrotas. *Vaya mierda*, cómo duele. Cojeo unas cuantas veces hasta que consigo apoyarme en el seto y mirar a mi alrededor.

Al otro lado de la carretera veo el brillo del neón rosa del letrero de la librería. Está completamente normal. Mi bicicleta está tirada en la cuneta, se está dando un baño de burbujas en el perifollo verde. Cojeo hasta ella y compruebo que no hay muchos daños: la rueda delantera está torcida y se le ha salido la cadena, pero son cosas que puedo arreglar. La saco de la cuneta y me apoyo sobre ella mientras me acerco a la librería cojeando y estremeciéndome de dolor.

Después de haberla evitado durante tanto tiempo, ahora es el único sitio donde quiero estar.

La puerta está cerrada, papá ha ido al aeropuerto a buscar a Thomas. Después de un par de intentos, consigo abrir. Dentro está oscuro y silencioso, percibo una ráfaga de olores: papel, madera vieja, humo de pipa y alfombras polvorientas. Estoy en casa.

Dejo la puerta abierta y las luces encendidas mientras avanzo despacio entre las estrechas estanterías hasta emerger en una caverna pequeña rodeada de libros. Un laberinto hecho de pasillos de estantes brota de ella en todas direcciones. Las cajas que llené de libros la noche anterior están apiladas en una esquina, al lado del escritorio. Por detrás de la mesa asoma el sillón gigante de Grey.

Me subo a él muerta de dolor e intento ignorar el excesivo ruido desacompasado del reloj de pie que Grey se negó a hacer reparar. Examino el escritorio entornando los ojos en la oscuridad en busca del botiquín de primeros auxilios. El primer cajón está lleno de pedazos de papel; me recuerda al perifollo verde de la cuneta. Rebusco entre las facturas y los formularios de los pedidos, encuentro tabletas de chocolate, aceite esencial, una lata llena de tabaco, una botellita de cristal marrón. La agito. Es una de las medicinas *hippies* de Grey. Les tenía mucha fe al *ginkgo biloba*, a la hierba de San Juan, al aceite de onagra. Me trago dos pastillas en seco y consigo que crucen el nudo que tengo en la garganta.

Me duele todo. Tengo una rozadura muy desagradable en la pierna. Voy a tener costras durante días. Cuando era una niña y me caía, mi abuelo estaba allí para ponerme una tirita y darme un beso de esos que lo curan todo.

Apoyo la cabeza en el sillón de terciopelo y respiro el olor de Grey, derrumbándome cada vez más. Papá ha conservado la librería tal y como estaba: llena de polvo y desordenada, un altar a la política administrativa de Grey. «¡Yo soy librero, no contable!» Su sillón descomunal, se me ve minúscula aquí sentada, el escritorio en el que a veces escribía sus diarios, y ese estúpido reloj roto, su tic-tac... tictactic... toc. Se me llenan los ojos de lágrimas hasta que no puedo ver, y el terciopelo moteado se emborrona hasta convertirse en esa televisión mal sintonizada, la nieve monocromática que he visto fuera, justo antes de estrellarme. Tic...

Toc.

Tic-tac.

—Hazlo bien, ¿eh? —digo. Estamos en el manzano, que está lleno de hojas húmedas, y tengo el culo frío, pero Grey dice que tienes que sentir la tierra que tienes debajo—. No pueden descubrir que hemos sido nosotros.

Es la fiesta del décimo cumpleaños de Ned, y nos ha retirado la invitación a mí y a Thomas. Grey dice que estamos invitados y que Ned se la está jugando, pero yo creo que tenemos que robarle el pastel de todas formas. A Thomas se le ha ocurrido la idea de pintarnos la cara como bandidos.

—Claro —dice Thomas poniendo los ojos en blanco—. Vale, voy a pintarte bigote a ti también.

—Vale —acepto. Siempre acepto cuando estamos juntos, y cierro los ojos. Cuando empieza a dibujar, la pintura me hace cosquillas—. Recuerda la señal: cuando Grey grite Par de Dos…

—… salimos corriendo —concluye Thomas—. G, abre los ojos.

Cuando los abro, Thomas se está riendo y me enseña un rotulador permanente…

—¿Qué ha pasado? ¿Gottie? Gottie, abre los ojos.

La voz de papá se interna en la oscuridad. Me pesan mucho los párpados, los tengo pegados. Debo de haberme quedado dormida. He soñado con Thomas. Estábamos en el árbol, pero no era el día correcto, no era el día en que se marchó…

Cuando abro los ojos, las imágenes se desvanecen. Parpadeo. Papá está delante de mí.

—Me he quedado dormida. Ah. Y me he caído de la bicicleta —le digo murmurando con la boca pegada a la oreja aterciopelada del sillón, y girándome un poco hacia un lado para enseñarle la caída.

Él hace un ruido al sorber aire con los dientes apretados, es un sonido proporcional a la pierna arañada. Papá no soporta la sangre, se estremece cada vez que Ned o yo nos cortamos con un papel. ¿Cómo se las arregló cuando murió mamá, si había sangre? ¿Acaso desapareció por algún agujero de gusano buscándola?

No consigo retener el pensamiento, ninguno de ellos; se desperdigan como las hojas del otoño.

—¿*Ist* tuya la bici que está fuera? —pregunta papá.

Mi bici es rosa, tiene una cesta y los radios de las ruedas están adornados con las chorradas que regalan en las cajas de cereales, así que no entiendo de quién cree que puede ser.

Me obligo a sentarme y me muero de dolor al pensar en las bolas de algodón con alcohol. El recuerdo de los cortes y los arañazos de la infancia me espabila lo suficiente como para sonreírle a papá y convencerlo de que estoy bien.

—Bien —Papá sonríe—. Tengo el coche aparcado en la playa. Iré a buscarlo, ¿me esperas aquí?

—Vale.

—Hazle compañía —oigo cuando papá se da la vuelta, y yo vuelvo a cerrar los ojos discretamente y me acurruco contra el terciopelo. Es la Vía Láctea. «¿Quién, ella?», pienso. «Yo soy yo.»

Pasos, y la puerta de la librería cerrándose a lo lejos cuando papá sale. Pero puede que no, porque sigue aquí, cogiéndome de la mano. También es molesto, porque no deja de darme golpecitos en los dedos.

—Quita. —Intento soltarme, pero unos dedos cálidos se deslizan entre los míos y me estrechan la mano hasta que me despierto—. Papá, para.

—¿G? —dice alguien. Una voz de chico, que sale de las estrellas—. Tu padre se ha ido. Soy yo.

El tal «yo» tiene un acento raro, es inglés y no lo es al mismo tiempo, y abro los ojos para mirarlo. Hay un chico de mi edad inclinado sobre mí, cogiéndome de la mano, veo sus gafas, sus pecas y su preocupación.

Y está rodeado de estrellas, todo el rato, por todas partes. Hay una galaxia entera dentro de la librería, flotando en el aire.

—Estás rodeado de estrellas —le digo.

Se le arruga la boca. Así es como sonreía siempre Thomas Althorpe, como si su cara no pudiera reprimir lo divertido que le parecía el mundo, y esa diversión rebosaba hasta convertirse en un par de hoyuelos. Esta versión tiene un par de pómulos, y unos colmillos que se le clavan en el labio inferior. Oh. Gafas. Pecas. Es él.

—Hola, G. —Thomas sonríe mientras un cometa le pasa zumbando junto a la cara—. ¿Te acuerdas de mí?

—Me acuerdo de ti. Has vuelto. Me prometiste que volverías. Pero no recordaba que fueras tan guapo.

Ésas son las últimas palabras que digo antes de desmayarme.

Miércoles 7 de julio

[MENOS TRESCIENTOS ONCE]

Me despierto sudando debajo de una colcha de *patchwork* y seis mantas que no me he puesto yo, veo el reloj y me doy cuenta de que llego tarde al instituto, decido que no me importa, después me giro y vomito por el lateral de la cama. Hay un cuenco de plástico en el suelo esperando a que pase eso. Esta secuencia ocurre en apenas treinta segundos, antes de que vuelva a dejarme caer sobre las almohadas.

Hoy no voy a ir al instituto.

El sol que se cuela por la hiedra ha teñido el aire de verde Aurora Boreal. Me siento pesada, mi dormitorio tiene su propia fuerza gravitatoria que me empuja contra el colchón. Me palpita la pierna a causa de la caída de la bicicleta, me martillea la cabeza, y tengo un agujero en el corazón omnipresente con forma de Jason y Grey.

Grey. Miro sus diarios, que están en la otra punta de la habitación. Hay algo más, algo que me presiona los confines de la conciencia, algo que necesito recordar…

El dormitorio de Grey. Y Thomas Althorpe, en la otra punta del jardín, durmiendo en él.

Vaya.

«No recordaba que fueras tan guapo.»

Qué vergüenza. Quizá haya convertido yo misma estas mantas en la termodinámica de la flagelación para tener algo bajo lo que esconderme.

Eso me recuerda la teoría de ayer, la que pensé justo antes de caerme de la bici: que esos episodios tan raros son una manifestación de Grey, y de la culpabilidad. Y de mí.

No debería haberme quedado con sus diarios. No debería estar leyéndolos. Pero es mucho más que eso. Es todo este año, es cómo estaba yo el día que murió...

«Para.» Obligo a mi cerebro a concentrarse en Thomas: en comparación, es un tema mucho más sencillo. Chasqueo la lengua hasta que *Umlaut* salta sobre mi pierna mala. ¿Por qué está aquí? Me refiero a Thomas, no al gato. Ned dice que es un destierro. Pero Thomas nunca hizo nada tan malo como para tener que abandonar el país. Soltar los cerdos en la feria de verano: una reunión anual de rifas y mermelada casera en la plaza del pueblo. Comerse toda la gelatina de colores que Grey hizo para mi fiesta de cumpleaños, y después vomitar arcoíris. Pero no es un *delincuente.*

Me duele la cabeza de pensarlo. Me duele la cabeza, punto final.

—Voy a la cocina a por un vaso de agua —le digo en voz alta a la mirada escéptica de *Umlaut*—. Estoy completamente deshidratada.

No es porque tenga curiosidad por Thomas. No es porque quiera averiguar por qué ha vuelto, o por qué nunca me escribió. No es porque la imagen de ayer que recuerdo de él —pecas y pelo oscuro— esté rodeada de estrellas fugaces. Quiero un poco de agua, eso es todo.

Tardo diez minutos en cruzar cojeando el jardín. *Umlaut* trota detrás de mí, apenas se le ve entre la hierba desgreñada. Cuando llego a la cocina, la puerta de la habitación de Ned está cerrada. Hay un mensaje en la pizarra escrito con la letra de papá advirtiéndole a Thomas que llame a su madre, y una extraña hogaza de pan encima de la mesa. Este último año hemos desayunado cereales, los comíamos a puñados directamente del paquete. Papá y yo no nos sentábamos juntos a desayunar, dos personas en nuestra mesa enorme. El espacio vacío donde siempre se sentaba Grey acentuaba que Ned no estaba, que mamá siempre tendría que haber estado ahí.

Es como si la muerte de Grey hubiera dejado un agujero más grande que el que ocupaba él.

—Curioso, curiosísimo —le digo a *Umlaut* mientras me siento delante del pan.

—¿Qué te parece tan curioso, Alicia?

Me sobresalto al escuchar la voz de Thomas detrás de mí y se me acelera el corazón. Se me paraliza la mitad el cuerpo. La otra mitad gira sobre el asiento. En consecuencia, casi me caigo de la silla cuando él entra en la cocina. Pelo oscuro y mojado, pies descalzos, una chaqueta de punto encima de la camiseta. Parece *limpio.* A escondidas, me paseo la lengua por la boca tratando de eliminar la sequedad post-vomitera.

Thomas me saluda algo avergonzado y desaparece detrás de la puerta de la nevera, que ahora es una maraña de fotografías e imanes diseñada por Ned, y me quedo computando las actualizaciones del chico que se marchó. Cuando se fue era la mitad de alto que yo, gordito, y llevaba unas gafas de culo de botella que le amplificaban los ojos. Esta versión de Thomas es cien metros más alta y tiene *brazos*. Está claro que ya tenía brazos antes, pero no así. No como si tuvieras que pensar en ellos en mayúsculas.

Estoy inclinada hacia un lado y vuelvo a mi posición inicial cuando Thomas emerge de la nevera con los brazos cargados. No dice nada, y me dedica una sonrisa minúscula mientras alinea tarros de mantequilla, mermelada, Marmite y manteca de cacahuete delante de mí.

—¿Té?

Me sonríe con la mano suspendida sobre las tazas que cuelgan del aparador. Una noche y ya está a sus anchas. Bueno, me recuerdo que antes prácticamente vivía aquí. Entre los rugidos de Grey, las idiosincrasias de Ned y la visión tan liberal de la paternidad de papá: «¿Galletas? Mmmm, coge todo el paquete», Thomas y yo pasábamos la mayor parte del tiempo en este lado del seto. Era mucho más interesante (por no mencionar que su padre no dejaba de gritar).

Se hace el silencio mientras Thomas llena el calentador de agua. Hay que tener La Conversación, uno no vuelve después de ausentarse tanto tiempo y dice: ¿Té? En realidad, Jason lo hizo. Ned lo hizo. Es lo que hacen los chicos. Se marchan y, cuando vuelven, actúan como si no tuviera importancia.

Thomas corta la hogaza de pan en rebanadas mientras espera a que hierva el agua. Lo miro a escondidas sin que se dé cuenta y añado algunos detalles a mi archivo mental: ¡Thomas tiene pelo en los dedos de los pies! ¡Thomas lleva unas gafas de lo más *hipster*! Thomas es guay. Desde su corte de pelo *vintage* —demasiado corto por los lados y rizado por la parte de arriba, que ya se está secando— hasta su camiseta de alguna oscura marca de café orgánico. Y su cárdigan. Es una traición. ¿Cómo se ha atrevido a crecer así de guay? ¿Cómo se ha atrevido siquiera a crecer?

Por fin, deja un montón de tostadas y una taza delante de mí y se sienta enfrente asintiendo como diciendo: «Bueno, aquí estamos». Como diciendo que cinco años no son nada.

Ha preparado un té con el tono de marrón perfecto. El pan está tostado tal y como a mí me gusta. Me pone furiosa que lo haya hecho bien. Aparto la Marmite y me unto un poco de mantequilla dura, después le doy un mordisco al pan y suelto un involuntario «Mmmm».

Cuando levanto la vista, Thomas me está mirando, sorprendido.

—¿Qué?

Me paso la mano por la barbilla por si tengo migas de pan; soy muy consciente de que tengo el pelo sudado y el pijama sucio y que no llevo nada debajo. En cuanto pienso en eso, mi cerebro empieza a repetir: *pechos, pechos, pechos.* Me ruborizo.

—Nada. —Niega con la cabeza, y entonces dice—: Ayer. En el Book Barn.

Tiene la voz más grave que cuando se marchó, y su acento no es canadiense del todo. Por lo visto mi cerebro no deja de conjurar pensamientos vergonzosos, porque empieza: «Su boca debe de saber a sirope de arce. *Wie bitte?*»

—¿Tu padre dice que es la primera vez que ibas en mucho tiempo? ¿A la librería?

Thomas sigue hablando e intento concentrarme.

Eso debe de parecerle raro —el Book Barn siempre fue nuestro refugio. Un lugar donde escapar cuando sus padres se peleaban. En especial en esos momentos, cuando el padre de Thomas volcaba su ira en él, o cuando Ned no quería jugar con nosotros. Nos marchábamos con nuestras bicicletas hacia el mar, y Grey nos dejaba estar allí mientras no hiciéramos mucho ruido. No sé qué contestar, y me meto un trozo de tostada en la boca.

—Claro. Perdona. Cómo… —Thomas levanta un dedo para indicarme que espere un momento. Después de rebuscar en su bolsillo, saca un inhalador y toma un par de bocanadas antes de decir—: ¿Cómo estás esta mañana?

—¿Eh?

Estoy distraída. Había olvidado que tenía asma. Añado un pedazo de celo imaginario a sus gafas y mis recuerdos empiezan a mutar y a recolocarse. El Thomas del pasado y el que tengo delante empiezan a fusionarse.

—Te caíste de la bici, ¿te acuerdas? —insiste Thomas—. Te quedaste conmigo. Ned me dijo que te convenciera para que te hicieras la enferma, que te escribiría una nota.

«¿Ned dijo eso?»

—Estoy bien —miento automáticamente, llevo todo el año practicando. Ya es casi un eslogan.

—La verdad es que vomitaste. Te habías tomado un par de pastillas, morfina, y dijiste que me salían estrellas fugaces de la cabeza.

Thomas hace ondear las manos cuando habla, como si estuviera cazando murciélagos invisibles. Solía hacerlo cuando estaba emocionado, o asustado, o nervioso. No sé cuál de las tres opciones es la acertada en este momento. Estoy intentando darle cuerda a mi cerebro: *¿morfina?*

—Te metimos en el coche, tu padre no dejaba de murmurar en alemán, y *zas*, vomitaste encima de mis pantalones. Con la pierna llena de sangre, fue como el día que me marché. ¿Te acuerdas? El día de la cápsula del tiempo.

Thomas corta su alocado monólogo —ha dicho más palabras en un minuto de las que he dicho yo en diez meses. Y no consigo seguirlo, ¿qué cápsula del tiempo?; y me mira. Tiene la mirada turbia, con una mancha en el iris derecho que es como una gota de tinta. ¿Cómo había podido olvidarlo?

—Ese día llevabas el pelo corto —dice, como si estuviera clavando una bandera en la luna y declarando su conocimiento sobre mí.

Pero si un viejo corte de pelo y una cicatriz en la mano es todo lo que tiene… Me equivocaba. No me conoce en absoluto.

—G. —Thomas me mira con la cabeza ladeada—. ¿Crees que ese correo electrónico…?

«Limpiaparabrisas.»

No sé de qué otra forma describir lo que ocurre. De pronto, Thomas está ladeando la cabeza, con la taza en la mano, diciendo algo sobre un correo electrónico. Y entonces una ondulación recorre el aire, durante algunos segundos. Una capa de papel film se desprende de la superficie de la cocina. Revela lo que hay debajo: todo está exactamente igual, pero el reloj ha avanzado un minuto, y Thomas está sosteniendo una tostada y se ríe, le tiemblan los hombros y el pelo rizado mientras dice:

—… bueno, ¿qué plan hay para el verano?

Es como si el tiempo hubiera saltado. No mucho, como si un DVD se hubiera tragado una escena. Creo que soy la única que ha advertido el fallo técnico, cosa que refuerza lo que pensé sobre el viaje temporal de ayer: es algo que tiene que ver conmigo. Yo y Grey. Algo que hice ha hecho que el tiempo se ponga en plan *Olvídate de mí.*

Thomas está esperando a que yo conteste, actúa como si no hubiera pasado nada. No sé, quizá sea así. Tal vez esto y los agujeros de gusano sólo estén en mi cabeza. Puede que sea cosa de la presunta «morfina». ¿Será argot canadiense? Grey odiaba la medicina convencional —una vez el cura lo pilló intentando pescar sanguijuelas en el estanque del pueblo, y yo nunca lo vi tomar nada más fuerte que una aspirina—, así que me siento más inclinada a pensar que era alguna droga legal o algún compuesto de hierbas.

—G —repite, dándome un golpecito en la pierna buena por debajo de la mesa—. Este verano, ¿cuál es nuestro plan?

—¿Nuestro plan? —repito, la incredulidad y el enfado me ayudan a encontrar la voz—. ¿Me tomas el pelo? No puedes desaparecer del planeta y luego volver pensando que va a haber algún *plan*.

—Canadá —dice con tranquilidad mientras se toma su té.

—¿Qué pasa con Canadá?

—Está en el hemisferio norte. A unos cinco mil kilómetros de aquí.

—¿Y?

—Está en este planeta.

Si no conociera a Thomas, diría que parece tranquilo. Pero no hay nada que me dé más rabia que alguien que se niega a tener una pelea cuando la estoy buscando, y él lo sabe. Y odio que lo sepa.

—Muy bien. Voy a darme un baño.

No puedo marcharme rápido, pero me trago el dolor mientras cojeo para salir de la cocina lo antes que puedo. Cuando llego al baño, cierro la puerta y abro los grifos hasta que rugen. Me siento en el borde de la bañera y me quedo mirando fijamente el lavamanos. Cuatro cepillos de dientes en la taza, cuando todo el año ha habido dos. Pasta de dientes de bicarbonato. Los cientos de productos para el pelo de Ned, el desodorante de chico y los palitos de incienso se pelean por un poco de espacio. Por encima de todo eso, el espejo se llena de vaho y en la superficie aparece el contorno del logo del grupo de Ned dibujado con el dedo.

Mientras lo observo, el vaho se pixela. Y aunque todavía no se convierte en nada, sé, en cuanto ocurre, dónde me va a llevar. Ha llegado la hora de admitirlo.

No importa qué le dijera a la señora Adewunmi —teóricamente, hipotéticamente—, el espejo, el beso de Jason, la galaxia que vi ayer en el cielo, incluso que Thomas y yo estuviéramos en el Book Barn. Todo son agujeros de gusano. Todos son túneles al pasado.

{ 2 }
AGUJEROS DE GUSANO

Visto desde un millón de años luz de distancia, un agujero negro de Schwarzschild es exactamente igual que un agujero de gusano. Son lo mismo. Nuestro universo podría estar dentro de un agujero negro, que existe dentro de otro universo, dentro de otro, como un juego de muñecas matrioskas.

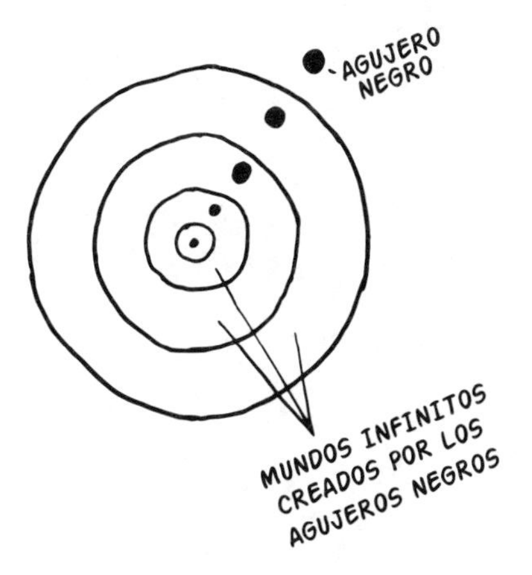

Infinitos mundos, infinitos universos.
Infinitas posibilidades.

Jueves 8 de julio

[MENOS TRESCIENTOS DOCE]

Cuando salgo del baño, Thomas está acurrucado en el comedor, durmiendo. *Umlaut* también duerme metido dentro de su cárdigan. Sus gafas están plegadas en el reposabrazos del sofá; sin ellas puestas, es todavía más difícil conectar los pómulos de este chico problemático con el niño de la cara redonda que se marchó.

Hay un portátil en la mesa; supongo que papá no le advirtió de que somos la última casa del planeta que no tiene wifi. «Conserva tus revolucionarias tarjetas de banda magnética y el aeropatín, colega», me decía Grey cuando le pedía una conexión a internet decente. «Háblame del cosmos. ¿Qué novedades hay en astrología?» «Astronomía», lo corregía yo, y nos enzarzábamos en una discusión sobre el estatus planetario de Plutón o las diferencias entre Gaia y Galileo.

Una pequeña parte de mí quiere despertar a Thomas y preguntarle por qué desapareció. Pero cruzo cojeando por su lado para ir a la cocina, cojo una caja de cereales y paso el resto del día en mi habitación.

Aunque quiero entender lo de los agujeros de gusano —¡y lo del parabrisas!—. No puedo seguir haciéndome la ermitaña. La mañana siguiente, después de ocultar mis moretones debajo de unos vaqueros y una camisa a cuadros de manga larga, le tiendo una emboscada a papá a primera hora y le pido que me lleve al instituto. Por el camino le explico mi plan: quiero trabajar en el Book Barn durante las vacaciones.

—Buena idea —contesta papá—. ¿Trabajarás los mismos días que Thomas?

Casi me trago la lengua. ¿Thomas va a ayudar en la librería?

—Emmm, quizá debamos hacer turnos diferentes. Así tendrás más ayuda —sugiero, y después añado con despreocupación—: Estoy segura de que Ned también querrá venir algún día.

«Intercambio. Si tú pones fotografías de mamá por toda la casa, yo te hago trabajar los viernes.»

Papá me da la alegría de mostrarse de acuerdo, y me ofrezco generosamente a organizar los horarios de todos.

—Llámame cuando necesites que te lleve a casa —me dice cuando me deja. Y no me doy cuenta hasta que se ha ido: se me ha roto el móvil.

Después de mi clase de matemáticas, recojo los dos libros que reservé y paso la hora de comer en la biblioteca imprimiendo diagramas de Internet y buscando teoremas en Google sobre los que investigar. Cuando se me acaba el crédito en el ordenador, me llevo todo lo que he impreso a una mesa de la esquina. Después saco el diario de Grey de la mochila y vuelvo a buscar la entrada del solsticio de verano.

Voy a leer sobre el verano pasado. Voy a destrozarme el corazón. Las migas del bocadillo que me estoy comiendo caen encima de la página —preferiría estar comiendo *Kartoffelsalat* en vez de queso Cheddar entre un par de rebanadas de pan blanco rancio— y las aparto con la mano mientras me salto un día, una semana, quince días, hasta:

*R.

BORRACHO ENTRE LAS PEONÍAS. HAY NUBES DE FLORES POR TODO EL JARDÍN.

GOTTIE ESTÁ ENAMORADA.

Me atraganto con el bocadillo. ¿Grey lo sabía?

Esta vez noto el agujero de gusano antes de verlo, es un hormigueo en el aire. El sonido del universo expandiéndose. Me levanto y me apoyo en las estanterías mientras cojeo por el pasillo revisando los lomos de los libros. Latimer, Lee, L'Engle. Cuando saco *Una arruga en el tiempo* del estante, veo un destello de nieve televisiva y huelo la sal antes de...

Cuando salgo del mar Jason me está esperando.

Hace sol y sus ojos son del mismo azul que el cielo. No hay nadie en esta parte de la playa. Sólo los habitantes del pueblo llegan hasta esta zona y, además, es lunes.

—Oye, Margot —dice cuando me siento a su lado—. No hay de qué, por cierto.

—¿Eh?

Ladeo la cabeza e intento sacarme el agua de los oídos.

—Te he vigilado las cosas —me aclara señalando a su alrededor con la mano—. O sea, puede que no te preocupen los ladrones, pero...

Mis cosas son una biografía de Margaret Hamilton (la científica, no la bruja), una toalla, algunas prendas de ropa, la llave del candado de la bici. Pero es tierno de todas formas.

—Estamos en Holksea —señalo—. Yo soy la persona más peligrosa del pueblo.

Se ríe y dice:

—Sí que eres peligrosa. Ese bikini es criminal.

No sé qué contestar a eso. Es el que he llevado toda la vida, pero los pechos que hay dentro son nuevos, llegaron en el expreso de medianoche hace un par de meses. Desde entonces Sof ha estado intentando explicarme la diferencia entre la copa B y un sujetador balconette.

La respuesta más sencilla es besarlo... Noto la caricia caliente del sol en la piel y el mar brilla a lo lejos mientras cierro los ojos y nos besamos. Tengo los labios salados, la cara mojada y fría, nuestras bocas son cálidas. Me dan ganas de acurrucarme contra él. Pero un segundo después, Jason se aparta.

—Oye —susurra poniéndome bien los mechones de pelo que se me han soltado del moño—. Quizá no deberíamos hacer esto aquí. Podría vernos alguien.

—¿Como quién? ¿El famoso inframundo criminal de Holksea?

Jason sonríe, después suspira y a continuación se tumba en la arena. Nunca sé si he hecho algo mal; tiene un humor tan cambiante como la marea.

—Eh.

Me inclino sobre él, le acerco la cara, intento volver a besarlo.

—Ned se pondría en plan cortarrollos —murmura—. Eres más pequeña que yo. Nos vigilaría en todas las fiestas, haría lo imposible para que nunca estuviéramos a solas.

Estoy bastante segura de que Sof desaprobaría lo mío con Jason si se lo contara: él es dos años mayor que yo. Tiene un grupo. Yo nunca he tenido novio, y Jason no es exactamente alguien con quien empezar a probar. Estoy segura de que no aprobaría esta conversación, por eso no voy a explicárselo.

Aunque la escuela ya ha terminado, y cada vez tenemos menos elecciones —ya nos han hablado de las preinscripciones—, por extraño que parezca, yo noto que me estoy expandiendo. Que estoy cambiando. Quiero estirarme como un árbol hacia el sol, sentir que toco el mundo con las yemas de los dedos. Y la amistad de Sof me empieza a parecer una jaula. Ella quiere que siga siendo exactamente igual.

Jason me desliza los dedos por debajo de la tira del bikini, su mano me roza la piel justo donde mi bronceado empieza a palidecer. Tiene razón sobre Ned. La estética setentera de mi hermano también afecta a su política de género por lo que a mí se refiere. Y me gusta esta burbuja en la que estamos metidos. Este club.

—Mantengámoslo en secreto —digo, y parece que sea idea mía—. Durante un tiempo.

Vuelvo flotando a casa pensando en nosotros.

...y entonces ya no estoy sentada en el suelo de la biblioteca ni flotando de camino a casa después de haber estado con Jason en la playa. Estoy cruzando el aparcamiento de la universidad directamente hacia Sof. Aargh.

Cuando freno sorprendida tengo la mano levantada y estoy saludando, después intento incorporar el gesto a mi cojera. El tiempo ha pasado en la vida real, exactamente igual que ocurrió cuando estaba en el aula de castigo y en el agujero de gusano de la habitación de Grey. Es lo contrario de cómo funcionaban las cosas en Narnia.

Sof está sentada contra el muro y lleva un vestido, está tomando algo verde y espumoso. Un batido de trigo germinado. Su cabeza es una nube de rizos que se bambolean cuando me acerco. No acabo de discernir si es un saludo.

Sacudo la cabeza intentando concentrarme en el presente y me siento a su lado con los vaqueros sudados. Todavía sigo pensando en Jason, no dejo de recordar cómo me sentía aquellos primeros días, como si mi corazón se estuviera expandiendo mil kilómetros por minuto con cien sensaciones nuevas hasta que creía que iba a explotar. Tardo un rato en encontrar algo que decir y al final opto por:

—¿Te importa que coja el autobús contigo?

—Claro que no —contesta. Parece recelosa y complacida al mismo tiempo. Algunos segundos después me mira y añade—: ¿No vas en bici?

—Tuve un accidente.

—Vaya mierda. ¿Estás bien? —Sof se vuelve hacia mí y le enseño el tobillo—. Qué asco. Ponte pomada de árnica.

Sof es así. Ella te da un consejo aunque no se lo hayas pedido. Pero lo hace con buena intención y es la clase de remedio *hippy* que sugeriría Grey, y cuando me pregunta lo que pasó le digo:

—Tomé la curva de Burnham demasiado rápido. No fue para tanto.

—¿Estabas en el Book Barn? —pregunta con despreocupación mientras arranca una hoja de papel de su libreta para hacer una figurita de origami con habilidad. Ella no sabe que no había vuelto desde septiembre.

—Sí.

Nos quedamos en silencio, algo que antes no nos pasaba nunca. Antes no parábamos de hablar, a todas horas, sobre cualquier cosa: chicos, chicas, deberes, las posibilidades infinitas del universo, qué sabor de batido es mejor para mojar las patatas de bolsa, si debía permitir que Sof me cortara el pelo al estilo *bob*.

Estoy buscando en la mochila uno de los libros que he sacado de la biblioteca, *La máquina del tiempo* de H. G. Wells; y descubro que una magdalena de canela se ha materializado dentro de la bolsa desde el agujero de gusano, entonces Sof me da un codazo. Está abriendo y cerrando su figurita de origami, es uno de esos juegos para adivinar el futuro.

—¿Cómo es que tu mochila huele a Navidad? —pregunta—. Es igual: elige un color.

—Amarillo.

—Vale. —Sof hace la cuenta y desdobla el triangulito, luego exagera una cara de sorpresa—. Gottie vendrá a la playa el domingo.

Las vacaciones empiezan este fin de semana y siempre pasamos los domingos en la playa. Llueva o haga sol, tanto si Ned y su pandilla van o como si no. Es una de las tradiciones de nuestra amistad, como inventarnos nombres de grupos absurdos y las canciones que compondrían, escribirnos el nombre de la otra en la suela de las zapatillas o ver la misma película mientras nos enviamos mensajes sin parar. Aunque hace un año que no hago ninguna de esas cosas. Sof está convirtiendo este viaje en autobús en una rama de olivo.

—Muy bien —acepto. Luego vuelvo a abrir la mochila para coger la magdalena misteriosa. Está un poco chafada, pero se la tiendo en forma de ofrenda de paz—. Toma. Creo que la ha hecho Ned.

Sof cree que mi hermano es un héroe porque canta delante de otras personas y ella quiere hacerlo, pero es demasiado tímida. La mitad de los nombres de grupos que se inventa son para Ned; cuando Sof acuñó el nombre Fingerband, Ned le chocó los cinco y ella pasó una semana sin lavarse la mano.

—¿Comes harina blanca?

Levanto la vista. Megumi Yamazaki está plantada delante de nosotras y arruga su nariz perfecta mirando mi magdalena. Una vez, Thomas le metió una medusa en la fiambrera de la comida. Su familia se trasladó a Brancaster y fuimos a distintas escuelas en secundaria, pero la he visto por el instituto. Si Sof es de los años cincuenta, Megumi es de los sesenta, parece recién salida de una de esas extrañas películas artísticas francesas: camiseta a rayas, pelo corto, y unos *shorts* todavía más cortos.

—Meg, ¿te acuerdas de Gottie? ¿No ibais juntas a primaria? Pues ahora —Sof hace un gesto para indicar el cambio con las manos ignorando la magdalena— estamos juntas en arte dramático. Yo me encargo de los decorados, Meg es la estrella.

Se sonríen la una a la otra. ¿La nueva obsesión de Sof? El sentimiento parece mutuo. Y no tengo ningún derecho a sentirme herida porque no me lo haya contado. Entonces Meg dice:

—No dejo de intentar que actúe, pero ¿puedes creerte que tiene pánico escénico?

«Pues sí. Sólo ha cantado en un karaoke casero delante de mí.»

Llega el autobús. Avanza lentamente hasta pararse, pero Sof se levanta nerviosa de todas formas para hacerlo parar. Grey solía bromear con ella: «¿De verdad eres *hippy*, Sofía? Tienes que relajarte».

Cojeo detrás de Meg y Sof. Cuando subo ya están sentadas una al lado de la otra con los pies encima del asiento y me siento delante de ellas. Meg coge su iPhone y deseo con todas mis fuerzas que se conecte y nos ignore, pero lo que hace es meterse un casco en la oreja y ponerle otro a Sof.

—Lo siento —me dice Sof—. Tradición de autobús.

Asiento e intento darles privacidad mientras se susurran la una a la otra. Cojo un trozo de magdalena: sabe a otoño, y eso que el sol brilla en lo alto del cielo.

—Sof, ¿vamos a ir a ver a los Fingerband mañana? —murmura Meg.

—Ned es el hermano de Gottie —le recuerda Sof lanzándome una mirada. No sabía que tocaban.

—Ah, sí. —Meg se inclina encima de Sof y me recorre con la mirada, probablemente no entienda que pueda estar emparentada con Ned. Mi hermano cree que la tela de leopardo es fondo de armario—. ¿Vas a ir al ensayo? La fiesta de final de verano de este año tiene buena pinta, ¿no? ¿Es verdad que un año el abuelo de Ned sacrificó una cabra?

Sus palabras me chisporrotean en los oídos. Grey celebraba una bacanal en el patio cada agosto. El año pasado se hizo coletas y le pidió a Ned que sacara el piano al jardín para poder tocar «Chopsticks» rodeado de azaleas. No entiendo que a Ned le apetezca celebrar esa fiesta.

—Entonces, ¿conoces a Jason? —Meg habla haciendo preguntas y no espera ninguna respuesta. Quiero preguntarle de qué conoce a Jason, cuándo han hablado, por qué no está segura de que lo conozco, si él no le ha hablado de mí... ¿Lo nuestro sigue siendo un secreto?—. ¿Es verdad que un chico se ha ido a vivir a casa de Ned?

Mierda. El misterioso retorno de Thomas no es lo mismo para Sof —ella llegó al pueblo el año que él se marchó—, pero sabe quién es. Me pasé los seis primeros meses de nuestra amistad quejándome de su misteriosa desaparición. No tengo claro si ella y yo volvemos a ser amigas o qué, pero cuando gira el cuello como un búho para mirarme fijamente me queda completamente claro: piensa que debería habérselo contado.

Demasiado tarde, y, roja como un tomate, le digo:

—Thomas Althorpe ha vuelto. Ayer.

Meg arruga la nariz, ajena a mi comentario, mientras escribe mensajes en su móvil, habla y suelta bombas, todo al mismo tiempo.

—¿El Thomas de primaria? ¿De verdad está viviendo en la habitación del abuelo de Ned?

Definitivamente, tendría que haber mencionado que se había instalado en la habitación de Grey.

Sof guarda silencio durante un minuto, después se vuelve enfáticamente hacia Meg y dice:

—Gramática Dramática.

Meg no levanta la vista. Está escribiendo a toda velocidad, la luz del sol se refleja en sus anillos.

—Un grupo de *hip-hoperas.* —Sof vuelve a intentarlo dándole un codazo—. Rapearemos sobre dramas románticos y problemas de puntuación.

Tiempo atrás yo hubiera inventado una estrofa o alguna coreografía. Pero es evidente que Sof no está esperando que lo haga. Al jugar a nuestro juego con Meg, en vez de conmigo me está lanzando un mensaje.

Meg frunce el ceño con curiosa elegancia mientras se mete el teléfono en el bolsillo de esos *shorts* ridículamente cortos.

—¿De qué hablas?

Sof sigue sin mirarme, pero *noto* su enfado. El autobús está a punto de ponerse a vibrar. Cuando ya no aguanto mas la tensión, me dirijo al asiento que tengo delante.

—Me puso los cuernos la muy falsilla, la dejaré tirada como una colilla.

Silencio. Y entonces:

—Da igual —le dice Sof a Meg con la voz entrecortada. La otra nos mira confundida.

«Sof era amiga mía primero», quiero gritarle como si tuviera cinco años. «¡Sólo yo tengo derecho a saber que tiene pánico escénico! ¡A todos los demás les dice que tiene vegetaciones!»

Grey diría que soy como el perro del hortelano.

Vuelvo a mirar por la ventana y el paisaje se enturbia, verde y dorado. Unos minutos después, cuando nos paramos en la parada de Brancaster, los colores adoptan forma de árboles y campos.

—Mi parada —dice Meg levantándose—. Me alegro de volver a verte, Gottie. Vamos a ir a la playa el domingo. Vente, si quieres.

Es una invitación —a algo de lo que ya formo parte—, pero me hace sentir excluida.

Meg recorre el pasillo. Sof también se levanta señalándola.

—Yo..., emm..., tenemos un trabajo de arte —murmura, y me deja algo en el regazo—. Para ti.

Se marcha corriendo. Por la ventana veo cómo ella y sus lunares alcanzan a Meg. Cuando el autobús arranca, miro lo que me ha dado: es el juego de papel para adivinar el futuro. Debajo de cada triangulito ha escrito: «¿Te acuerdas de cuando éramos amigas?»

Cuando llego a casa, Thomas y Ned están jugando a una versión completamente Grey del Scrabble en el jardín: la mitad de las letras están perdidas por las margaritas. Creo que puedo leer D-E-S-T-I-N-O, pero podría ser D-E-S-A-T-I-N-O.

Thomas me sonríe.

—G —dice—, quiero...

—No.

Paso por su lado a toda prisa, me palpita la pierna. Me siento repentina e irracionalmente furiosa. Quiero hacer retroceder el reloj. Quiero volver a vivir el último año de otra forma. Porque estoy convencida de que la he cagado.

Ya me he encontrado a Jason dos veces al final de un agujero de gusano y, con él, a la chica que era antes.

El mundo está intentando decirme algo.

Cojo un bolígrafo y escribo en la pared, justo encima de la cama, en enormes letras negras:

$$\langle e_{\mu}, e_{\nu} \rangle = \eta_{\mu\nu}$$

La ecuación espacio-tiempo de Minkowski. Es una forma de retar al universo. Espero que pase algún limpiaparabrisas, como el de ayer en la cocina, o ver un agujero de gusano. Cualquier cosa que me ayude a escapar de esta realidad asquerosa.

No ocurre nada.

Viernes 9 de julio

[MENOS TRESCIENTOS TRECE]

El viernes por la noche cenamos pescado con patatas fritas en el jardín, directamente del cucurucho de papel, y hacemos un brindis con tazas de té gritando *ein prost!* por la llegada de Thomas.

Yo voy cogiendo los trocitos de rebozado sin apenas hablar excepto para decir: «Por favor, pásame el kétchup», hasta que papá le suelta la bomba de la librería a Thomas y le dice que trabajará los martes y los jueves hasta que llegue su madre. «Por cierto, Ned», añade, «Gottie ha sugerido que tú te encargues de los miércoles y los viernes».

Ned me fulmina con la mirada, y yo digo con inocencia:

—Yo me he presentado voluntaria para trabajar los sábados.

En cierta parte albergo la esperanza de que Ned se ría y me lance alguna amenaza infantil, pero nuestra empatía fraternal no está en buena forma.

—Hmmm —dice antes de bombardear a Thomas con preguntas sobre el panorama musical de Toronto y mencionar mil grupos de rock metal canadienses y preguntarle a

Thomas si los ha visto en directo. Casi siempre contesta que *no*, y a mí empieza a darme la sensación de que Thomas no es ni la mitad de guay de lo que pretende parecer con esas camisetas que lleva. Ned no menciona la fiesta.

Al rato se marcha al ensayo de los Fingerband envuelto en una nube de laca. Papá entra en casa advirtiéndonos vagamente que no nos quedemos despiertos hasta tarde y recordándole a Thomas que llame a su madre.

Y nos quedamos los dos solos. Es la primera vez que nos quedamos a solas desde la pelea de la cocina, hace dos días. Me niego a disculparme.

Acaba de caer el crepúsculo y los murciélagos empiezan a revolotear por los árboles. Buscan insectos que todavía no han llegado.

Flexiono las rodillas hasta tocarme la barbilla con ellas y me rodeo las piernas con los brazos sintiéndome desgarbada. Después del palique de Ned, el silencio es palpable. Cuando Thomas y yo éramos pequeños, podíamos pasarnos tardes enteras sin hablar, el uno al lado del otro con los dedos entrelazados en la casa del árbol o en un fuerte hecho con almohadas, días que se hacían eternos. Era casi lo opuesto a la relación que tenía con Sof. Y nunca teníamos que preguntarle al otro lo que estaba pensando, porque teníamos telepatía.

Miro a Thomas, que está levantando trocitos de pescado para que *Umlaut* salte a buscarlos. Es un silencio terrible. Está aburrido y pensando que ojalá estuviera en Toronto con una chica que hablara. Alguien guay. Su preciosa novia canadiense, a la que se muere por llamar para hablarle de la rarita de su amiga de la infancia.

Cuando los mosquitos empiezan a picarnos, Thomas estornuda. Y otra vez. Y otra.

—G —dice al final entre sorbidos después de tomar una bocanada de aire de su inhalador—, polen nocturno. ¿Entramos?

—Emm, vale.

Me levanto. Es el ataque de la mujer gigante; Thomas sigue en la hierba. El cárdigan que lleva hoy es más abrigado y de color verde musgo. Se levanta él también y su estómago plano asoma por encima de los vaqueros. Se vuelve hacia los árboles, no hacia la casa. Ah. Se refiere a *mi habitación.*

—Llevo unos días pensando en esto —dice mientras caminamos por el jardín—. Toda la semana queriendo preguntártelo, ¿desde cuándo vives en el anexo?

—¿Desde hace cinco años? —digo como si lo preguntara, reprimiendo la rabia que siento al pensar que los años que se ha perdido son los más importantes. Me vino la regla por primera vez y me compré mi primer sujetador. Se acabó la escuela y practiqué sexo. He estado enamorada. He tomado malas decisiones.

He ido a un funeral.

—Unos seis meses después de que desaparecieras —comento con énfasis—, Ned atravesó una época muy pedorra. Y Sof —mi amiga Sofía Petrakis, se mudó a Holksea cuando tú te fuiste— me obligó a desfilar por la cocina con una pancarta exigiendo mis derechos. Un rollo en plan *Una habitación propia.*

Thomas se detiene debajo del manzano —donde, por suerte, ya no hay ninguna prenda de ropa interior— e intenta arrancar un fruto verde de una rama retorcida. Me apoyo en el tronco frente a él, entre nosotros revolotea una nube de mosquitos.

—Vaya —dice, mirando entre las ramas—. Hay algún...
—Thomas hace un ruido de sorpresa cuando por fin consi-

gue arrancar la manzanita. La rama rebota y nos riega con pedazos de corteza vieja llenos de resina, y él se tambalea hacia mí—. Ups.

Se mete la manzana en el bolsillo de la chaqueta, después me mira y se ríe. Tiene la cara llena de porquería del árbol. Yo debo de tenerla igual.

—Lo siento —dice, sin que parezca que lo siente en absoluto—. Te he llenado de pecas de corteza.

Las pecas reales de Thomas, que asoman por debajo de las de corteza, son tenues y traslúcidas, como las estrellas de una noche con niebla. Se tira de la manga de la chaqueta hasta taparse la mano y me la acerca a la mejilla. Yo contengo la respiración. ¿Qué pasó debajo de este árbol hace cinco años para que se haya quedado callado?

Todas las estrellas del cielo se apagan.

Literalmente. La única luz que hay en el jardín viene de la cocina. No hay luna, ni estrellas, ni realidad.

Thomas no se da cuenta. Es como si estuviéramos en dos universos diferentes: para él, todo es normal. Para mí, el cielo se ha quedado en blanco. Es un limpiaparabrisas gigantesco.

Cuando baja la mano y se aleja, todas las estrellas vuelven a iluminarse. Todo el episodio ha durado sólo un momento: una luz fluorescente fundida que parpadea.

—Ya está. —Thomas me mira fijamente, confundido. Quizá él también se haya dado cuenta de que el mundo ha hecho un Ctrl+Alt+Del reiniciar. Pero lo único que dice es—: ¿Sabes? Imaginaba que tendrías el pelo corto.

Lo que sea que haya ocurrido, sólo me ha pasado a mí. O nos ha pasado a los dos, pero yo he sido la única que lo ha visto: estamos en extremos opuestos del horizonte de sucesos. El punto de no retorno. No quiero pensar en qué extremo estoy.

—Vaya —dice Thomas cuando llegamos a mi habitación—. Como diría Grey: menudo viaje.

Me subo a la cama. Había olvidado lo vacío que está mi cuarto. Thomas le echa un vistazo a lo que tengo encima de la cómoda: cepillo, desodorante, un telescopio. Ya está.

—Minimalista —dice mientras se pasea.

No siempre fue un monasterio. Cuando me instalé, Grey pintó los tablones del suelo, me montó la cama y me dio una linterna y me aconsejó que nunca me calzara para cruzar el jardín. «Siente la tierra bajo tus pies, Gottie, deja que te guíe.» (Yo siempre llevaba deportivas.) Papá me dio veinte libras, que Sof me requisó para hacerme de interiorista. No pude evitar que comprara cojines y lucecitas, ni que me llenara el armario de pegatinas.

Cuando limpié la casa el otoño pasado, también me deshice de casi todo lo que había en mi habitación. La convertí en espacio negativo. Fue como una catarsis. Pero ahora, al verla a través de los ojos de Thomas y darme cuenta de que lo único que tengo colgado en el corcho es un horario de clases, me parece triste. No hay nada que demuestre que vivo aquí, que existo. Que aquí es donde vivo, respiro, paso las noches sin dormir.

—¿Dónde están las estrellas?

Thomas está caminando en círculos mirando al techo, mientras yo lo miro a él, y cómo encajan todas sus partes. Brazos, hombros y pecho.

—¿Qué? —digo cuando consigo encontrar la respuesta correcta.

—Las del techo. —Se vuelve para mirarme—. Siempre has tenido estrellas pegadas al techo. Brillaban en la oscuridad. Como por arte de magia.

—Como si estuvieran hechas con sulfuro de cinc —le corrijo.

—A eso me refería con lo de las estrellas. Recibiste todas las referencias, ¿no? ¿En mi correo electrónico?

Vuelve
a
pasar
el
limpiaparabrisas
por
la
habitación
y
estoy
confusa.

Es la segunda vez que menciona un correo electrónico, —y la segunda vez que el tiempo se descoloca. No lo entiendo. Y, aunque él tuviera mi dirección, yo no tengo la suya. Lo borré todo después de lo de Jason. ¿Y por qué me enviaría Thomas un correo ahora, después de cinco años? ¿Para advertirme de su sorprendente regreso? Eso significa que debería perdonarle. Pero estoy encallada en el resentimiento.

No puedo pasarme el limpiaparabrisas por el cerebro y cambiar de emoción.

Ahora Thomas está sentado en la cama y sigue mirando a su alrededor mientras se quita los zapatos. Me resulta un poco raro ver lo cómodo que se siente en mi habitación. Coge el reloj que tengo en el alféizar y empieza a toquetearlo.

—¿Qué es esto? —pregunta de pronto señalando, con el reloj, la ecuación de la pared.

—Matemáticas —le explico. Cuando me doy cuenta de que eso es evidente, añado—: Una ecuación.

—Ah. —Thomas deja el reloj encima de la colcha y me roza al cambiarse de posición para mirarla más de cerca. Tiene un agujero en el calcetín y le veo la piel. Estuve desnuda con Jason una docena de veces, incluso llegamos a bañarnos desnudos, y esto sólo es un pie, pero es sorprendentemente íntimo—. ¿Y qué hace en tu pared?

Reseteo el reloj y lo vuelvo a dejar en el alféizar mientras Thomas se apoltrona en la cabecera de la cama y se pone cómodo.

—Son mis deberes. —No quiero añadir nada más, no tengo ganas de explicarle lo que me ha propuesto la señora Adewunmi, ni siquiera estoy segura de que vaya a aceptarlo, pero Thomas aguarda impasible a que siga hablando—. Se supone que tengo que descubrir una teoría matemática. Estoy estudiando la idea de que el tiempo que uno tarda en entrar y salir de un agujero de gusano es menor del que otra persona tardaría esperando a que salieras. Saldrías tarde.

—Lo contrario de Narnia —dice Thomas, la misma conclusión a la que llegué yo—. Guay. Siempre fuiste un genio, la científica astronauta. —Asiente en dirección al telescopio que hay en la habitación y después mira el vacío—. Pero ¿qué ha pasado con todas tus cosas?

—Tengo cosas. —Me pongo automáticamente a la defensiva. Señalo los diarios de Grey, que siguen apilados debajo de mi escritorio, y ¡ja!—: Mira, tengo un cuenco de cereales en la silla.

—Aaah, un *cuenco.* —Agita las manos—. Necesitas *cosas.* Mi habitación parece la jaula de un mono: platos, tazas. Un poster de los Maple Leafs, libros de cocina, el Conecta Cuatro... Tengo postales de todos los sitios en los que no he estado. Rotuladores, cómics. Podrías entrar y enseguida deducirías: vale, este chico dibuja, quiere viajar, prefiere Marvel a DC, cosa que dice mucho sobre mí.

Miro a mi alrededor pensando: «No es verdad. No me dice si alguna vez has estado enamorado, o si siguen sin gustarte los tomates, o cuándo decidiste cambiar los jerséis por los cárdigans. No me dice qué pasó cuando te marchaste ni por qué has vuelto». Aunque lo cierto es que yo sólo tengo los diarios de Grey, las pegatinas de Sof. Cosas de otras personas. Si los marcianos vinieran a abducirme se llevarían un chasco.

—Mi habitación es una capsula del tiempo de mí... —Thomas abre los ojos con dramatismo, alarga las palabras, como si supuestamente yo debiera pensar: «Ah, claro, una cápsula del tiempo». Como la que mencionó cuando estábamos en la cocina a principios de semana—, de la persona que soy ahora —prosigue—. Thomas Matthew Althorpe, diecisiete años. Los arqueólogos concluirían: era desordenado.

Se vuelve a hacer el silencio mientras me lo imagino en la habitación de Grey ahora. Sin todas sus cosas. Entonces Thomas me toca con su calcetín agujereado y dice algo sin sentido:

—He derramado whisky en la alfombra de Grey.

—Un momento, ¿qué? ¿Por qué?

—Fue un ritual. Una conmemoración. Era su habitación, ¿sabes?

—Sí...

—No pensé en dónde dormiría cuando llegara aquí. Tu padre me ofreció la habitación de Grey para que pasara el verano en ella, y no quería actuar como si no significara nada —prosigue— lo de instalarme allí. Necesitaba hacer algún ritual.

—¿Necesitaba whisky?

—Exacto.

Se remanga y hace como si estuviera vertiendo el whisky. Intento asimilar el hecho de que Thomas no sólo entienda que estar en la habitación de Grey es algo importante, sino que además tuviera la consideración suficiente como para hacer algo muy del estilo de Grey, verter whisky en la alfombra, un ritual tan supersticioso como caótico.

—Tu regreso está siendo diferente a cómo me lo imaginaba —admito.

—Creías que no iba a dejar de hablar sobre alces y sirope, ¿eh? —Thomas ignora mi comentario y se saca del bolsillo la manzana y un puñado de monedas, después las apila en el alféizar de la ventana—. Toma —dice con una sonrisa—. La habitación de Grey necesitaba whisky, la tuya necesita cosas. Muchísimas. Y, emm, tu jardín también. Una cápsula del tiempo de ti: Margot Hella Oppenheimer, el verano de sus dieciocho años.

Noto una punzada de irritación. Eso son cosas, no soy yo, eso no es una cápsula del tiempo de mi persona. Mi cápsula contendría silencio, mentiras y arrepentimiento, y necesito una caja del tamaño de Júpiter.

—¿De qué va esa obsesión con las cápsulas del tiempo?

—Me gusta la idea de un archivo permanente —explica—. Algo que diga: «Yo soy éste», incluso cuando ya no sea esa persona. Dejé una en Toronto.

—¿Y qué había dentro?

—Rotuladores. Cómics. Mis gafas viejas. Un llavero para las llaves del coche, que tuve durante dos meses antes de venderlo para venirme. Supongo que ya no lo necesito para escapar de mi padre. Eso es Toronto. Es como esto —levanta la palma de la mano izquierda y me enseña la cicatriz rosa de cinco centímetros que tiene en ella—. Ya no tengo doce años. Puede que hayamos pasado años sin hablar —me mira—, pero siempre tuve esta señal y podía recordar aquel día.

Vaya. Su cicatriz es igual que la mía. No sabía que tuviera una igual.

Pero eso no significa que me conozca.

—No quiero abrir nuestra cápsula del tiempo —digo sin importarme si llegamos a hacer una o no y cada vez más enfadada—. No quiero recordar los doce años. Vaya cosa, tú también tienes una cicatriz. ¡Nunca fue suficiente motivo para escribirme!

Mamá, Grey, Jason, ninguno de ellos puede contestarme. Es genial tener por fin a alguien a quien poder gritarle.

Thomas se levanta de la cama de un salto y coge sus zapatos. Mis palabras le han borrado los hoyuelos de la cara. Me contesta con un hilo de voz apagada:

—¿Alguna vez te lo has planteado desde la perspectiva contraria? ¿Te has planteado que tú tampoco me escribiste a mí?

Después de salir por la puerta y cruzar el jardín, la luz de la cocina sigue encendida durante horas.

Me quedo despierta con ella. Primero cuento las monedas y las apilo ordenadamente en el alféizar —suman un total de 4 dólares con 99—. Después cojo mi rotulador y dibujo un círculo alrededor de la ecuación de Minkowski, y debajo escribo:

AGUJEROS DE GUSANO: DOS MOMENTOS A LA VEZ.
LIMPIAPARABRISAS: DOS REALIDADES A LA VEZ.

Y en lo alto de la pared escribo: El Principio de Gottie H. Oppenheimer, v 1.0

Domingo 11 de julio

[MENOS TRESCIENTOS QUINCE]

—Synthmoan de Beauvoir.

—¿Qué?

Estoy subrayando citas del libro *Breve historia del tiempo*, y sólo escucho a Sof a medias. Cuando me quita el libro, el rotulador deja un reguero amarillo fluorescente en la página, una tormenta eléctrica.

—¡Oye!

—Synthmoan de Beauvoir merece toda tu atención.

—¿Quién?

Tengo la cabeza en los agujeros de gusano, no en la playa con Sof. Ayer hice el primer turno en el Book Barn, trabajé con papá y conseguí evitar a Thomas, y por fin he podido reunir todos los títulos de la lista de la señora A.

Cuando Sof llamó a la librería para hacer las paces, pensé que bastaría con presentarme hoy en la playa. Pero no deja de insistir para recrear nuestra dinámica anterior sin darse cuenta de que no podemos retomar nuestra rutina de antes, como si la felicidad fuera un vestido que una pudiera volver a ponerse. Ninguna de las dos menciona su juego para adivinar el futuro, ni la nota que me dejó.

Hace un día gris, el aire frío va cargado de una lluvia inminente. Sof y yo solíamos ir a la playa los domingos hiciera el tiempo que hiciese, pero Ned y los Fingerband sólo aparecían cuando salía el sol. Recuerdo haberle susurrado a Jason, confundida: «Pensaba que erais góticos». Él se rió y me explicó las diferencias entre los góticos, los punks y los metaleros. No sé, todos visten de negro.

Hace un poquito de sol. Quizá venga.

—Es mi nombre artístico —comenta Sof haciendo ondear el libro delante de mis narices—. Cantante solista de un grupo femenino de disco-punk. Chicas, guitarras, purpurina, y letras de Gloria Steinem.

¿El disco-punk es un género? Me olvido del libro y me pongo pomada de árnica —el remedio homeopático que me recomendó Sof— en los moretones. Encontré un tubo nuevo en el armario del baño. Al lado del aceite de coco y un cuarzo rosa enorme. Ned. Él y Sof siguen el mismo guión de una obra titulada *El verano pasado*. Pero yo he olvidado mi papel.

—¿Cómo se llama el grupo? —le pregunto por fin.

—A ver qué te parece. —Sof me mira por encima de sus gafas de sol en forma de corazón. Hacen juego con su bikini de corazoncitos. Si pudiera, probablemente haría que sus granitos también tuvieran forma de corazón—. La Caravana Sangrienta.

—Qué desagradable —opino intentando hacer un esfuerzo—. ¿Todas tus canciones son sobre tampones?

Sof se ríe y le da la vuelta a mi libro para leer la contraportada.

—Uf, ¿no tienes nada que quiera leer una persona normal? —Rebusca dentro de mi bolsa—. Oh, Dios mío. —Me preocupa que haya encontrado el diario de Grey, pero saca un ejemplar hecho polvo de *Forever*—: *Está claro* que esto no está en el temario.

En realidad, era uno de los dos libros de la lista de la señora Adewunmi que estaba en la biblioteca. Incluso le pregunté, el último día del trimestre, si se refería al libro de Judy Blume. Pero ella se rió, se despidió de mí haciendo ondear una mano con las uñas pintadas de dorado y me dijo que pasara un feliz verano y que le escribiera la redacción de la que habíamos hablado.

—Hace que no leo esto., bufff, una eternidad. ¿Por qué tienes este libro? —Sof hojea las páginas a toda prisa—. Oh, Dios mío, Ralph. Lo había olvidado. Los heteros son tan raros.

—No lo he leído.

—Y ¿por qué...? ¡Oh, Dios mío! —exclama Sof por tercera vez. Me mira asombrada—. ¿Te estás acostando con alguien?

—¿Qué? ¡No! Dame eso.

Le quito el ejemplar de *Forever*. ¿De qué narices va este libro?

—Venga. Gottie. Estoy de broma. *Ya sé* que no te estás acostando con nadie. Me lo preguntarías antes —dice con aire de superioridad y muy segura de sí misma mientras se levanta y se pone el vestido—. Bueno, voy a por algo de beber.

—¿Puedes traerme un Twister? —le pido al ver que ella no se ofrece. No hace día de helado, pero no he desayunado nada.

Me tiende la mano para que le dé el dinero y la oigo cantar en voz alta «T-A-M-P-Ó-N» mientras camina por la playa. No hay un alma.

Vuelvo a abrir de inmediato *Breve historia del tiempo* e intento entender las dos partes de la teoría de cuerdas.

TEORÍA DE CUERDAS

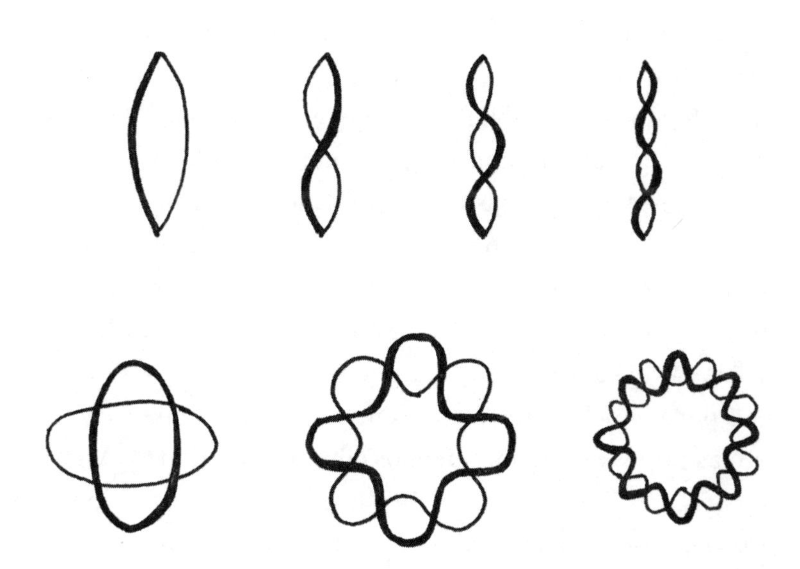

1. Las partículas son bucles de una dimensión, no puntos.

2. Hay corrientes de energía que circulan por el espacio-tiempo.

Grey afirmó que el término era «cuerdas cósmicas» e insistió en que se refería a un harpa gigante que había en el cielo. Si tiene razón, el universo está desafinado.

Levanto la vista cuando una sombra se proyecta sobre la página.

—Si que has ido rápido a... —dejo de hablar cuando veo a Meg allí plantada.

—Hola.

Me saluda con la mano.

—Sof está en el chiringuito.

—Sí, ya la he visto —dice con despreocupación, y se apropia de buena parte de la manta. No tengo claro si ella y Sof están juntas o sólo son amigas—. Me ha dicho que estabas aquí.

Por encima del libro veo cómo saca una botellita verde del bolso y empieza a pintarse las uñas de los pies. No es que Meg me caiga mal. Pero desde que murió Grey apenas sé cómo hablar con mis amigos, y menos aún con los amigos de los demás. Todas mis palabras se quemaron con él.

Por suerte, escucho la voz de Sof algunos segundos después, pero no viene sola. Los Fingerband al completo están aquí. Y detrás de ellos viene Thomas. No lo había vuelto a ver desde que se marchó de mi habitación el viernes por la noche. Una de las ventajas de que mi padre viva en las nubes es que no tenemos comidas familiares. Así es como ganaré mi premio Nobel: la chica que consiguió sobrevivir comiendo cereales en su habitación durante todo un verano.

Ned y Sof encabezan el séquito. Él le rodea el cuello con el brazo y ella se está riendo. Probablemente de su ropa. ¿De dónde puede haber sacado un mono naranja en Holksea? Detrás de ellos están Niall, el baterista de los Fingerband, y Jason, el único de todos nosotros que va vestido acorde al clima, con unos vaqueros elásticos de color negro y su omnipresente chupa de cuero. Toda la pinta de chico malo, pero yo sé que su madre le tejió el jersey que lleva. No me sorprende verlo aquí —esto es el norte de Norfolk, no hay mucho que hacer aparte de ordeñar vacas y venir a la playa—, pero mi cuerpo reacciona de todas formas. Me quedo helada, después me acaloro, y me congelo otra vez, y se me cierra la garganta.

Me sonríe con despreocupación y recuerdo ese momento en la habitación, cuando me tocó la mano y me llamó Margot.

Me estremezco, ya no me apetece el helado que me ha traído Sof.

—Cógelo, se me están congelando los dedos —dice mientras todo el mundo se apalanca a nuestro alrededor—. Sólo tenían marca Fab. Me debes veinte céntimos.

—Gracias.

Thomas se ha quedado esperando al final del grupo con las manos en los bolsillos y los hombros encogidos. Me saluda asintiendo con la cabeza y yo me concentro en abrir el envoltorio del helado para no quedarme mirando a Jason delante de él por accidente durante nueve horas. Estoy tan ocupada haciendo ver que me concentro, que tardo un minuto en darme cuenta de que todo el mundo sigue de pie esperando a que yo me mueva.

—Manta para todos —explica Sof. Mira a Ned—. La verdad es que es un buen nombre para un grupo.

—Vale, modernilla —bromea gesticulando para que todo el mundo se acerque y poder sacar una fotografía—. Te apuesto lo que quieras a que antes de que acabe el verano conseguiré que estés flipando con Savage Messiah.

—Podrás saldar la deuda en la fiesta cuando estés bailando al ritmo de Manta para Todos —contraataca Sof batiendo las pestañas.

Me levanto y no sé cómo acabo atrapada entre Thomas y Jason mientras Ned se pelea con los ajustes de la cámara. Tarda una eternidad porque hoy se ha traído una de las ocho mil cámaras de carrete en lugar del teléfono. Thomas y Jason me pasan el brazo por encima para la foto, y chocan justo cuando Ned grita:

—Muy bien, que todo el mundo diga «Ziggy Stardust».

Se escucha un clic y el rugido incongruente que brota del grupo cuando cada cual grita una cosa distinta. Me parece escuchar que Thomas aúlla «Par de dos», pero cuando lo miro pone cara de angelito.

Cuando por fin deja que nos sentemos, todo el mundo se pelea por el centro de la manta. Niall es una bola de pelo con *piercings*, se tropieza por encima con sus Martens y yo acabo en un rincón. Todo el mundo acaba emparejado: Sof y Ned en medio, Thomas con Niall, y Meg al lado de Jason, que mira hacia donde estoy yo. Estoy espachurrada detrás de Thomas y Niall, en el borde del grupo. *Guten tag*, la historia de mi vida. Excepto… el verano pasado, tenía a Jason, y antes de eso tenía a Sof, y antes de eso, yo era Thomas-y-Gottie. ¿Cómo he acabado aquí?

El día ha pasado del gris y ahora amenaza lluvia.

Ned y Sof están discutiendo a voces sobre las canciones para la fiesta, de la que, en realidad, él todavía no me ha hablado directamente. Papá no la ha mencionado; quizá ni siquiera lo sepa. No es la clase de padre que se niegue a muchas cosas, excepto cuando Ned quiso hacerse un tatuaje en el cuello, pero la verdad es que no solemos pedirle permiso para nada. Nos limitamos a ir tirando.

Le doy un mordisco al helado pero no soy capaz de tragármelo, y después me señalo la boca para no tener que hablar con Niall. Lleva tantas tachuelas que podrías arrancarle la oreja como si fuera un sello, y nunca sé qué decirle: «¿Bonitos agujeros?» Se pone los auriculares y me ignora.

Thomas se da media vuelta de una forma un tanto extraña y retuerce la manta con los pies, cosa que provoca un coro de quejas. Lleva los cristales de las gafas manchados por culpa de la humedad del mar, y tiene el pelo tan rizado como el de Sof.

—Ey.

—Ey —le contesto en un murmullo lamentando no poder tragarme el helado.

Las disculpas nunca formaron parte del vocabulario del equipo Thomas-y-Gottie. Era parte de nuestro acuerdo no escrito. Me decanto por preguntar:

—¿Te han presentado a todo el mundo?

—G, ya te conozco a ti, a Ned y a todos —señala—. La única nueva es Sof, y ella se ha presentado sola sin problemas.

—Ah.

Parece que sigo teniendo problemas para conectar *este* Thomas con *aquel* Thomas.

—¿Meterme una medusa en la fiambrera basta para que puedas afirmar que me conoces? —espeta Meg, y Thomas vuelve a girarse para contestarle y retuerce otra vez la manta, cosa que hace que yo acabe en la arena fría. Como está de espaldas a mí no puedo escuchar lo que dice. Me quedo mirando las pecas que tiene en el cuello mientras él, Meg y Sof se ríen. Pillo alguna palabra suelta, parece que están discutiendo sobre algún cómic.

Utilizo a Thomas para esconderme y miro a Jason. Lleva el cuello de la chaqueta abierto y el pelo rubio peinado para atrás. Se gira hacia mí para posar ante la cámara de Ned: serio, de perfil, con el mar de fondo. La última vez que lo vi fue en la habitación de Grey, cuando… «¿Cuando qué, Gottie? ¿De verdad crees que regresaste al verano pasado? ¿Pero que también te quedaste aquí? ¿Que tu consciencia se partió en dos?»

Necesito preguntarle a Jason qué ocurrió, desde su perspectiva. Necesito volver a estar a solas con él. Explicarle que no lo estoy ignorando, que se me ha roto el teléfono.

Me sorprende mirándolo y me sonríe. Luego le roba una patata a Ned, bromea sobre la laca de uñas de Meg y le hace una peineta a Sof. Ésta podría ser una escena del verano pasado, pero sólo estoy cerca de él, no con él, y siento que mi pecho es demasiado pequeño para mis pulmones.

Miro fijamente mi libro mientras anoto fórmulas en los márgenes, e intento que no me importe no tener un burbuja secreta, o que Ned esté gritando detalles sobre una fiesta que no quiero que se celebre. Unas gotas diminutas salpican la página y emborronan mis números. Una lágrima enorme se une a ellas.

Me quedo de piedra cuando Niall me da un pañuelo de papel. Está asqueroso —sucio y roto, probablemente usado— y no dice nada ni me mira, porque es evidente que soy demasiado patética. Tengo que dejar de lloriquear y hacer algo. Si no, la cápsula del tiempo de Margot H. Oppenheimer, del verano de sus dieciocho años, se va a encharcar.

Me meto el papel sucio en el bolso, lo dejo encima del diario de Grey. Es uno de hace cinco años, de cuando se marchó Thomas. Hay corazones y flores dibujados por toda la página. Solía dibujarlos en las notas y los permisos de la escuela. (Pedirle a papá que firme algo es como intentar coger un globo de helio en medio de un tornado.) Estuvieron a punto de no ponerme la vacuna contra la rubeola porque Grey había dibujado caritas sonrientes en todas las oes del formulario.

Cuando levanto la vista me doy cuenta de dos cosas: 1. Hay un agujero de gusano a veinte metros de la orilla. Y 2. Thomas nos está mirando a mí y a Jason con el ceño fruncido.

—Me voy al agua —anuncio levantándome. Prefiero estar en un vórtice lleno de agua que aquí.

Todos se me quedan mirando.

—Acabas de comer —dice Sof. Tiene los pies apoyados sobre el regazo de Ned—. Y el agua estará helada.

—Gracias, mamá. No me alejaré —digo apoyándome en los talones de las deportivas para quitármelas.

—Está bien, iré contigo —dice de mala gana.

Le castañean los dientes cuando se quita el vestido. Meg dice que se ha hecho daño jugando a *netball* y que no puede nadar. Y yo pienso con crueldad: «No te hemos invitado a venir».

Entonces empezamos a caminar hacia la orilla y nos tambaleamos cuando llegamos con los pies descalzos a la zona de piedras afiladas y algas. Tardamos algunos minutos —cuando hay marea baja la playa se hace muy larga— y no hablamos mucho. Hace todavía más frío cuando llegamos a la orilla y nos azota la brisa del mar. Aparte del agujero de gusano, está vacío. Sof no para de dar saltos y de hacer «brrrr» con un énfasis exagerado.

—Si ahora tienes frío, ya verás cuando estemos en el agua —le digo.

Mete un pie en el mar y salta hacia atrás.

—Mierda. Sí. No pienso meterme ahí.

—No me digas.

Hago lo mismo que ella y meto el dedo del pie, después le echo valor y meto todo el pie. Lo dejo dentro del agua. No está *tan* fría… Doy otro paso adelante y meto los dos pies. Doy otro paso y otro.

—Gottie —sisea Sof cuando ya he metido las pantorrillas—, vuelve, me estoy helando.

—Un segundo —digo sin darme la vuelta. El mar, el cielo y el agujero de gusano son grises. Gris. Es el nombre de Grey. Quiero nadar. Llegar hasta el Ártico y escapar de mi vida. Pero me doy la vuelta y vuelvo salpicando hacia Sof.

—Uf, gracias a Dios. Si te hubieras metido y yo no me hubiera atrevido, tu hermano habría pensado que soy una galli... Espera, ¿qué estás haciendo?

Me estoy quitando el suéter y se lo doy, y también los *shorts,* luego vuelvo a meterme en el agua en camiseta de manga corta y bragas. El agua salada me escuece al lamerme las heridas, pero es un dolor agradable: me está despertando. Me acerco al agujero de gusano hasta que el agua me llega por las rodillas.

—¡Gottie! —grita Sof cuando llego a una zona más profunda y me hundo hasta la cintura. El frío repentino me deja sin aliento, y la única forma de soportarlo es meterme del todo. Me agacho hasta que el agua me llega por los hombros, mis pulmones empiezan a gritar, y nado el último par de metros que me separan del agujero de gusano. La arena me roza las rodillas cuando pateo en el agua y las algas se me enredan en los pies. Y entonces, llego.

No veo el agua; sólo puedo ver esa nieve de la tele, pero allí parece que el mar sea más profundo, el agua me llega hasta el cuello. Oigo a Sof, está gritando algo, pero estoy demasiado lejos para entender lo que dice. Noto que algo me tira del tobillo, la corriente tira de mí...

Y cruzo el universo a nado.

—¿Soy adoptada?

Estoy ayudando a Grey. Acaba de volver a pintar el Book Barn. En lugar de limpiar, el mes pasado pintó encima de la suciedad con un brillante tono de amarillo diente de león. Esa vez no le ayudé porque todavía tenía la mano vendada por el episodio con Thomas. El color duró dos semanas, hasta que entró aullando en la cocina: «¡La madre que me parió! ¡Parece una maldita cafetería!»

Por eso ayer volvimos a pintarlo de blanco, ese tono que parece que esté sucio cuando la pintura todavía está fresca. Y yo ayudé. Y ahora estamos volviendo a ponerlo todo en su sitio. Otra vez.

—No eres adoptada, colega —dice Grey desde lo alto de la escalera—. ¿Me pasas esa caja?

Se la alcanzo, después vuelvo a sentarme y miro el álbum de fotos que he encontrado. El Book Barn es así: hay un millón de ediciones de bolsillo, la mitad son de la tienda, la otra mitad son nuestros. A veces, cuando Grey está a punto de cobrar en la caja, le quita el libro al cliente de pronto y le dice que no está a la venta.

—Pero yo no salgo en ninguna fotografía.

Hay cientos de fotos de Ned, se le ve diminuto y arrugado, salen mamá y papá mirándose sorprendidos. Después hay varias páginas en blanco hasta que yo aparezco de repente, las fotografías están sueltas y ni siquiera están pegadas al álbum y yo ya tengo un año, aparecida de la nada. Adoptada.

Cuando vuelven a aparecer las fotografías, parece que papá tenga mil años. Está como apagado. Ya no hay fotografías de mamá.

Grey suspira y me mira pegado a su colección de literatura barata. No le digo que ha puesto los lomos al revés.

—Gottie, tía. A veces… uno está demasiado ocupado viviendo para pararse a hacer una foto. No tienes tiempo de pararte a capturar el momento, porque lo estás viviendo.

—¿Y qué pasa con Ned?

A Ned le regalaron una Polaroid cuando cumplió trece años, y ahora se pasa el día capturando momentos. Vuelvo al principio del álbum, cuando papá y mamá se casaron. Un vestido amarillo muy tirante sobre su protuberante estómago. Lleva un lazo en la frente en lugar de velo. Tiene el pelo corto, pero más por delante que por detrás, como yo cuando era pequeña; es igual que Ned, no va a la moda en absoluto, pero consigue parecer guay. Papá está medio dentro y medio fuera de todas las fotografías, Grey lleva flores en las trenzas.

—Toma —prosigue Grey bajando de la escalera destartalada. Me enseña una fotografía arrugada que se saca de la cartera, es una foto que yo no había visto nunca. Es mamá y, como siempre, intento encontrar mi cara en la suya —las dos tenemos la nariz grande, la misma piel aceituna, ojos oscuros, pelo oscuro, y no sé por qué dejé de cortármelo— antes de advertir que está sosteniendo un bebé entre los brazos. Es pequeño, rosa, no es Ned…

—¿Soy yo?

—Eres tú —dice Grey.

Hasta entonces yo había imaginado que todo ocurrió al mismo tiempo: yo nací y ella murió. Nadie me había explicado que hubo un momento, entremedias, en el que tuve una mamá.

Parpadeo y estoy en la cocina con el teléfono de casa pegado a la oreja. Suena lejano, ya he marcado, y no recuerdo haberlo hecho. Lo último que recuerdo, antes de lo del agujero de gusano, es que estaba en la playa con todo el mundo y me metí en el mar helado.

En la otra mano tengo la fotografía que Grey me dio en el Book Barn hace ya casi cinco años. Esa en la que salgo con mamá. La había perdido casi inmediatamente después de que me la diera y nunca se lo dije. Y ahora está aquí, en mi mano.

¿En qué momento estamos?

Me meto la cabeza entre las rodillas e intento respirar. Puedo enfrentarme al colapso del tiempo. Pero volver a ver a mi abuelo…, con eso no puedo. Me duele todo el cuerpo. No entiendo cómo se supone que voy a superar esto. No entiendo cómo lo hacen los demás. Estoy contando hasta diez y todavía tengo el teléfono pegado al oído cuando la voz de un chico contesta con un: «¿Sí?»

Miro hacia la otra punta de la cocina. Por la ventana veo las rosas de color melocotón; detrás de ellas el césped está descuidado. El abrigo de piel de Ned está colgado en una silla, y hay un pastel en la mesa. Al lado hay una pila de parafernalia festiva: piñatas, bolsas de globos. Y otro mensaje para Thomas en la pizarra, para que llame a su madre cuando vuelva de la librería. Estamos en el presente.

No estoy exactamente a oscuras cuando pregunto con la voz entrecortada:

—¿Jason?

—Sí… —contesta—. ¿Quién es?

—Aaargh. —Toso—. Aaargot. Margot. O sea…, yo. Hola —concluyo con la delicadeza de un pepino (es una frase de papá).

—¿Gottie? —dice con esa voz que pone cuando está de broma, como si conociera a más de una Margot y tuviera que aclararlo utilizando el diminutivo que nunca solía utilizar—. ¿Qué tal?

Recuerdo lo que necesito preguntar; lo que ocurrió cuando desaparecí en el agujero de gusano. Todas mis teorías sobre la doble pantalla se desmoronarán si resulta que desaparezco detrás de una nube de humo. Pero soy incapaz de formular la pregunta. Mi cerebro sigue tratando de alcanzar el ritmo de mi cuerpo, y en este momento me supera la complejidad de lo que tengo que decir.

—¿Podemos vernos? Es importante —le digo—. Lo siento.

—Podría ser —contesta arrastrando las palabras, y después añade—. Te noto un poco rara. ¿Estás bien?

Apoyo la cabeza en la pared mientras me ahogo en su pregunta. En todas las cosas que quiero que signifique. Que puedo encontrar el camino de vuelta a casa.

—Es por la fiesta —le miento—. Quiero darle una sorpresa a Ned.

Me odio por utilizar esta estúpida fiesta como excusa. Pero quizá pueda convencer a Jason para que convenza a Ned de que la cancele.

—¿Qué tal si tomamos un café en la cafetería, este sábado no, el siguiente? Ned está liado ese día —añade—. Ya te enviaré un mensaje con la hora.

Ned elige ese preciso momento para entrar desde el jardín. Murmuro «valenosvemostengoquecolgaradiós», y me separo el teléfono de la cabeza antes de poder mencionar que mi móvil no funciona.

—Se supone que tienes que pegártelo a la oreja —dice Ned haciéndome una demostración con la mano. Después, como Ned es así, hace la señal del teléfono con la otra mano, lo transforma en unos cuernos de demonio y me hace un saludo vulcaniano. Por lo menos, él actúa con normalidad.

—Por cierto, te he arreglado la bici —añade—. ¿Quieres que vayamos a dar un paseo este fin de semana?

—Ned, ¿qué día es? Me refiero a la fecha.

—¿El teléfono? —me recuerda contoneándose hasta la nevera para mirar dentro meneando el trasero forrado de licra púrpura—. Es martes. Quince de julio en el año de nuestro señor Satán dos mil…

—*Gracias* —digo. Y después exclamo—: Oh. —Y cuelgo el teléfono.

Ned cierra la puerta de la nevera de una patada y se sube al alféizar de la ventana de un salto mientras bebe leche directamente del cartón.

—¿Se habían equivocado? —pregunta.

—Era un pervertido —le miento. Ned no sabe absolutamente nada de lo mío con Jason, y quiero que siga siendo así—. ¿Qué estás haciendo, Freddie Mercury?

Ned se limpia el bigote de leche antes de contestar.

—He estado en el garaje. Te he arreglado la bici y luego he estado pensando en lo que voy a tocar en la fiesta. Mi solo de guitarra va a ser… —se pone a hacer ver que toca la guitarra mordiéndose la lengua con los dientes— *brutal*.

Sonrío, a pesar de la referencia a la fiesta y la foto que tengo en la mano, a pesar de haber visto a Grey en el agujero de gusano y de que Ned parezca haber recuperado la normalidad y yo esté a kilómetros de nada parecido. Porque haber hecho esa llamada, y que Jason haya aceptado quedar conmigo, significa que conseguiré algunas respuestas. Significa algo. ¿No?

Jueves 15 de julio

[MENOS TRESCIENTOS DIECINUEVE]

Fick dich ins Knie, H. G. Wells!

Quizá sea un clásico de la ciencia ficción, pero resulta que *La máquina del tiempo* es todo ficción y no hay ni rastro de ciencia: más esfinges y trogloditas que ecuaciones y mecánica. Tiro el libro encima de la cama y miro la pared en la que he garabateado mis notas. Mi habitación está empezando a parecer la guarida de un asesino en serie.

Ésta es la primera oportunidad de estar sola que he tenido en toda la tarde. Los Fingerband estaban en la cocina intentando pensar en «algo brutal» para el tinglado del final del verano, mientras papá iba apareciendo de vez en cuando. Sof y Meg se habían pegado a ellos como un par de *groupies*, y cuando Thomas llegó de su turno en el Book Barn los tres se enzarzaron en una furiosa discusión sobre cómics. («Novelas gráficas», me corrigió Sof.) Yo merodeaba por allí regodeándome en la calidez que me provocaba saber que Jason y yo volvíamos a tener un secreto.

Ahora ya es más de medianoche. Estoy *hipotetizando,* intentando discernir qué tienen en común los agujeros de gusano.

Miau. Umlaut está encima de mi escritorio, saltando sobre una pila de diarios. Me levanto y los cojo —al gato también— y me los llevo a la cama. Cuando cruzo la habitación me doy cuenta de que la luz de la cocina sigue encendida al otro lado del jardín.

Los diarios. Grey escribió sobre el día en que besé a Jason por primera vez. También escribió BORRACHO ENTRE LAS PEONIAS el mismo día que quedamos en la playa. Si puedo encontrar algunos de los demás agujeros de gusano, podré averiguar las fechas. Establecer un patrón.

Me dejo llevar por las páginas, dejo que se me desagarre el corazón recordando cómo eran las cosas antes.

Umlaut se pasea por la colcha cuando yo encuentro el día del Book Barn, cuando Grey escribió ORDENANDO CON CARO antes de tacharlo y escribir mi nombre. En el diario del último año, encuentro más veces las siglas *Rs repartidas por las páginas. No he visto ningún *Rs en los diarios anteriores, pero sí que he encontrado una entrada sobre Thomas y yo y una excursión que hicimos con la escuela al Museo de Ciencia, que acabó en desgracia cuando Thomas terminó atrapado en la sonda espacial.

Cuando veo las palabras escritas en el papel recuerdo que, antes de meternos en aquel lío, vimos una proyección de la galaxia en el techo. Estar allí tendida en el suelo, mirando para arriba, fue como...

Como estar en la Vía Láctea.

No es sólo una entrada del diario que corresponde con un vórtice. Todos los agujeros de gusano están aquí.

¿Son los diarios los que están provocando todo esto? No puede ser una coincidencia; aunque no explique los limpiaparabrisas, o el modo en que desaparecieron las estrellas del jardín. Esto significa que sólo puedo viajar en los agujeros de gusano hasta los días sobre los que escribió Grey. No tengo que revivir su funeral.

No tengo que volver a ver el día que murió.

Cojo el libro de texto que tengo más a mano y repaso el índice. *Causalidad… Einstein… Teoría de cuerdas… Excepción Weltschmerz…* Aquellas palabras me llaman la atención, me suenan de algo, y además ya están subrayadas en amarillo. Cuando busco la página encuentro sólo una breve descripción:

> **La excepción Weltschmerz se manifiesta entre dos puntos donde las reglas del espacio-tiempo no se cumplen. De igual modo que sucede cuando se alteran los vórtices, los observadores presenciarían efectos de parada e inicio mientras se desplazaran entre distintas líneas temporales, algo así como un reinicio visual. Esta excepción está basada en las teorías sobre la energía y la materia oscura desarrolladas por el físico ganador de un premio Nobel.**

La siguiente página está arrancada y no se puede leer la entrada.

Las reglas del espacio-tiempo no funcionan…

Alteraciones de los vórtices: eso tiene que significar agujeros de gusano, que no deberían ser reales. Pero yo los he visto.

El Principio de Gottie H. Oppenheimer, v2.0. Ahora el mundo se ha «reiniciado visualmente» dos veces, en ambas ocasiones cuando Thomas ha mencionado un correo electrónico. Un correo que nunca recibí. ¿Y si es porque en mi realidad no existe? Thomas y yo compartimos una línea temporal real excepto en eso; entonces, ¿cada vez que lo menciona, el tiempo se reinicia? ¿Eso es posible?

Cuando vuelvo a dejar los diarios en el escritorio, veo que la luz de la cocina sigue encendida. Maldigo a Ned y me pongo las deportivas. «No pienso ensuciarme los dedos de tierra», pienso lanzándome a la noche.

Cuando abro la puerta de la cocina me encuentro con Thomas. Está cocinando.

Mientras yo todavía sigo medio descolocada, él sonríe, y después sigue pintando una masa con un líquido cálido y dorado.

Y entonces toda la semana pasada encaja: el pan torcido, su primera mañana. La magdalena de canela que había dentro de mi mochila. El desorden de la despensa, del que he estado culpando a Ned. Y él no salió ni una sola vez para decir: soy yo. Es tan reservado como yo.

—Has estado haciendo pan. *Horneas* —lo acuso.

—Horneo, remuevo, cocino, ¡enrollo! —Agita la brocha en el aire como si fuera una batuta. Nos quedamos mirando cómo aterriza en el suelo y salpica las baldosas de miel—. Ups.

—Papá solía utilizar esa brocha para barnizar la mesa —le digo, y se detiene antes de recogerla—. Pero ¿por qué cocinas ahora? Es casi la una de la madrugada.

—*Jet lag*.

Señalo la masa.

—¿Qué es eso?

—Es cuando viajas por distintas zonas horarias y a tu cuerpo le cuesta volver a reajustarse.

Thomas consigue mantenerse serio durante unos dos segundos antes de reírse a carcajadas de su propio chiste.

—Qué gracioso. —Reprimo una sonrisa—. Me refería a *eso*.

—Pan de lavanda. Toma, huele. —Levanta la bandeja del horno y empieza a acercarse a mí. Niego con la cabeza y él se encoge de hombros, gira sobre los talones para ir hasta el horno mientras habla por encima del hombro y mete la hogaza dentro—. Está muy bueno con queso, pero de los normales, no ese queso alemán tan raro que comes tú.

—El Rauchkäse es normal —contesto automáticamente sorprendiéndome a mí misma. Thomas no deja de arrancarme palabras. ¿Será memoria del músculo de la amistad?—. ¿De verdad cocinas ahora? ¿Es lo que haces?

—¿De dónde creías que salía la comida?

Thomas ladea la cabeza, está sentado de costado en una silla. Yo me siento de la misma forma a su lado, y nuestras rodillas chocan con incomodidad; los dos somos demasiado altos. Todavía no sé qué pensar de él.

—Pensaba que Ned la estaba comprando —le explico—. Es un sibarita —bueno, vive en Londres.

Es muy probable que no dejemos dormir a Ned —su habitación está justo al lado de la cocina—. Aunque también podría ser que hubiera salido después de la reunión de los Fingerband. Normalmente vuelve a casa al amanecer, pasa un rato vomitando en el jardín y después se tira toda la mañana durmiendo. Cada tarde vuelve a salir por la puerta cubierto de purpurina guitarra en mano.

—Tú crees que una persona capaz de hornear algo más que una patata es un sibarita —señala Thomas; luego se levanta de un salto con la mano alzada y suelta un: «¡Espera aquí!»

Yo me quedo allí sentada y algo confusa hasta que él vuelve de la despensa y deja un montón de ingredientes en la mesa: harina, mantequilla, huevos, y cosas que ni siquiera sabía que teníamos, como bolsas de frutos secos y tabletas de chocolate negro amargo envueltas en papel verde. Me recuerda a aquella primera mañana, hace una semana, cuando me preparó una tostada con mermelada y sacó los tarros de Marmite de Grey de su altar.

—La mejor forma de entender por qué mola tanto cocinar —dice Thomas sin volver a sentarse— es hacerlo. Quiero montar una pastelería.

Me sonríe y yo reprimo la inesperada necesidad de alargar la mano para tocar el hoyuelo que le ha salido en la mejilla.

—Una pastelería —repito en el mismo tono que habría empleado si me hubiera dicho que quería dedicarse a robar bancos. No puedo imaginar al Thomas que conocí a cargo de varios hornos calientes, cuchillos y comestibles. Bueno, sí que puedo, pero esa situación acabaría con una llamada a urgencias.

—Oh. Sí, una pastelería. Ya has probado mis magdalenas, no me digas que no soy el Dios del Azúcar.

...

—El Rey de la Magdalena.

...

—El Señor de las Galletas.

Aprieto los labios con fuerza. No tiene gracia. Es como un duende travieso. Nos quedamos mirando y Thomas se rinde primero, sonríe y casca un huevo en un cuenco.

—¿Sinceramente? Es divertido y, contra todo pronóstico, se me da bien —explica—. ¿Sabes lo raro que es encontrar algo que cumpla ambos requisitos? En realidad, es probable que no lo sepas, a ti se te da bien todo.

Ufff. Odio eso, como si un excelente en matemáticas signifique que ya se me puede etiquetar. No es todo tan fácil. No me sé los nombres de los grupos de música. No sé bailar, utilizar el lápiz de ojos ni conjugar bien los verbos. El año pasado hice más de cien patatas al horno, y todavía no he sido capaz de conseguir que me salga una sola con la piel crujiente. Y no tengo ningún plan.

Ned nació siendo un rockero glam de los años setenta, ha querido ser fotógrafo desde que le regalaron la primera cámara de fotos. Sof ha sido lesbiana desde que aprendió a hablar y poco después ya era pintora. Jason va a ser abogado, ¿y ahora incluso Thomas —la teoría del caos en persona— va a montar una maldita pastelería? Lo único que he querido siempre yo es quedarme en Holksea y aprender cosas del mundo leyendo libros. No es suficiente.

—No se me da bien todo. ¿Conoces *La Salchicha?* —le digo a Thomas para demostrarlo—. ¿El cuadro que hay encima de la cama de Grey?, ¿tu cama?

—G, por amor de… —aletea en el aire como si fuera un murciélago, no, como un pterodáctilo— ¿por qué ibas a querer pintar así? —Y a continuación añade en un susurro propio de una iglesia-biblioteca-funeral—: No puedo creerme que no me explicaras que Grey se dedicaba al *arte erótico.*

—No, yo…

La risa me sale tan de golpe que soy incapaz de seguir hablando. Thomas debe de pensar que me he vuelto completamente loca, aquí encorvada hacia delante, resollando y agitando las manos frente a la cara.

—Espera, espera —aúllo antes de volver a deshacerme en carcajadas. Esta risa es una explosión de desahogo. Por un segundo recuerdo lo que podría sentir siendo completamente feliz.

Thomas también se pone a reír y dice:

—G, ¡no tiene gracia! Yo tengo que dormir debajo de esa cosa. No dejo de pensar que me está *mirando.*

Algo que sólo sirve para que me ría todavía más mientras trato de coger aire y empiezo a escorar hacia la locura. Es una especie de histeria alegre que amenaza con rebosar y convertirse en algo peor.

Respiro hondo y empujo hacia abajo la risa y todo lo demás. Y entonces le explico:

—No, lo pinté *yo.* Suspendí.

—G. Estás de broma.

Vuelve a sentarse delante de mí, sorprendido. Y no me extraña, ¡si piensa que es un pene azul de dos metros! Quizá lo sea, puede que yo tenga órganos reproductores masculinos en el cerebro y ése haya sido siempre mi problema. Me pregunto si en el Book Barn habrá algo sobre Freud.

—Ya te he dicho que se me da fatal —digo con alegría. Había fingido la risa en la exhibición de la escuela y había simulado que me reía de mí misma, pero por algún motivo con Thomas es real. Se me da fatal, y no pasa nada—. Te toca. ¿Cuál es el verdadero motivo de que hayas empezado a darle al horno?

—Todo el mundo dice que hay que ser muy exacto en pastelería, como ese proyecto extracurricular tuyo, eso de los viajes en el tiempo. Sólo con que uno de los cálculos esté mal, todo sale mal, ¿no?

—Sí...

—¡Animaladas! —anuncia Thomas con alegría. Me encanta que utilice la palabra «animaladas», me hace pensar en los cerdos de la feria. Señala el cuenco—. Fíjate en esto:

aquí ha caído un poco de cáscara de huevo y la he sacado con el dedo, qué más da. Demasiada harina, se te olvida la mantequilla, se te cae la sartén..., no importa cuántos errores cometas, casi siempre acaba saliendo bien. Y cuando no sale bien, lo cubres con glaseado.

—¿En serio?

Desconfío de los conocimientos sobre salud y seguridad de Thomas.

—Es probable. Básicamente es metafórico, pero me parece que eso no lo has captado. Toma. —Me tiende la tableta de chocolate envuelta en papel verde y cojo un trozo—. Así que, ése soy yo: pastelero en potencia y por ello el ojito derecho de papá. Que es una forma horrible de decir que mi padre no está precisamente emocionado con mis ambiciones de futuro. O, lo que es lo mismo, con mis notas.

—¿Estás suspendiendo?

Después de confesar lo de *La Salchicha,* se me agolpan las preguntas. ¡La Encuesta del Gran Thomas Althorpe! Tenemos que recuperar cinco años, y yo llevo callada demasiado tiempo. Ahora quiero utilizar la boca, preguntar, hablar, reír; es tan agradable como las primeras gotas de lluvia de una tormenta.

—Me voy a especializar en galletas... Ey, ¿has visto? Ya casi no tengo acento. Mis años en Canadá empiezan a desaparecer. Mis notas están bien, pero para mi padre pensar en galletas en lugar de concentrarse en la universidad es lo mismo que suspender.

Lo dice con despreocupación pero percibo cierta rabia en su tono. Ya imagino cómo habrá reaccionado el señor Althorpe a los planes pasteleros de su hijo.

—¿Por eso se separaron tus padres? —pregunto mientras mordisqueo mi trozo de chocolate.

—Jolines, G —exclama Thomas, de repente ha vuelto a utilizar esas palabras tan remilgadas—. Esto es lo que más me gusta de ti, esa sensibilidad teutona. Es como lo del huevo y la gallina. —Se queda mirando el cuenco de la mezcla con insatisfacción y le da un golpecito al paquete de harina con el dedo—. Ya se peleaban continuamente de todas formas, es probable que mi colección de castigos no ayudara. Fue un conducto, ¿o debería decir catalizador? En cualquier caso, papá estaba que echaba humo cuando mamá apoyó mi iniciativa pastelera. Me la gané a base de trufas.

—¿Y ella quiso que vivieras con ella en Holksea? ¿Tu padre no intentó que te quedaras en Toronto?

—Vivir en Holksea… —se le apaga la voz.

Se hace el silencio y se expande por toda la habitación. Vuelvo a tener piedras en la boca y me como el trozo de chocolate que me queda para quitarme el mal sabor.

—Lo de Canadá no estuvo mal —prosigue—. Tampoco fue maravilloso. Ha sido un lugar intermedio. Como las papillas que comen los niños. Está bien, ¿entiendes? Mamá estaba pensando en volver a Inglaterra, y tuve la oportunidad de volver después de estos años tan incómodos. Y tengo que admitirlo: tenía curiosidad.

—¿Sobre?

Me acerca el puño con el meñique levantado. Nuestra señal de infancia, nuestra promesa, nuestro saludo, lo que fuera. Me trago el chocolate, pero no levanto la mano. Todavía no. Ninguno de los dos se mueve, entonces dice:

—Sobre ti.

Esta vez nos miramos fijamente durante mucho rato. Estoy segura de que Thomas tiene miles de motivos para regresar a Holksea. Yo sólo soy una más. Pero es una confesión, así que yo también hago una, en forma de pregunta.

—Thomas. Cuando te marchaste... ¿Por qué no me escribiste? Y, por favor, no me digas que yo tampoco lo hice, porque necesito saberlo. O sea..., desapareciste.

—Ya sé que quieres un motivo supersignificativo —dice al fin, dejándose caer en el sillón con las manos en el regazo—. La aburrida verdad es que hay muchos motivos pequeños. No sabía ni tu correo electrónico ni tu número de teléfono, cuando quería hablar contigo siempre me arrastraba por debajo del seto. El siguiente motivo era que no sabía dónde conseguir sellos. Tardamos ocho horas en llegar a Nueva York, y entonces nos quedamos en un hotel y mis padres me estuvieron vigilando como halcones por culpa del pacto de sangre. Cuando llegamos a Toronto mi padre me impuso un millón de tareas que hacer en la casa nueva, después tuve que apuntarme a la escuela, mamá me hizo un corte de pelo nuevo, porque lo que uno necesita el primer día en una escuela nueva es un buen *look* medieval.

Thomas enardece agitando las manos en el aire.

—Mi padre siempre tenía el despacho cerrado con llave, y cuando por fin tuvimos un cajón en la cocina lleno de clips, sellos, una pelota hecha con gomas elásticas y un lápiz con un trol minúsculo en un extremo, y yo ya estaba preparado para ponerme a escribir, ¿sabes de qué me di cuenta? De que había pasado más de un mes y *tú* no *me* habías escrito.

No puedo creerme que eso sea todo. Todo este tiempo había pensado que Thomas había tomado la decisión consciente de no escribir, que había sido una gran traición. Nunca se me ocurrió pensar que sólo se debía a que Thomas había sido Thomas: un chico de doce años, desorganizado y terco. Era una cuestión geográfica. ¿Cuán distintos habrían sido los últimos cinco años si le hubiera escrito?

Cuán distinto habría sido este último año.

—¿Estamos en paz?

Thomas me tiende la mano para que se la estreche.

—En paz —accedo, y le estrecho la mano.

Cruje la energía estática, aparece *Umlaut* y se me enrosca en el tobillo de repente. Ni siquiera sabía que estaba en la cocina. Thomas y yo nos soltamos y el gato me salta al regazo.

Aguardo mientras *Umlaut* se me pasea por las piernas dibujando ochos como si fuera un motor que no deja de girar.

—He buscado tu correo electrónico… —admito—. No lo he encontrado. ¿Utilizaste la dirección del Book Barn? Porque allí no está, quizá lo borrara mi padre.

—No, lo mandé a la tuya.

Vaya. Uno de los dos se equivoca, y no soy yo. Yo no tengo dirección de correo.

Hubo un momento, en otoño, en el que me pasaba el día conectada, no dejaba de mirar el perfil de Jason, que hablaba con todo el mundo menos conmigo. Sabía que tenía que esperar para verlo de nuevo, y ver cómo pasaba su vida en tiempo real era muy desagradable, así que dejé de conectarme a Internet, cancelé mis notificaciones, borré todas mis cuentas. Esperé.

Estoy a punto de decirle a Thomas que no tengo correo, que quienquiera que sea la persona a la que le escribió no forma parte de esta realidad, y entonces…

el tiempo

vuelve

a reiniciarse.

Umlaut ha desaparecido. Thomas ya no está en el sillón que tengo delante, ahora está metiendo algo en el horno y me pregunta por encima del hombro:

—¿Quieres ver la tele o algo?

—Es tarde. Me he levantado para apagar la luz —murmuro incorporándome. Me gusta que mi teoría de cuerdas sea teórica, no encontrármela en la cocina en plena noche. El hechizo se ha roto. Lo que quiero es revivir el verano pasado, no los últimos cinco años—. Quizá otro día...

Espero que Thomas monte una pataleta o se ponga a hacerme ruidos de gallina, pero bosteza, se estira y tira de las mangas de su cárdigan.

—Tienes razón. Tenemos todo el verano —dice apoyándose en el horno mientras yo me despido con la mano—. Tenemos tiempo de sobra.

Fuera, empieza a clarear. No sé cómo, pero Thomas y yo hemos estado hablando hasta el amanecer. Paso junto a Ned cuando cruzo el jardín de vuelta a mi habitación.

—Grots.

Me saluda asintiendo con formalidad antes de ponerse a vomitar con serenidad entre los setos.

Cuando ya estoy en la cama, pienso en lo que ha dicho Thomas. Que tenemos mucho tiempo. No es verdad, pero es una mentira tranquilizadora. Lo escribo en la pared y me quedo dormida. Sueño con chocolate y lavanda.

Viernes 16 de julio

[MENOS TRESCIENTOS VEINTE]

Me despierto un par de horas después de que salga el sol y me encuentro un pedazo de bizcocho de chocolate en la puerta. En realidad, hay un plato entre la tarta y el escalón, y ésa es la diferencia entre el Thomas actual y el Thomas de antes. ¿Qué otro pastelero nocturno podría haber dejado un pedazo de bizcocho en la puerta de mi habitación, *Umlaut*? Me está olisqueando los tobillos. Y metida debajo del plato, para evitar que se la lleve el viento, hay una nota de papel doblada con la caligrafía cuadrada de Thomas, dice:

MEZCLA LA MANTEQUILLA Y EL AZÚCAR HASTA CONSEGUIR UNA CREMA. AÑADE LOS HUEVOS BATIDOS, DESPUÉS INCORPORA LA HARINA. USA 100 G DE CADA INGREDIENTE POR CADA DOS HUEVOS. AÑÁDELE A LA HARINA 2 CUCHARAS SOPERAS DE CACAO EN POLVO. HORNÉALO DURANTE CUARENTA MINUTOS A 180°. HASTA TÚ PUEDES HACERLO. CONFÍA EN MÍ.

Las hortensias están en flor, brilla el sol, y por fin he conseguido dormir. *Alles ist gut.* Confesar lo de *La Salchicha,* aunque no sea lo peor, me ha ayudado de alguna forma a cerrar los ojos. ¿Thomas y yo somos amigos? Si alguien me hubiera preguntado eso cuando tenía doce años, le habría dado un puñetazo en la nariz. Nuestra amistad, sencillamente, era como la gravedad, o los narcisos de la primavera.

Me quedo plantada en el escalón de entrada a mi habitación con el bizcocho, la nota, el gato y este pensamiento: hablamos hasta el amanecer. Y ahora tengo ganas de seguir hablando. A mi lado, *Umlaut* se ha puesto a revolcarse al sol.

Lo cojo y voy a la cocina, donde me encuentro la segunda sorpresa del día: un teléfono nuevo. También lleva una nota, ésta es más reveladora: *sie sind verantwortlich für die Zahlung der Rechnung. Dein, Papa* (La factura la pagas tú. Te quiero, Papá).

Abandono el bizcocho en el alféizar de la ventana y abro el paquete del teléfono como si fuera la mañana de Navidad, y lo pongo a cargar. Papá ha pegado con celo mi antigua tarjeta SIM a la caja. Ahora podré mirar si Jason me ha enviado un mensaje con una hora para quedar. Podré preguntarle: ¿qué pasó en la habitación de Grey? ¿Desaparecí?

Y la auténtica pregunta: ¿qué pasó con nosotros?

—Os 'ias.

Levanto la vista de mi vigilia telefónica y me encuentro a Ned con pijama y el pelo revuelto, ha decidido salir de su nido. Los miércoles y los viernes le toca trabajar en la librería, y eso significa que le toca madrugar. Y se está comiendo mi bizcocho para desayunar.

—E 'epas —Lo engulle de un trago, como si fuera una serpiente, y lo vuelve a intentar—. Que sepas que Thomas va a hacer uno enorme para la fiesta.

Es la primera vez que me habla directamente sobre la fiesta, pero todavía no me ha preguntado si me parece bien. Y por muchas hortensias que haya y aunque haya dormido, de *alles ist gut*, nada. Cojo mi bolso y mi móvil a medio cargar y me marcho de casa.

Mi teléfono suena al mismo tiempo que las campanas. Llevo horas escondida en el cementerio de la iglesia, doblada como una figurita de origami entre el tejo y la pared. El mensaje es de Jason. Quedaremos a la hora de comer dentro de una semana contando a partir de mañana.

A mi alrededor, repartidos sobre la hierba amarillenta, hay un montón de libretas y diarios. Este sitio no se ve desde la iglesia, las tumbas, la carretera. Vinimos aquí una vez.

Fue a principios de agosto, unas siete semanas después de que nos besáramos por primera vez. Todavía no nos habíamos acostado, pero de pronto era algo que me parecía posible. Cada día, todo —el aire, el sol, la sangre de mis venas— palpitaba con calidez y urgencia. En cuanto nos quedábamos solos, nuestras palabras y nuestra ropa desaparecían. En la entrada del diario de Grey de aquel día pone: BARBACOA DE LANGOSTA CON MANTEQUILLA DE AJO. Detrás del árbol, Jason deslizó las manos entre mis piernas y yo le mordí el cuello. Quería comérmelo.

¿Adónde fue a parar todo ese amor? ¿Dónde se metió esa chica que estaba tan viva?

Mi teléfono emite una rápida serie de pitidos y me abalanzo sobre él. Pero resulta que son mensajes antiguos de Sof, que llegan todos de golpe. Un par de ellos son para cerciorarse de que estoy bien después de nuestra discusión en la playa, pero básicamente son para hablar de la fiesta que no quiero que se celebre. No sé cómo contestarlos, así que tiró el teléfono en la hierba y cojo la libreta.

La Excepción Weltschmerz.

Empezó el día que volví a ver a Jason. Estoy escribiendo su nombre cuando una sombra se cierne sobre la página. Thomas está mirándome desde detrás de un árbol.

—Diría que estás evitándome —comenta dejándose caer a mi lado contra la pared—, pero yo sé que sabes que conozco todos nuestros escondites.

Estira las piernas y apoya los pies en el tronco a mi lado colocándose en una posición prácticamente horizontal. Esté donde esté, Thomas siempre se funde con el paisaje. Analizo su frase y se me ocurre contestarle:

—Entonces, ¿dirías que te estoy esperando?

—Si tú lo dices.

Suelta una carcajada.

—¿Te ha gustado el bizcocho?

—Delicioso —miento.

—Qué curioso. Ned piensa lo mismo.

Después de doce años mirándonos fijamente, mi cara de impasividad raya la perfección. Al rato Thomas parpadea y dice:

—Vale, cambio de tema. ¿Éste es tu proyecto extracurricular?

Hace un gesto en plan «¿puedo?» y alarga la mano hacia mi libreta, que tengo apoyada sobre las piernas desnudas. Me roza las rodillas al cogerla, echa un vistazo por las páginas y dice:

—Aquí el último año de curso debe de ser duro.

Miro lo que está leyendo. Una página llena de números impenetrables y, destacado como si fuera una bandera roja, el nombre de Jason. Por algún motivo me parece importante que Thomas no sepa este secreto en particular. Ahora me toca a mí cambiar de tema.

—¿Qué tal el *jet lag*?

—Me parece que mis zonas horarias siguen revueltas.

Thomas bosteza.

—Pues ponle huevo a ese revuelto.

Sof ya me ha dicho que éstos son la clase de chistes que hacen que nadie me invite a las fiestas a las que no quiero ir.

—¿Ah, sí? Pues buen provecho. —Thomas cierra los ojos. Hoy no lleva cárdigan. Se ha puesto una camiseta de manga corta con un bolsillo, donde mete las gafas. Tiene un aspecto menos artificialmente ingenioso sin las gafas. Se parece más a alguien de quien yo sería amiga—. Estuve despierto hasta demasiado tarde —murmura—. Sigue hablando.

—Necesito un tema. A menos que estés interesado en Copérnico.

—Nada de Coper-pijo —dice—. *Umlaut.* ¿De qué va lo del gato?

—Papá lo trajo a casa en abril.

Me inclino hacia delante y cojo la libreta de las rodillas de Thomas con toda la delicadeza que puedo. Pero él me mira con los ojos entornados. A la luz del sol, sus iris moteados parecen una nebulosa.

—G. Eso no es hablar. Eso es información. Necesito detalles.

—Vale. Veamos. Yo estaba haciendo los deberes en la cocina después de clase, cuando de pronto esa *cosa* naranja sale de debajo de la nevera y cruza corriendo por toda la cocina hasta subirse a la montaña de leña. Entonces cogí un cucharón…

—¿Un cucharón? —murmura Thomas volviendo a cerrar los ojos.

—Sí, hombre, ¿eso para la sopa? Igual en Canadá se llama de otra forma. Un cucharón.

Se ríe.

—Ya sé lo que es un cucharón. Quiero saber por qué cogiste un cucharón.

—Pensaba que había un ratón.

—¿Y qué ibas a hacer, cogerlo con el cucharón?

Le golpeo en la rodilla con el lápiz y él grita mientras sonríe.

—La leña, el animalito escurridizo, el cucharón y yo —recapitulo. Según voy nombrando cada elemento, se va aclarando mi imagen mental y de pronto recuerdo lo que ocurrió justo antes de que el bicho pelirrojo cruzara el suelo: un limpiaparabrisas pasó por delante de la cocina. En aquel momento lo atribuí a un dolor de cabeza. ¿El tiempo ha estado liándola desde entonces? De eso hace ya cuatro meses.

—¿G? —susurra Thomas soñoliento dándome un golpecito en el hombro con el pie.

—¡Ah! Sí. Entonces aparece un gatito por detrás de un tronco y es *Umlaut*.

—¿Y ya está?

—Me lo metí en el jersey y llamé a la librería, porque pensé que papá podría haber dejado una nota. Y contesta en plan: «*Guten tag, liebling*. ¿Has visto mi nota?» Miro a mi alrededor y resulta que sí que ha escrito algo en la pizarra, pero sólo pone: «¿Gottie? Gato».

Cuando Thomas se ríe de mi historia y se le arruga la comisura de los labios, mi cerebro, así, de repente, me recuerda lo que pensé en la librería: «No me acordaba de que eras tan guapo».

Empiezo a recitar los cien primeros decimales de pi. Pero mi cerebro se niega a colaborar y se pone en plan:

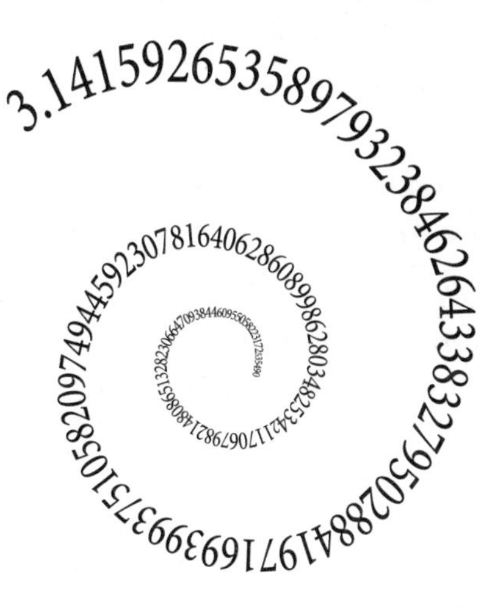

Y yo empiezo a preguntarme: ¿qué habría pasado si Thomas y yo nos hubiéramos besado hace cinco años? ¿Y si no se hubiera marchado nunca? ¿Me habría enamorado de Jason de todas formas, o habría sido con Thomas con quien hubiera estado detrás de ese árbol el verano pasado? Cuando pienso eso, el cementerio que tenemos alrededor se llena de los números que estaba recitando mentalmente. Se quedan suspendidos en el aire como bolas de Navidad, flotando en la nada. Estamos volando por la galaxia, hacia las estrellas. Y es precioso.

Es la teoría de cuerdas de Grey: un harpa cósmica gigante. ¿Qué me diría ahora mi abuelo? Lo imagino robándome la libreta, echándole un vistazo a la Excepción de Weltschmerz. «Las normas del espacio-tiempo están jodidas, ¿no? Busca tus propias reglas».

—¿Thomas? —pregunto—. Ese correo que me enviaste. ¿Qué era?

—¿Un correo electrónico? Es una forma de comunicación que se envía a través de In-ter-net.

Thomas se endereza y simula que teclea con las manos a modo de demostración. Es ajeno al fenómeno climático matemático, al pensamiento que lo desencadenó: una versión del mundo donde, una vez, nos besamos.

—Ja.

Le empujo la pierna con la deportiva y él me coge el tobillo durante un momento imperceptible, sonriendo: en su cara se refleja la luz de los números.

—G, no ponía nada importante —dice—. Te escribí que sí, que volvía. Sólo era una respuesta al tuyo.

K 7

8

I

1 S

S

6

I

4

N

0

G

6

Los números caen del cielo, una lluvia plateada sobre la hierba, donde desaparecen. Volvemos a la normalidad.

Normal, ¡excepto porque hay una línea temporal en la que yo le escribí un correo electrónico a Thomas!

—Supongo que no entendí lo que significaba el tuyo hasta que llegué —prosigue—. Tu padre me lo explicó durante el trayecto desde el aeropuerto. Lo de Grey.

Un disco rayado, unas ruedas que chirrían. Puedo fingir que la vida sigue, con historias de gatos y correos electrónicos, pero la muerte lo para todo. Mi cara se cierra en banda y Thomas debe de saber por qué, porque hace un gesto en dirección a la libreta y, con mucha cautela, dice:

—Háblame del tiempo-espacio.

—Espacio-tiempo —le corrijo desplazando el trasero algo incómoda por la hierba para sentarme a su lado, y aferrándome al último cambio de tema como si fuera un salvavidas. Nuestros hombros se están tocando—. Viajes en el tiempo. Todavía estoy intentando comprender cómo funcionan. Cómo funcionarían si fueran reales.

—Qué guay. ¿Adónde irías? Yo creo que a ver dinosaurios. O a la época de la Ilustración, a charlar un rato con el viejo Coper-pijo. —Se inclina hacia delante y me roza con el brazo cuando gesticula en dirección al cementerio, que está prácticamente blanco bajo el manto de margaritas—. O me quedaría en Holksea, en la época del medievo. Seguro que acabaría con la cabeza en un cepo.

—Al agosto pasado —lo interrumpo—. Ahí es donde iría.

—Qué aburrido —canturrea—. ¿Qué hay en el agosto pasado?

«Jason. Grey. Todo.»

—Mierda —dice al darse cuenta—. Lo siento.

—No pasa nada.

Arranco un puñado de hierba y me pongo a hacerla jirones. No quiero… Hablar con Thomas la noche anterior, hoy… Éstas han sido las primeras conversaciones en mucho tiempo durante las que no me he sentido perdida, buscando las palabras que decir…

Scheisse! ¡Ni siquiera puedo acabar la frase dentro de mi cabeza!

A mi lado, Thomas posa la mano sobre las mías, que no dejan de moverse, y me tranquiliza. Las campanas de la iglesia dan las seis en punto. Es un tañido funerario.

—Deberíamos irnos —digo—. Hay que darle de comer a *Umlaut.*

Me levanto con esfuerzo y voy metiendo libros en el bolso. Thomas coge la mitad. Mientras vamos recogiendo cosas de la hierba, veo que tiene los diarios de Grey.

—¿Es aquí donde…? —Se le apaga la voz. Está claro que se ha contagiado del mal de Gottie H. Oppenheimer, ése que me impide hablar de lo peor—. ¿Aquí está…? ¿Grey…?

Oh, Dios. Soy una psicópata. Leer los diarios de un hombre muerto rodeada de tumbas. Éste siempre fue uno de nuestros escondites, incluso a pesar de que mamá está enterrada al otro lado de la iglesia. Pero esto es diferente; ella no me pertenece igual que Grey. Ella es una desconocida.

—No —contesto con demasiada aspereza—. Él… No queríamos… —respiro hondo—. Lo incineramos.

Recorremos en silencio el camino que rodea la iglesia y vamos dejando huellas rodeadas de pinaza a nuestra espalda. El cura está en el porche; cuando ve a Thomas tropieza con la sotana, sorprendido. Pasamos junto a la tumba de mamá. Nunca me sorprende ver la fecha cubierta de musgo: mi cumpleaños. El día de su muerte. Allí, gravada en piedra, está la dura realidad: que sólo pudimos pasar algunas horas juntas, antes de aquel coágulo de sangre, su cerebro, el desmayo. Y nadie pudo hacer nada. Thomas se agacha y coge una piedra mediante un único movimiento fluido, la deja encima de la lápida y sigue caminando.

Otro ritual. Es nuevo. Me gusta Thomas.

—Es genial que los tengas —comenta Thomas gesticulando con los diarios—. Es como si estuviera aquí. Una idea con la que estoy mucho más cómodo ahora que sé que fuiste tú quien pintó *La Salchicha.*

Me río. A veces es muy fácil reírse. Otras veces tengo la sensación de que voy a implosionar. Y es completamente aleatorio, cuando estoy haciendo algo sin importancia —duchándome. Comiéndome un pepinillo en vinagre. Sacándole punta al lápiz— y, de repente, me dan ganas de ponerme a llorar. No lo entiendo. Negación, rabia, lucha, depresión, aceptación. Eso es lo que prometían los libros. Pero lo que tengo es un principio de incertidumbre: nunca sé dónde van a acabar mis emociones.

—Ojalá el señor Tuttle hubiera dejado diarios cuando murió.

Thomas me da un codazo.

Vuelvo a reírme.

—¿Al final murió? Creía que era eterno.

—En realidad eran seis hámsteres. Mi padre vetó la última resurrección el año pasado. Creo que tenía miedo de que le dieran la custodia.

Hemos llegado a la verja. Thomas se gira tan rápido que me tambaleo y acabo demasiado cerca de él. Pero, incluso estando a tan pocos centímetros el uno del otro, él está al sol, y yo en la sombra.

—G. Quería decirte..., en aquel momento. No te lo he dicho, lo siento mucho. Lo de Grey.

Y me abraza. Al principio no sé qué hacer con los brazos. Es la primera vez que alguien me abraza desde que vi a los abuelos en Navidad. Me quedo allí plantada mientras él me da un abrazo de oso. Pero al rato me enrosco a él. Es un abrazo que parece un pastelito de canela caliente, y me hundo en él.

Y mientras lo hago noto que algo en mi interior —algo que ya no sabía que existía después de lo de Jason— ha despertado.

Sábado 24 de julio

[MENOS TRESCIENTOS VEINTIOCHO]

Una semana después, empieza a llover.

Es una tormenta bíblica que aporrea el tejado del Book Barn y hace temblar las estanterías. Exactamente igual que el día que se marchó Thomas. A media mañana, subo al desván, donde papá parece un duendecillo en lo alto de una silla de *camping*, llevando el compás de la música de la radio con sus deportivas rojas, y desalfabetizando la poesía deliberadamente. Sigue rindiendo culto a Grey. Él y Ned están compinchados.

Me saluda con un ejemplar de *La tierra baldía*.

—*Hallo*. ¿No hay clientes?

—Le he dado la vuelta al cartel de la puerta —le explico acercándome a la claraboya.

La lluvia cae horizontalmente, no es un buen día para los turistas, ni para que salgan de sus casas los clásicos compradores decididos a encontrar una primera edición. Cuando miro fuera me doy cuenta de que el mundo está gris. Al fondo, el mar agita sus olas gélidas. Son las once de la mañana, pero parece medianoche: tenemos todas las lámparas encendidas.

Aquí, dentro del corazón de la librería, iluminada en medio de la oscuridad, es como estar en una nave espacial.

Y quiero despegar. La última vez que estuve aquí fue con Grey, en un agujero de gusano.

Todavía no sé exactamente qué está pasando. Pensaba que había aclarado lo de los agujeros de gusano —sólo son recuerdos en alta definición—, pero entonces salí de uno de ellos con la fotografía de mamá.

Existe un principio llamado La Navaja de Ockham según el cual, cuando tienes muchas teorías distintas pero no tienes hechos, la explicación más simple —la que requiere el menor número de dogmas de fe— es la correcta. Y la explicación más sencilla para todo esto es: 1) yo estaba leyendo el diario y la foto estaba entre las páginas. Cosa que significa 2) me estoy inventando lo de los agujeros de gusano sumida en la locura por culpa del dolor.

¿Es eso? ¿Estoy loca?

No es una idea en la que quiera pensar. Aunque me lo esté imaginando todo, incluso aunque me lo esté inventando: quiero que sea real. Cada vez que caigo en un vórtice, beso a Jason. Veo a Grey. Me encuentro.

—¿Crees que debería poner en el mismo estante a Ted y a Sylvia? —pregunta papá.

—Si quieres que Sof organice una protesta... —digo apartándome de la ventana.

—Es romántico, *nein*? —Pone los libros juntos en el estante, hace una anotación en su lista y después me mira—. Como lo de que tú y Thomas hayáis vuelto. ¿Sabes que yo era un poco mayor que tú cuando conocí a tu mamá?

Parpadeó asombrada.

—He encontrado un libro para ti en el escritorio —añade—. Creo que podría ser de Grey.

—Ah —Me quedo en la puerta esperando a que siga hablando. Que me explique más cosas sobre mamá, sobre Grey. Cuando veo que no dice nada, añado—: He quedado con un amigo para comer en la cafetería. ¿Quieres que te traiga un sándwich?

—*Ja*.

Me hace un gesto con la mano para despedirse. Apuesto a que pasarán horas antes de que vuelva a levantar la cabeza; si no le pongo un sándwich delante, no se acordará de comer. Yo paso el luto en los agujeros de gusano. Él lo hace dentro de su cabeza; siempre lo ha hecho. ¿Las cosas serían distintas si mamá estuviera viva? Quizá Ned y yo ni siquiera hubiéramos crecido aquí, con Grey.

Una vez abajo, rebusco en el caos del escritorio y debajo encuentro una biografía de Cecilia Payne-Gaposchki, la estudiante de doctorado que descubrió de qué estaba hecho el universo. El sol, las estrellas, todo —todo es hidrógeno.

PARA GOTTIE, pone con la letra de Grey. QUIZÁ TÚ TAMBIÉN DESCUBRAS EL UNIVERSO.

El octubre posterior a su muerte yo cumplí los diecisiete. ¿Ése era mi regalo? ¿Un libro? Grey nunca regalaba libros. Decía que era de vagos. Ned, Sof, Papá: todos me regalaban cosas como camisetas, laca de uñas de color lavanda, vales regalo. Grey me regaló un telescopio. Bichos conservados en metacrilato. Unas gafas para las clases de química con mis iniciales grabadas en el cordel. Una suscripción a *New Scientist*. Unos pendientes de plata con el símbolo de la raíz cuadrada.

No sé qué pensar de un libro.

Cuando me suena el teléfono quiero-asumo-deseo que sea Jason, pero es Thomas. Contra todo pronóstico, él, Sof y Meg han conectado gracias a los cómics y se han ido de excursión a Londres. Han ido a una firma que se celebra en el Forbidden Planet, y Thomas me ha enviado una foto de *The West Coast Avengers: Lost in Space-Time.* Reconozco los dedos manchados de pintura de Sof sosteniendo el libro ante la cámara. Y ha escrito un mensaje: «¿Debo asumir que tú eres la de la licra verde?»

También tengo un mensaje de Sof. Ignoro ambos mensajes y paso las páginas del libro que me dejó Grey hasta la dedicatoria. Cojo mi bolígrafo y escribo: El Principio de Gottie H. Oppenheimer, v 3.0.

Casi todo el universo está hecho de hidrógeno; por lo menos, el cinco por ciento que podemos ver. El resto es energía oscura y materia oscura. Todo lo que todavía no comprendemos.

¿Y si son todas las demás posibilidades?

Más de dos líneas temporales. Schrödinger el mujeriego dice que cada vez que un átomo se desintegra —o no lo hace—, cada decisión que tomamos, divide el universo. Empezando por el Big Bang, hasta que el mundo se extiende como las ramas de un árbol. Y eso es lo que entendemos por infinito.

Enumero las ramificaciones:

Un mundo en el que nunca he besado a Jason
o un mundo en el que lo nuestro no fuera un secreto
Un mundo en el que sigue siendo el verano pasado
Un mundo en el que los agujeros de gusano son reales
Un mundo en el que no lo son

La pregunta es: ¿cuál de ellas es la real?

El viejo ordenador chirría con fuerza cuando lo enciendo. Tres minutos después se conecta a Internet. Tengo una dirección de correo nueva: gottie.h.oppenheimer@gmail.com.

Repaso mis notas y tecleo rápidamente acerca de líneas temporales y después le envío lo que he escrito a la señora Adewunmi. No estoy diciendo que esté aceptando su propuesta, eso de escribir un trabajo a cambio de que me ayude con la universidad. Digamos que es sólo una posibilidad.

Ha llegado la hora de irme con Jason.

—Papá, me voy a la cafetería —grito escalera arriba. No hay respuesta.

No me entretengo en cerrar la puerta debajo de la lluvia, ni me peleo con ningún paraguas, me limito a correr unos cuantos metros por el césped. La cafetería está vacía y las ventanas empañadas. Cruzo las mesas de formica y pido un sándwich de arenques con pan de centeno para papá y uno de atún para mí. Voy a mostrarme completamente indiferente cuando llegue Jason, estaré ahí tranquilamente con mi sándwich, todo controlado. Aunque tengo el estómago lleno de mariposas.

—Tardaré quince minutos para el de atún —ruge el hombre detrás del mostrador. Genial—. Todavía no he encendido la parrilla.

—¿Puedo usar el servicio? —pregunto, y él me señala la puerta con el pulgar.

El lavabo es muy viejo, con ese sistema de desagüe victoriano en lo alto, pero es un palacio comparado con el del Book Barn. Me siento y me estremezco al notar la corriente de aire, entonces veo la mancha de sangre oxidada. Vaya.

No llevo nada. Tengo dinero, pero la cafetería no es, precisamente, la clase de sitio que tiene una de esas máquinas tan molonas dispensadoras de tampones.

Al final opto por la solución cutre y me planto un montón de papel higiénico en las bragas, después me acerco al lavamanos haciendo una especie de crujido a cada paso. Cuando tuve el primer periodo, fui hasta la farmacia con los muslos pegados porque no se lo quería decir a nadie. Grey habría intentado hacer algún ritual pagano. Acabé comprando unos gigantescos colchones con alas que me rozaban en los muslos y me provocaron un sarpullido, hasta que Sof me dio un cursillo muy revelador sobre acrobacia vaginal. Yo acababa de cumplir los trece años, y a ella le había venido a los doce; por lo visto, eso estaba a años luz de mi experiencia. Me obligó a incluir los tampones en la lista de la compra que teníamos en la pizarra. «Si no lo haces, montaré un grupo *performance* que se llame "¿Estás ahí, Gottie? Soy tu menstruación".»

Me miro al espejo mientras me lavo las manos con el jabón arenoso y agua fría. No he vuelto a ver a Sof en serio desde aquel día en la playa hace dos semanas. Nos hemos saludado asintiendo con la cabeza cuando ella y Meg pasan siguiendo la estela de los Fingerband. Me seco las manos en los vaqueros y le contesto los mensajes. Más o menos. Ignoro sus preguntas sobre la fiesta y le recuerdo el nombre del grupo de *performance* y «¿te acuerdas?» Quizá podamos ir todos a la playa mañana, si el tiempo mejora. Si ella contesta.

Ojalá no me encontrara tan mal.

Cuando salgo, él está junto a la caja registradora, riéndose con el hombre que está detrás del mostrador y pidiendo un café solo. Café solo. Chupa de cuero negro. El pelo rubio oscurecido por la lluvia peinado para atrás, a eso Grey lo llamaba «cola de pato». *Jason.* Me doy cuenta por primera vez de que es más bajo que Thomas.

Me alegro de que esté de espaldas para poder mirarlo. Me fastidia no saber si ya puedo abrazarlo, o siquiera tocarlo. El verano pasado sabía que podía alargar la mano y quitarle una pajita del hombro, arena de la tripa, hierba de las piernas. Incluso cuando había más gente, yo había encontrado mil excusas para tocarlo. Y sabía que él quería que lo hiciera.

Me estoy desmoronando cuando el hombre vocifera:

—¡La chica del sándwich de atún!

Jason se da media vuelta.

—Margot… ¿Has estado… nadando…?

—No. —Me peino el moño con los dedos—. Está lloviendo. El mar debe de estar frío.

—Estaba de broma —dice arrastrando las palabras—. Tienes el pelo mojado.

—Atún —repite el dependiente, enfadado.

—Ah. Sí. Ja, ja, ja —le digo a Jason, luego rebusco el dinero en el bolsillo y cambio un puñado de monedas por dos bolsas de papel grasiento. La combinación de olores procedente de los arenques de papá y mi queso fundido le arranca un rugido a mi estómago.

—¿Estás bien?

Jason ladea la cabeza. Pero sigue apoyado en el mostrador, no se ha acercado a mí. Me encantaría poder pensar que está tan nervioso como yo. Quiero creerlo con todas mis fuerzas.

—Sí —contesto algo revuelta, y nos sentamos.

—¿Vas a comerte eso?

Mi sándwich sigue en la bolsa. Jason está haciendo una torre con los terrones de azúcar.

Levanto el bocadillo y le doy un mordisco. Tardo una hora en masticar y mucho más tiempo en tragarme el enorme nudo que tengo en la garganta. Mis tobillos se mueren por enroscarse en los suyos, convertir nuestros cuerpos en un *pretzel*. Ya estuvimos una vez en esta cafetería. Aquel día todo el mundo estaba en la playa y vinimos aquí en lugar de ir al chiringuito, aunque las patatas no están igual de buenas. Aunque tampoco comimos, sólo nos miramos el uno al otro como un par de tontos mientras las patatas se quedaban frías y se congelaban. Ése fue el día que me preguntó: «¿Me quieres?» Fue el día que...

«Céntrate, Gottie. Tienes que preguntarle por el agujero de gusano.»

—Jason, cuando viniste a casa la semana pasada, cuando estábamos en la habitación de Grey guardando sus cosas. ¿Qué pasó?

Su torre de terrones de azúcar se desmorona en la mesa. Ya está. Ahora es cuando me dice que desaparecí.

—Au. Quema —dice después de tomar un sorbo de café—. Sí, fue raro, ¿no? Ha pasado el tiempo. Nos falta práctica.

Me sonríe y yo intento devolverle la sonrisa.

—Pero —insisto—. Yo estaba, emm, ¿estaba allí?

—Sí. Ya sé a qué te refieres. —Frunce el ceño—. Estabas un poco ausente.

Me esfuerzo por encontrar una forma educada de preguntar: «¿No desaparecí como por arte de magia?» Pero no existe. Jason está reconstruyendo su torre de azucarillos completamente despreocupado. Si yo hubiera desaparecido lo habría mencionado. Pero tengo que preguntárselo.

—Perdona, pero ¿qué es lo que fue raro?

Imagino que ver cómo yo desaparecía dentro de una caja de cartón entra en esa categoría.

—Pues estaba intentando hablarte de la uni, la caña que dan, los trabajos que hay que hacer. Que para ti no era justo que yo estuviera tan distraído. Entonces, Ned nos interrumpió hablando y, como ya he dicho, te falta práctica. Tienes que practicar con los subterfugios.

Me guiña el ojo.

Debería sentirme aliviada. No estoy desapareciendo. Es más bien lo de la pantalla desdoblada: mi cerebro se pierde en los recuerdos, pero al mismo tiempo sigo caminando y hablando en esta realidad.

Pero lo único que puedo pensar es que la última vez que estuvimos aquí, él dijo: «Margot. Olvida las patatas. Vamos a mi casa». Ése fue el día en que nos acostamos por primera vez.

—Pero estamos bien, ¿no? Somos amigos —me asegura Jason ahora. Me recuerda a Sof, diciéndome cuál debería ser mi opinión.

—¡Atún! ¡Café! —nos interrumpe el tipo del mostrador—. Lo siento chicos, voy a cerrar. Si éste es el movimiento que hay a la hora de comer, yo me voy a casa.

Arrastramos las sillas por el suelo al levantarnos. En la puerta, vacilo, agarrando con fuerza las bolsas grasientas con los bocadillos.

—Disfruta de tu baño —dice Jason asintiendo en dirección a la lluvia—. Mierda, ibas a decirme algo sobre la fiesta de Ned.

—¿Quieres venir a la librería? Papá está en el piso de arriba, pero allí se está calentito. Podemos compartir el sándwich...

Intento convencerlo una última vez para que salga conmigo, crucemos el césped, entre en mi nave espacial. Que se adentre en la lluvia conmigo, que me bese como si fuera el verano pasado. Pero él arruga el vaso de café y lo tira al cubo de basura.

—No puedo. Lo siento. Estoy a, ¿cómosellama? —Pone los dedos de la mano en forma de pistola, el saludo de los Fingerband, y cuando encuentra la palabra que busca dice—: Medio camino. Es medio camino. Puedo coger el autobús desde aquí, mi novia vive en Brancaster. Ya conoces a Meg.

Sigue hablando, pero esa palabra no deja de rugirme en los oídos: *novia, novia, novia*. Y, evidentemente, es Meg, la perfecta y guapísima Meg. Yo era un secreto, pero ella no, y ya estoy saliendo por la puerta: una vez fuera, cruzo el césped, cruzo la lluvia, la tormenta también ruge. La puerta del Book Barn se ha abierto de golpe, pero dentro no está la librería, no es mi nave espacial. No hay nada, es una pantalla de nieve, es un agujero de gusano, es un desgarrón en el puto continuo del espacio-tiempo.

Y esta vez, elijo meterme directamente dentro.

… entramos en la cocina a trompicones, riendo y besándonos. Ni siquiera me importa que alguien pueda vernos. Pero Jason me suelta la mano.

Hay una nota en la pizarra. La letra es de papá, pero no se entiende nada. Las palabras flotan ante mis ojos, tengo que leer las letras una a una y, aun así, me cuesta entenderlo porque pone:

G-R-E-Y-E-S-T-Á-E-N-E-L-H-O-S-P-I-T-A-L

No puedo enfrentarme a eso. Quiero volver a estar en ese campo con Jason, sintiendo el sol en su piel. Intento cogerlo de la mano, enseñárselo.

—Mierda —dice pasándose las manos por el pelo—. Mierda.

Lo miro, quiero que lo entienda, que diga: vamos a fingir que no hemos leído esto, finjamos que no es verdad, disfrutemos de algunas horas más. Nunca hemos entrado en esta cocina. Seguimos en el escondite del campo, al sol.

Pero no me lee la mente, dice:

—Tía, deberías ir. Tienes que..., mierda. Mi madre puede llevarte. O si vas en bici hasta Brancaster podrías coger el autobús hasta el hospital.

Sigue hablando, pero no lo estoy escuchando, me pasa lo mismo que con la nota, que no podía leerla: el mar me ruge en los oídos, no hay gravedad suficiente en la habitación. ¿Adónde ha ido todo el oxígeno?

—¿Gottie? Ve, yo le enviaré un mensaje a Ned para decirle que estás de camino.

Al final, encuentro la voz.

—¿No vas a venir conmigo?

—No puedo, tengo trabajo.

Jason trabaja en el pub. A veces me siento fuera, detrás de la cocina, y me trae patatas fritas.

—Pero... —Vuelvo a señalar la nota de la pizarra. Quizá él tampoco la esté entendiendo—. Grey está en el hospital.

—Sí, joder. Ya lo sé. Pero todo irá bien; no habrían dejado una nota si no estuviera bien.

Me está sacando de la cocina, cierra la puerta, me coge de la mano, me lleva hasta mi bicicleta. Está tirada en el césped, donde la dejé. Por algún motivo, miro el agujero del seto y pienso en Thomas Althorpe. Que me llevó a ese mismo hospital, hace mucho tiempo.

Hago un par de intentos hasta que consigo subirme a la bici. Quiero volver a estar en el campo.

Quiero llamar a Sof y contárselo todo: ¡Jason y yo!

Quiero cogerle la mano por debajo de una manta y susurrar.

Quiero retroceder en el tiempo. Sólo diez minutos. Si hubiéramos ido directamente a mi habitación en lugar de pasar por la cocina, no habríamos encontrado la nota. Grey no estaría en el hospital, y yo estaría desnuda con Jason.

No tendría que estar pensando en esas cosas. Soy una mala persona.

—Escríbeme luego, ¿vale? —dice Jason mirándome con los ojos entornados. No consigo ver el azul. Y entonces el mundo se dobla sobre sí mismo, un cegador dolor blanco, algo me aplasta, me duele el corazón…

… y entonces estoy inclinada en el escalón de la cocina, escupiendo bilis en la hierba que tengo entre los pies. Es de noche, y está lloviendo. Una mano me está frotando la espalda, dibujando pequeños círculos. La voz de Thomas murmurando, preguntándome si estoy bien. El dolor del agujero de gusano todavía no ha desaparecido cuando la verdad me golpea como un meteorito: Jason nunca me quiso. No existe ningún universo en el que no fuera a romperme el corazón.

Puedo resolver $f(x) = \int \infty_{-\infty}$ mentalmente, no me cuesta nada calcular el tiempo que he perdido con él desde el 9 de octubre del año pasado: 293 días, 7.032 horas, 421.920 minutos.

Ese chico, ¡que ni siquiera se dignó a darme la mano en el funeral!

Basta. Ya basta.

—Thomas. —Me pongo derecha. Todavía tiene la mano en mi espalda, tiene la cara medio iluminada debido a la claridad que sale de la cocina detrás de nosotros, y me mira tratando de adivinar qué me pasa—. ¿Quieres abrir la cápsula del tiempo?

{ 3 }

FRACTALES

Los fractales son patrones infinitos y repetitivos
que se encuentran en la naturaleza: ríos, rayos, galaxias,
células sanguíneas. Errores. Un tronco se divide en tres.
Cada parte se divide en tres ramas.
Cada rama tiene tres ramitas.

Y así hasta el infinito.
La simpleza conduce a la complejidad.

La complejidad conduce al caos.

Miércoles 28 de julio

[MENOS TRESCIENTOS TREINTA Y DOS]

Sigue lloviendo durante los cuatro días siguientes. Thomas se escaquea de sus turnos en el Book Barn y, gracias a un acuerdo silencioso, nos atrincheramos en mi habitación a jugar al Conecta Cuatro y a comer *Schneeballs* ovaladas. Desenrollo mi póster de Marie Curie y lo vuelvo a colgar en la pared. Desempolvo el telescopio. Pienso en los agujeros de gusano, leo los diarios de Grey, ignoro los mensajes de Sof. Thomas lee cómics, escribe notitas en libros de cocina, y deja sus calcetines por el suelo como si viviera aquí. Cosa a la que empiezo a hacerme a la idea.

Es como si no se hubiera marchado nunca. Y desde aquel abrazo en el cementerio de la iglesia, también hay algo más. Una ocasional duda tácita…

Cuando por fin deja de llover, salimos, y nos ponemos a buscar la cápsula del tiempo. Sólo han pasado tres semanas desde el incidente de la manzana, pero parecen años: la hiedra está descontrolada, hay una orgía de abejas en la fruta que se pudre en el suelo, y el césped ha superado el nivel «hay que cortar» para adentrarse en el territorio de «el pelo de Ned».

Grey nos mataría. A él no le gustaba que hubiera obstáculos en el jardín, no veía distinciones entre el césped, los arriates de flores y los árboles. Muchos años, era imposible tumbarse en el césped porque plantaba bulbos de tulipanes amarillos al tuntún. Pero ahora está abandonado. Es un desastre. Ahora que él no está, nos importa una mierda.

—Echaba de menos esto —exclama Thomas contento quitándose el impermeable—. Este olor después de la lluvia. Te juro que en Canadá huele diferente.

La paradoja de Bentley dice que toda materia es empujada hacia un punto concreto por acción de la gravedad. Por lo visto, para Thomas y para mí, ese punto concreto es este árbol. Thomas se estira hacia arriba, un poco más, hasta dejar entrever un franja de estómago por encima de los pantalones, mientras cuelga el impermeable en una rama alta y nos moja a los dos con las gotas de lluvia.

—Ups —dice, volviéndose hacia mí—. Este árbol tiene algo, ¿eh?

Ahora los dos estamos empapados de lluvia y las gotitas plateadas nos salpican el pelo como si fueran de rocío. Thomas me mira mientras me seco la cara con la manga.

—Petricor —replico.

—¿Eso es klingon?

—Es el olor que queda después de la lluvia. Se llama así. Son bacterias mojadas.

Enhorabuena, Gottie. La última vez que estuviste debajo de este árbol con Thomas, las estrellas desaparecieron. Y ahora estás hablando de bacterias mojadas.

—Petricor, ¿en serio? —dice Thomas—. Parece uno de los grupos de Sof. O alguna palabra que diría tu padre cuando habla en alemán.

—Eso me recuerda que papá me pidió que te dijera que llames a tu madre, y que dejes de borrar los mensajes de la pizarra y de fingir que has llamado. —Piso la tierra mojada con la deportiva—. No sé lo que has hecho, pero tendrás que hablar con ella en algún momento. Por ejemplo, cuando vuelvas a vivir en la casa de al lado el mes que viene.

—Claro —dice Thomas. Se apoya en el tronco del árbol—. En la casa de al lado.

Se hace el silencio. Ya sé que él y su padre no se llevan bien y, en realidad, ninguno de los mensajes de la pizarra era de él. Pero ¿tampoco debería haberle mencionado a su madre?

Entonces esboza una sonrisa pícara.

—¿Por qué estás dando por hecho que he hecho algo?

—Instinto. —La palabra me sale de forma automática y Thomas se parte de risa—. Experiencia previa. Por los conocimientos que tengo sobre ti. Historia. El episodio de los cerdos. El señor Tuttle. Una enorme corazonada fatalista.

Mientras estoy repasando nuestro pasado, mi mente salta hacia el futuro: Thomas viviendo en la casa de al lado, cruzando el seto, yendo en bici al instituto, comiendo cereales juntos, pasando el rato en el Book Barn. Ha vuelto, y este año será muy distinto al anterior.

Thomas sonríe y se aparta del tronco del árbol.

—Te echo una carrera —dice, subiendo el pie a una rama baja. Cuando me doy cuenta ya está un metro por encima de mí, veo las suelas de sus Adidas—. ¡Sigue aquí!

—*¿El qué?*

Pensaba que íbamos a desenterrar la cápsula del tiempo.

—¡Sube y te lo enseñaré!

Asoma la cabeza entre las ramas y me tiende la mano.

Cuando estoy sentada en una rama firme a su lado, abro la boca, pero él se lleva un dedo a los labios y señala. Metida dentro del tronco del árbol hay una lata de metal oxidado, es una de esas cajas fuertes de color beis, con una asa en la tapa y un lazo que hace las veces de candado. Nuestros nombres están escritos en la tapa con un rotulador permanente, y encima de la caja hay una rana.

—Vaya —digo sin reconocerla. Me refiero a la caja, no a la rana. Aunque estoy bastante segura de que a la rana tampoco la había visto nunca—. ¿Ésta es la cápsula del tiempo? ¿No la enterramos?

Thomas niega con la cabeza.

—La encontramos.

Vuelvo la cabeza para mirarlo, las sombras de las hojas se le proyectan en la cara. Antes nos pasábamos el día subidos aquí arriba, pero ahora somos demasiado grandes para el árbol, aquí encaramados a las ramas.

—Vaya. ¿De verdad no te acuerdas de esto? —pregunta.

Tengo que agarrarme a su hombro para poder enseñarle la mano izquierda sin perder el equilibrio.

—Lo único que sé es que hablamos sobre el pacto de sangre en el Book Barn —digo haciendo ondear la mano—, y que después me desperté en el hospital con esto.

—Claro. Eso tiene sentido. Espera.

Con mucho cuidado, se inclina hacia delante y coge la rana con un dedo. Después se pone de pie sobre la rama torcida y estira el brazo para dejarla sobre un racimo de hojas.

Me caería del árbol ahora mismo si no fuera algo tan Isaac Newton. Entonces lo hace Thomas.

—¡Uy!

Cuando se vuelve para sentarse, le resbala el pie en la rama mojada. Como no tiene nada a lo que agarrarse, agita los brazos un segundo balanceando un pie en el aire. Yo me quedo helada, y ya estoy viendo cómo cae a cámara lenta.

El tiempo acelera cuando recupera el equilibrio con un «Uf», y me sonríe.

—Me parece que acabo de ganar la medalla olímpica de gimnasia deportiva, ¿eh?

—Muy elegante —digo para esconder el susto, y lo cojo del brazo para sostenerlo mientras se sienta. No es del todo necesario, su centro de gravedad parece controlado. Pero entonces él me agarra también a mí violando el principio de los brazos fláccidos.

—Gracias. —Se sienta a mi lado. Seguimos agarrándonos de los brazos. No de las manos. *De los brazos.* Estoy agarrando los codos de Thomas Althorpe, y es ridículo.

Y no quiero soltarlo.

—¿Estás lista?

Me mira. No tiene los ojos cenagosos. Son de color avellana.

Me muerdo el labio mientras reflexiono. Me gusta agarrar de los codos a Thomas Althorpe, comer bizcocho y bromear sobre *La Salchicha.* Contra todo pronóstico y expectativa, me gusta que se presente en mi habitación sin que yo se lo pida, que se tumbe en mi cama y acaricie las orejas de *Umlaut.* Me gusta este *reamistarse,* y ese algo más que hay entre nosotros, algo que flota en el aire como la electricidad.

Pero dentro de esa caja está todo lo que pasó el día que me abandonó. ¿Estoy preparada para recordar?

—Sólo es una caja —dice Thomas—. Gallina.

Antes de pensarlo, cojo la tapadera y tiro de ella.

Está vacía. Hay un pegote negro, como si hubiera vivido aquí dentro una familia de babosas, y la cara interior de la tapa está llena de polvo y de garabatos ilegibles, pero aparte de eso, nada. Menudo anticlímax.

—G, ¿ya la habías abierto?

—Ya te lo he dicho, ni siquiera sabía que eso estaba…, sea lo que sea. ¿Qué es?

Noto que Thomas se encoge de hombros a mi lado.

—Ahora no es nada, supongo.

—¿Qué creías que iba a haber aquí?

—¡No lo sé! —Parece absolutamente frustrado, como si quisiera sacudir el árbol para que caigan las manzanas y nos golpeen la cabeza hasta que encontremos las respuestas—. Reunimos un montón de porquerías, después hicimos el pacto de sangre. Te dejé aquí y me fui a buscar a Grey, y cuando volvimos la caja estaba cerrada. Siempre me pregunté…

—¿Qué?

—Nada. —Sacude la cabeza como si fuera un perro recién salido del mar—. Nada. Puede que la hayamos abierto demasiado pronto, no sé.

Me giro para mirarlo y le paso un brazo por detrás para no caerme del árbol. Con el otro, lo vuelvo a agarrar del codo.

Hace un mes no quería ningún recuerdo de este verano. Ahora, ya no estoy segura. Estoy empezando a recordar que hay dos lados en cada ecuación.

—Thomas. Escucha. Está vacía. ¿Y qué? Podemos meter algo nuevo. Una cápsula del tiempo de ti y de mí. De las personas que somos ahora.

Se gira para cogerme del codo. Ese cambio de postura significa que ahora ninguno de los dos puede moverse sin perder el equilibrio. Debo de estar tan seria como él mientras nos miramos. Quiero preguntarle: «¿Quién eres, realmente? ¿Por qué has vuelto?»

—¿Y quiénes somos ahora? —preguntamos los dos al mismo tiempo.

—Telepatía —anuncia Thomas. Y su sonrisa podría incendiar todo el árbol.

El cielo cambia el sol por la lluvia en un instante. En cuestión de segundos está diluviando.

Un relámpago brilla entre las hojas y se refleja en las gafas de Thomas. Seguido por el rápido y grave rugido de un trueno.

—¡G! —Thomas tiene que levantar la voz por encima del ruido, a pesar de que estamos muy cerca el uno del otro—. Tenemos que bajar de este árbol.

Otro relámpago, apenas veo nada a través del agua que me resbala por los ojos, pero asiento. Todavía tengo el brazo por detrás de su cintura, él sigue cogiéndome del codo. Si alguno de los dos se mueve, nos caeremos los dos.

—Voy a soltarte —grita Thomas—. Salta hacia atrás. ¿A la de tres?

El instinto me dice que no espere, que salte; me deslizo por el tronco y me araño la tripa con la corteza. Se me enreda el moño en una rama y noto un tirón en el pelo. Se oye el rugido de otro trueno y Thomas, que resbala por encima de mí, me coge del codo en cuanto toca el suelo.

—No has esperado a que contara tres —grita, apartándose el pelo mojado de la cara con la otra mano.

—¡Tú tampoco!

Nos volvemos, riendo, entre empujones, cogidos de la mano mientras corremos hasta mi habitación. Donde Ned espera como un centinela, con los brazos cruzados, con el abrigo de piel chorreando de lluvia. Tiene la misma pinta que *Umlaut* después de perder una pelea contra una ardilla.

—Althorpe. —Mira a Thomas con los ojos entornados. Thomas me suelta la mano, cosa que hace que Ned entorne más los ojos. ¿Qué le pasa?—. Acabo de tener una conversación muy agradable con tu madre, está al teléfono, quiere hablar contigo.

Cuando Ned prácticamente escolta a Thomas por el jardín, yo me hago un ovillo en la cama con el diario de Grey de hace cinco años. Paso las páginas hasta el otoño, el invierno, después de que se marchara Thomas. No estoy segura de qué estoy buscando: pistas, la mención de una cápsula del tiempo, lo que sea. Lo que encuentro es:

EL ESTANQUE SE HA HELADO, LOS PATOS PATINAN SOBRE EL HIELO.

EL PELO DE G YA ES CASI TAN LARGO COMO EL DE NED. SE SIGUE PARECIENDO A CARO.

Dejo el diario en la cama y voy a sentarme delante del espejo. La foto de mamá y yo está enganchada en una esquina. Todavía tengo el pelo mojado de la lluvia, recogido en un moño, y cuando me quito la goma se descuelga en ondas húmedas hasta mi cintura. Una desconocida me devuelve la mirada.

—¿Tú qué piensas, *Umlaut*?

«¿Miau?»

Analizo mi reflejo, la cara de mamá en la foto. ¿Quién soy?

Era alguien con tanto miedo de tomar una decisión, que me pasé nueve meses esperando a Jason. Esperé cinco años a Thomas, en silencio. Pinté *La Salchicha* y no le dije a Sof que iba a dejar la clase de arte. Me dejo llevar, no tomo decisiones. Me he dejado crecer el pelo.

Me lo enrosco en la mano. Ya no lo siento mío. He abierto la cápsula del tiempo y he saltado antes del tres. Quiero ser una persona que se duerma borracha entre las peonías y ponga las bragas a secar en un árbol. Creo que podría querer escribir la redacción para la señora Adewunmi.

Quiero dejar de estar de luto.

De pronto, cortarme el pelo es una necesidad planetaria. Choco los cinco con *Umlaut,* me levanto de un salto y salgo a la selva tropical, tropiezo con una zarza y me arranco un trozo de piel del tobillo. *Scheisse!* Voy a acabar con este desastre con un lanzallamas.

Entro en la cocina con el pelo mojado y el corazón desbocado. Jason y Ned están sentados a la mesa. Ned está tocando la guitarra acústica con medio buñuelo colgando de la boca como si fuera un cigarro.

—Rocanrol —le digo a Ned enseñándole los pulgares. El gesto vacila cuando miro a Jason. He elegido superarlo. Me dijo que éramos amigos. Nunca hemos sido amigos, no sé cómo ser su amiga. Me vuelvo hacia mi hermano y le digo—: Los buñuelos son para cuaresma, estamos en julio.

En realidad, julio ya casi ha terminado. La fiesta de Ned es dentro de dos semanas, y luego, dos semanas después, se cumplirá un año de la muerte de Grey. Empezará el curso y el tiempo se desvanecerá. Ya está ocurriendo.

—Las resacas no entienden de estaciones —murmura Ned con el buñuelo en la boca, a pesar de que son las siete de la tarde. Toda la alegría que sentía hace un rato está desapareciendo.

—Si estás buscando a tu novio, está en su habitación —dice Ned como si yo estuviera intentando encontrar a Thomas en el cajón de los cubiertos. Doy por hecho que Jason me está clavando los ojos en la espalda mientras yo me ruborizo por el comentario de patada en la boca de mi hermano, o puede que no me esté mirando y no se haya dado cuenta, y, por Dios, ¿tanto cuesta volver a meter las cucharas en su sitio?

—Le he hecho un encargo para la fiesta —añade Ned—, estamos pensando en hacer una torre gigante de profiteroles.

—Oye, Gottie, ¿has visto la invitación de Facebook? —dice Jason cuando me doy la vuelta como con actitud de querer incluirme en su círculo—. Meg ha dibujado una supermontaña de dul…

Me marcho y lo dejo con la palabra en la boca; he encontrado las tijeras y estoy cruzando el jardín encharcado de vuelta a mi habitación, voy cortando algunos arbustos por el camino. Quiero acabar con todo. Mi pelo, la fiesta, el jardín, Jason, los agujeros de gusano, el tiempo, los diarios, la muerte; especialmente con la muerte, ya estoy harta.

Mi habitación parece un ataúd.

CHAC.

Así es cómo lo imagino: un sólo corte limpio con las cuchillas y seré capaz de meter toda mi tristeza en el cubo de la basura. Las manos de Jason en mi pelo, su boca en mi cuello, la chica que era antes y la que seré, quienquiera que sea. Desaparecerán.

La realidad: me hago una coleta, alargo las manos hacia atrás para cortar, se escucha un crujido, y las tijeras se paran. Por mucho que estiro con todas mis fuerzas con ambas manos… Nada. Están encalladas.

Me palpo la parte de atrás de la cabeza con los dedos y el pulso acelerado, sé que sólo estoy a un tercio de la distancia, y tengo que seguir subiendo. Pero no puedo. Abrir. Las. Tijeras.

Se suelta un mechón de pelo que me llega por la barbilla.

Umlaut se pone a dar vueltas en círculo por encima de los diarios.

—No me estás ayudando —le canturreo.

Me arde la cara, aunque el único que pueda presenciar mi vergüenza sea el gato. Ya no puedo llamar a Sof, como cuando me afeité el entrecejo en lugar de depilármelo; la he apartado de mi vida. ¿Por qué lo hice? Las tijeras me cuelgan del pelo y me rebotan en la espalda cuando cruzo la habitación en busca de mi teléfono y le contesto los mensajes, los contesto todos, rápido, con urgencia, inmediatamente.

Elige un color, elige un número, ¿te vienes a la playa conmigo el domingo? ¿Por favor?

Un mundo en el que Sof y yo éramos amigas.

Entonces cojo las tijeras de las uñas y empiezo a cortar poco a poco sin preocuparme de los mechones que están cayendo al suelo, ni por cómo vaya a quedar. Lo que quiero es ser…

Libre. Las tijeras de cocina caen al suelo.

Me paso la mano por la cabeza, me parece que está muy corto. Por algunos sitios. También hay algunos mechones largos que he dejado sin cortar. Cuando era niña, Grey me cortaba los trozos de comida que se me quedaban atrapados en el pelo en lugar de lavármelo. Me parece que sin querer he recuperado el aspecto que tenía de niña.

Umlaut se acerca al espejo conmigo.

Mis ojos saltan de mi reflejo a la fotografía. Piel aceituna, ojos oscuros, nariz larga, pelo corto: sí, me parezco a mamá. Pero es agradable. Porque también —y quizá por primera vez desde hace demasiado tiempo—, también parezco yo.

Una bola de luz cruza la habitación. Levanto la vista y alcanzo a ver el final del limpiaparabrisas, y al otro lado, mi techo está salpicado de constelaciones de plástico fosforescente. Como las que tenía cuando era pequeña y compartía habitación con Ned. Él siempre las odió.

¿Las he pegado yo? ¿O ha sido Thomas?

Bajo su brillo fosforescente, mi teléfono pita advirtiendo que ha llegado correo para gottie.h.oppenheimer. Ha llegado el correo de Thomas. Aunque es imposible, aunque es una dirección completamente nueva: éste es el correo que me envió hace un mes. Las líneas temporales están convergiendo.

Martes 29 de julio

[MENOS TRESCIENTOS TREINTA Y TRES]


```
Received: from MPL-EU2-HTC02.mpl.root-domain.org (10.101.7.44) by
RST-NYCAHB01.canada.hbpub.net (192.168.249.101) with Microsoft SMTP
 Server (TLS) id 14.1.218.12;
Received: from hermes2-eu2.yahoo.ca (10.101.32.12) by
 MPL-EU2-HTC02.mpl.root-domain.org (10.101.7.45) with SMTP Server id
 14.3.224.2; 10:27:09 +0100
X-SBRS: 4.8
A0AwAgDHYcxVlKvZVdFdGQEBAYIybIEegySvEYtQh24CgTo6EgEBAQEBAQERAQEBAQcL
BAgESER0BGx0BAwELBgUEBzcCAiIBEQEFARwGEwgah3YBAwoIrDGBLz4xi0CBbIJ5iy0
EBAQEFAQEBAQEBFgEFDotFhCVkB4JpgUMFkg2DDYxsgUqEK5JhNYEXF4QMPjOCTAEBAQ
X-IPAS-Result:
A0AwAgDHYcxVlKvZVdFdGQEBAYIybIEegySvEYtQh24CgTo6EgEBAQEBAQERAQEBAQcL
BAgESER0BGx0BAwELBgUEBzcCAiIBEQEFARwGEwgah3YBAwoIrDGBLz4xi0CBbIJ5iy0
EBAQEFAQEBAQEBFgEFDotFhCVkB4JpgUMFkg2DDYxsgUqEK5JhNYEXF4QMPjOCTAEBAQ
X-IronPort-AV: E=Sophos;i="5.15,669,1432594800";
   d="scan'208";a="40015272"
```


He borrado y reinstalado la aplicación de mi correo electrónico, me he subido al árbol y he paseado el móvil por las ramas en busca de 4G, y le he dado un porrazo, pero, aparte de nuestra dirección y la fecha en la cabecera, el correo de Thomas es un galimatías.

¡Ni siquiera debería existir! Ni siquiera me había hecho esta dirección cuando él lo envió. ¿Acaso se puso a probar con cientos de direcciones distintas y envió un montón de correos como si fueran mensajes en botellas?

v4.0: abrir la caja de Schrödinger determina si el gato está vivo o muerto.

Pero ¿qué pasa si el gato todavía no está ahí?

Cuando amanece, visto mi nuevo pelo de normalidad, me quito el pijama de planetas y me pongo un chaleco y unos *shorts*. Me paro en la puerta de la habitación y miro la hierba mojada —y me quito las deportivas—. Si voy a descubrir el universo, empezaré por los pies.

Cuando entro en la cocina, con barro hasta los tobillos, Thomas, Ned y papá ya están sentados a la mesa. Hay un plato de *rugelach* de canela en medio de los tres.

Papá abre los ojos como platos y Thomas se atraganta un poco con la comida, y dice:

—Vaya. Tu *pelo*.

No puedo saber, por su tono de voz, si su opinión es buena o mala.

Me llevo la mano al pelo.

—En una escala de uno a un millón, ¿cómo de terrible es?

Thomas niega con la cabeza agitando su pelo enredado.

—Qué va, estás genial. Así es como deberías llevarlo.

Nos quedamos mirando un momento y hay una comunicación silenciosa.

Entonces Ned le susurra algo al oído a papá y él carraspea murmurando algo en alemán. Me parece entender la palabra *Büstenhalter*. Sujetador.

Me cruzo de brazos y Thomas se levanta de un salto, se acerca a la cocina, me sirve un *rugelach* en un plato, enciende el calentador de agua y agita las manos mientras habla a mil por hora sobre la torre de profiteroles que le ha encargado Ned.

Me como la pasta lamiéndome el azúcar que se me queda pegado a los dedos y me río de las payasadas de Thomas. Ignoro la forma en que nos está mirando Ned.

Después de casi un año de luto, me siento como los victorianos cuando llegó Edison; todos esos años a oscuras y, de pronto: *luz eléctrica.*

Tengo tierra entre los dedos.

El domingo, esquivo la extraña vigilancia de Ned y me interno en Holksea cruzando el canal hasta la casa de Sof. Hace mucho calor, y ella ya está tomando el sol cuando llego al barco, que apenas se ve debido al montón de macetas que su madre tiene en cubierta.

Espero un par de segundos junto al canal y observo cómo la señora Petrakis va regando las plantas hasta salpicar a Sof, que grita entre risas. Grey solía hacernos lo mismo en el jardín. ¿Se lo hacía a mi madre? ¿Me lo habría hecho ella a mí? Ese pensamiento es como un agujero de gusano que me estira del corazón.

—¡Sof! —grito para dejar de pensar en eso.

Ella se sienta y mira por encima de los helechos, y su cara dibuja una O de pintalabios perfecta y completamente estupefacta.

En plan: ¿qué te ha pasado en el pelo? Había olvidado el cambio de *look.*

Mientras Sof me mira fijamente, yo subo al barco; mi movimiento bambolea todas las hojas, aunque no sopla ni gota de brisa. Sof niega con la cabeza, quizá de incredulidad.

—Hola, señora Petrakis.

—Hola, desconocida. —La madre de Sof tiene una sonrisa cálida, cuando se ríe le salen unas arruguitas alrededor de los ojos. Deja la regadera—. Querida. Te daría un abrazo, pero tengo las manos llenas de tierra. Sólo hace cuatro días que llovió, pero se ha secado todo. Imagino que tu jardín estará igual.

Ella y Grey solían charlar sobre mantillos y tierra. Vaya. Las ideas de la madre de Sof están en los diarios de Grey. Así es como Sof y yo nos hicimos amigas. Sof, que todavía no ha hablado.

—Está bien —miento.

¿Le habrá contado Sof lo descuidado que tenemos el jardín? Debería invitarla a saludar a las plantas. Preguntarle qué tenemos que hacer para recuperar la antigua gloria del vergel.

—Te traeré algo de beber; ¿agua de coco? —La señora Petrakis vuelve a sonreír, se da media vuelta y se quita los guantes. Le toca el hombro a Sof—. No olvides ponerte protector solar.

Sof la sigue hasta dentro para cogerla, y yo trato de no odiarla por tener una madre que le recuerda ponerse loción solar.

—Guau —dice al fin Sof cuando su madre vuelve cargada de botellas de agua y una bolsa de manzana deshidratada.

—¿Crees que la he cagado?

—No, no... —Por la cara que pone *parece* que piense que sí la he cagado. Ella lleva un par de moños a lo Princesa Leia. Me mira el pelo—. Date la vuelta, déjame verlo bien.

Doy un giro de 360 grados y después me siento en una toalla a su lado, sudando debido al pequeño esfuerzo.

Hace muchísimo calor. No corre nada de aire y huele a mar y a *limonium*, y se ve la clase de cielo propio de las marismas, donde la tierra es tan plana que podría poner en duda las teorías de Ptolomeo, y el azul se extiende como una sábana hasta donde se pierde la vista. Aunque tampoco lo puedo comparar con ningún otro lugar, porque nunca he salido de aquí. Quizá Ned vea cielos así todo el tiempo en Londres. Puede que Thomas haya dejado atrás un cielo canadiense tan grande como éste.

Quiero ver todos los cielos, no sólo el que conozco. «Así es como descubrirás el universo.»

—¿Te parece horrible?

Me paso la mano por el pelo corto del cuello, todavía no estoy acostumbrada.

Sof se pone bien sus gafas de sol color lima —a juego con el bikini— y no me mira cuando dice:

—No me parece horrible. Pero preferiría que me lo hubieras dicho antes de hacerlo.

—¿Para poder decirme que no lo hiciera? —digo medio en broma—. Ya sé que tengo trasquilones. Creo que Thomas dejó las tijeras llenas de manteca de cacahuete.

Sof no contesta, se queda mirando el canal. La superficie es un espejo: todo ese cielo azul está también debajo de nosotras. Estamos en el centro de todo.

—Tú y Thomas. Yo hace semanas que no te veo, pero tú te cortas el pelo con él…

—El pelo me lo he cortado *yo sola.* Thomas no ha tenido nada que ver.

—Está en tu casa. Está manchando tus tijeras con manteca de cacahuete, trabajando en el Book Barn… Apenas contestas mis mensajes, no me dijiste que ibas a cortarte el pelo.

Esto no es justo. Ella me abandonó antes para pasar horas colgada al teléfono con chicas a las que nunca ha llegado a conocer, se ha vuelto loca por algún pibón de Internet. ¿No puede alegrarse de que yo esté contenta? No quiero meterme en un cenagal de conversación. Quiero saltarme toda esta incomodidad como si saliera de un agujero de gusano, y emerger siendo amigas y recuperando la normalidad.

—Todo parece igual que cuando te conocí —murmura Sof—. Como habría sido cuando Thomas vivía aquí.

—Thomas vive con nosotros —le explico—. No puedo no verlo. ¿Y no os fuisteis juntos de excursión a Londres con Meg?

—Tú y Thomas sois amigos —dice mirándome por fin —o, por lo menos, dirigiendo las gafas de sol en mi dirección—. Thomas y yo somos conocidos. ¿Qué somos tú y yo?

Me meto un trozo de manzana en la boca —tiene textura de esponja marina— para tener algo que hacer. Cuando Grey murió, Sof venía a verme cada día, me traía revistas, chocolate, y siempre tenía los ojos abiertos como platos llenos de preguntas: ¿estás bien, estás bien, estás bien? Empecé a temer su presencia, porque podía *sentir* sus deseos: quería que hablara con ella, quería que la dejara entrar, quería que me acercara a ella. Quería que yo actuara de cierta forma, era agotador.

¿Y si la amistad tiene una fecha de consumo preferente y la nuestra ha caducado?

—Apuesto a que serían un grupo fantástico de ésos con un solo éxito —digo dándole un codazo—. Tijeras de Manteca de Cacahuete.

No hay respuesta.

—Corte de Pelo Sorpresa, un cantante estrafalario y un par de colgados a los teclados.

Sof sigue sin decir ni media.

—Tu Mejor Amiga es Imbécil Y Lo Siente, yo tocando la batería de Niall, aporreando una canción de disculpa.

Sof sonríe. Sólo un poco. Y enseguida finge no haberlo hecho. Pero es un comienzo.

—Mi *posible*-mejor-amiga es idiota. Y tiene trasquilones en la nuca.

—Oye, Sof. —Le doy un toque con el codo—. ¿Quieres venir a casa este viernes? Podrías ayudarme a arreglarlo. Y Thomas hace un bizcocho realmente rico de…

Se hace una pausa y ella pregunta:

—¿Sin gluten?

Y entonces sé que ya la tengo.

—Certificado, sin gluten ni diversión. —Espero un segundo y luego lanzo mi siguiente oferta—. ¿Quieres saber un secreto? Es algo que Thomas no sabe.

—Depende. —Se quita las gafas de sol y me mira entornando los ojos. Siento una oleada de cariño y pienso: «No estoy preparada para que se acabe esta amistad»—. ¿Es un buen secreto?

—Me acosté con Jason.

Ned debería estar aquí para fotografiar la cara que pone.

Esto es lo que pasaría si las cosas fueran normales entre nosotras:

—Guauuuuuuuu.

Sof se levantaría y aullaría como una loba.

Utilizaría toda la reserva vocálica de la tierra. Yo se lo contaría todo sobre Jason y sobre mí, le diría que él ya lo había hecho y que yo, como es evidente, no. Pero que eso enseguida deja de importar. Hablaríamos y comeríamos regaliz hasta que se nos pusiera la lengua negra, y repasaríamos hasta el último detalle.

Me haría mil preguntas. ¿Por eso estabas leyendo *Forever*? ¿Estás tomando la píldora? ¿Necesitaba que me explicara todas las opciones que tenía? ¿Y Jason? ¿Ponía poses mientras lo hacía? Sof se pondría en plan niña de *El exorcista* y yo la adoraría por todos los motivos que no pude el verano pasado: por su entusiasmo, su exuberancia, por ser tan ruidosa, por sus aires de sabiduría. Me miraría por encima de sus petulantes gafas de sol y me explicaría que la virginidad no existe y me preguntaría si había leído a Naomi Wolf: la penetración es un mito y lo sabes, ¿verdad?

Esto es lo que ocurre en realidad: Sof recoge su mandíbula inferior del suelo y un trozo de laca de uñas del dedo del pie antes de preguntar:

—¿Cuándo? Está saliendo con Meg.

—Fue antes de eso.

No puedo decirle *cuánto* hace. Éste es el problema de los secretos: no puedes revelarlos sin más y esperar que todo sea normal. Incluso una vez revelados, dejan ondas en la superficie del universo, como cuando tiras una piedra al canal.

—Sabes que él y Meg estarán en la fiesta de Ned.

Aunque se va a celebrar en mi casa, no hay duda: es la fiesta de Ned, no la mía. Trece días y contando.

—Siento no habértelo confiado antes —digo—. Lo de Jason.

—Ya, bueno. —Sof vuelve a ponerse las gafas de sol—. Yo no te cuento todos mis secretos.

—En cuanto a Jason —le digo sin sentirme más relajada después de decírselo—, eres la única persona que sabe...

—Y no quieres que se lo diga a Ned —contesta levantándose. Desde lo de la cápsula del tiempo, Ned no deja de meterse entre Thomas y yo. No deja de vigilarnos desde la puerta del baño y en la cocina como si fuera un centurión romano. Nunca nos deja solos—. ¿Nos bañamos?

Los helechos se mecen en silencio mientras nos desplazamos hasta la proa del barco. Cuando llegamos al borde aguardamos la una al lado de la otra, juntas pero sin estarlo.

—¿El mejor verano del mundo? —le pregunto a Sof. Está a millones de kilómetros de serlo, pero es lo que solía decir siempre.

Y ella siempre me contestaba lo mismo: «Qué va, el año que viene será mejor».

Esta vez no se molesta en contestar. Lo que hace es adelantarse a mí, como en todo y como siempre, y se tira en bomba a las aguas del canal haciendo añicos ese azul.

Nadar con Sof, ése era el plan, pero cuando salto detrás de ella, el canal es un agujero de gusano.

Me hundo en la fresca agua cristalina.

Después de salir para respirar, me pongo boca arriba y floto. Antes, cuando nos estábamos besando, Jason me ha convencido para que me deshiciera el moño. Ahora mi pelo flota a mi alrededor en el agua. Soy una sirena.

Cierro los ojos mientras me acaricia el sol y disfruto del contraste de temperaturas: calor en la tripa y frío por debajo. Cuando Jason me llama su voz suena muy lejos, como si estuviéramos en sitios distintos.

Hasta que no dice Margot por tercera o cuarta vez (o centésima) no me molesto en abrir los ojos. Está boca abajo flotando encima de mí, apoyado en la proa del barco de Sof. Ella y su familia se han ido de vacaciones y yo he venido a regarle las plantas. El canal es el sitio secreto perfecto, está libre de Ned y de todos los demás.

—Hola.

Arrugo la nariz pensando que ojalá pudiera agarrarlo y tirarlo al agua conmigo.

—Hola, soñadora. —Me mira: amor y gafas de sol—. ¿Piensas salir algún día?

—No. —Le salpico con las manos, un poco, y se ríe—. Podrías meterte…

—No he traído el bikini —bromea.

Cierro los ojos porque no me atrevo a decir esto con los ojos abiertos.

—Pues báñate desnudo.

Poco después oigo un chapuzón. Me pongo derecha agitando los brazos para mantenerme a flote, y Jason está a mi lado. Tiene el pelo mojado pegado a los ojos, el pecho desnudo, una cálida mirada azul. Y cuando me mira, lo entiendo de pronto. Esto no es el Big Bang. Sólo es el verano. Pero sigue siendo amor. Sigue siendo algo.

—Ahora tú —dice con chulería.

Me rodea la cintura con el brazo para sostenerme, y nos desplazamos medio a nado hasta el lateral del barco. No dejamos de mirarnos a los ojos mientras yo me llevo las manos a la espalda y me desabrocho la parte de arriba del bikini y la lanzo por encima del lateral del barco, donde no deja de chorrear en el canal.

Cuando me quito la parte de abajo, se hunde. No me molesto en ir a buscarla. Le digo a Jason: «Te echo una carrera». Y me impulso en el lateral del barco, me deslizo por el agua, girando en círculos, viviendo en 3D.

Cada centímetro de mi cuerpo es eléctrico. Sin esa capa de poliéster siento el agua de una forma distinta en la piel. Noto el sol más caliente en los hombros, la boca de Jason cuando me alcanza y me besa en la nuca, todo es mucho más intenso. Nunca me he sentido tan viva.

Lunes 2 de agosto

[MENOS TRESCIENTOS TREINTA Y SIETE]

Es medianoche, o por ahí. La hora de Cenicienta. La hora bruja. Hay magia en el aire: la noche es oscura y estrellada, cálida y sofocante. Y estoy completamente despierta. Desde que salí del pasado, en el canal, tengo hipersensibilidad de superheroína. Es como si alguien hubiera subido el volumen del mundo y ahora todo sea de colores. Se acabaron los agujeros de gusano: estoy *aquí.*

Me siento mejor y peor que antes; intensa y viva, pero más lejos de mi abuelo que nunca. Estar aquí significa dejar que se desvanezca. Los diarios no son más que palabras sobre el papel.

La puerta de la cocina está abierta, y el olor a jazmín que se cuela del jardín se mezcla con el bizcocho de limón que Thomas acaba de meter en el horno. Es el primer pastel sin gluten que hace para cumplir lo que le prometí a Sof. Ya hace horas que papá se fue a la cama. Ned se ha rendido al fin y nos ha dejado solos. Y cada centímetro de mi piel está vivo. Noto un cosquilleo por todo el cuerpo.

—Toma. Es la mejor parte.

Thomas me tiende una cuchara de madera, el aire se mueve cuando pasa por mi lado de camino al fregadero, nuestros dedos se rozan.

Lamo la masa del bizcocho de la cuchara e intento concentrarme en el papel que tengo delante. Estoy trazando un esquema de los agujeros de gusano. Dibujo un punto en cada momento y lugar al que he viajado, y en cada punto de origen. Si las líneas temporales están convergiendo, quiero saber *sobre qué* están convergiendo. Faltan diez días para la fiesta de Ned. Veintiocho para el aniversario de la muerte de Grey. Y una semana después, la señora Adewunmi espera encontrar una redacción en su buzón de entrada.

Thomas está lavando los platos detrás de mí, el fregadero está lleno de burbujas. Canturrea por encima del rugido de nuestras tuberías quejumbrosas, el grifo viejo que tengo que apretar continuamente con una llave. Da golpecitos en las baldosas con los pies descalzos.

Sonrío y vuelvo a concentrarme en mi trabajo, elijo un rotulador nuevo y también añado al gráfico todas las anomalías relacionadas con Thomas. Los números del cementerio, la desaparición de las estrellas y la tormenta en el árbol. Al poco, cojo un rotulador naranja y añado un último punto: abril, en la cocina. *Umlaut.*

—¿Es un trabajo de astronomía?

Thomas me apoya la barbilla en el hombro.

Vuelvo a mirar. Tiene razón: los puntos parecen estrellas. Y no parecen una constelación cualquiera: es como la que Thomas pegó a mi techo y que no se parece a ninguna que haya en la galaxia.

¿Dónde podría encontrar esta forma? ¿En el azúcar que espolvorea Thomas en sus bizcochos? ¿En sus pecas? ¿En los **R*s que hay repartidos por los diarios de Grey?

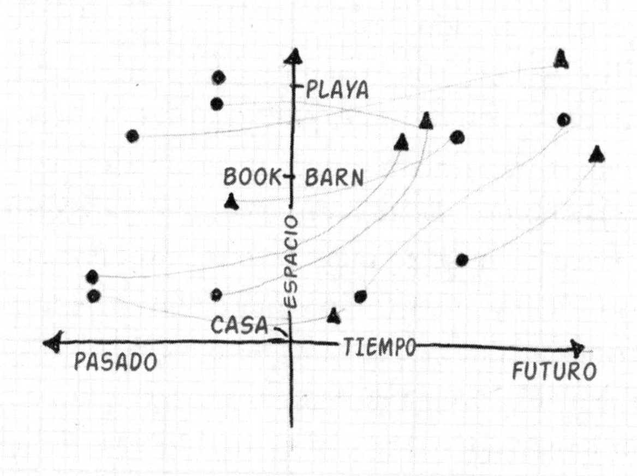

—Ven —digo retirando la silla. No lo espero, salgo corriendo al jardín.

Fuera, la luna se mezcla con la luz que sale de la cocina, iluminando los dientes de león del césped. Es la misma composición.

Me tumbo en el césped y miro el manzano, me imagino sus ramas enroscándose las unas a las otras como si fueran lazos de colores en un poste, con todas las líneas temporales uniéndose. ¿El mundo está convergiendo en algo, o lo está olvidando todo? Tierra a la tierra, ceniza a la ceniza. No sé si estoy preparada para despedirme.

—Vale, G. —Thomas aparece por fin. Se tumba a mi lado y levanta el brazo para que yo pueda apoyarle la cabeza en el pecho—. ¿Qué estamos mirando? ¿Las mismas estrellas que has dibujado?

—Claro. —Me acurruco contra él y dejo que me señale las constelaciones—: Ésa de ahí es el Burrito Mayor. Aquí tenemos a Guitarra-Ned —hasta que su voz empieza a apagarse.

Entonces bosteza. Es un bostezo enorme, parece uno de los de *Umlaut*, y nos separamos. Yo quiero volver a acurrucarme contra él y que sigamos como estábamos, como si estuviéramos metidos en la cama pero en el césped, y entonces caigo en la cuenta de algo:

—Un momento. —Me pongo de lado y la hierba me hace cosquillas en la mejilla—. ¿No era que tenías *jet lag*?

—Lo tenía, hace *un mes* —bromea, y se vuelve hacia mí. Soñoliento—. Lo de cocinar era una distracción. Después de hacer el bizcocho de chocolate me di cuenta de que siempre tenías la luz encendida hasta tarde. Y pensé que, si estabas despierta, quizá vendrías a la cocina. Me he estado programando el despertador.

Vuelve a bostezar y se retuerce. Se estremece y me mira.

—Pero ¿por qué? —susurro. Todos los bichos del jardín contienen la respiración esperando una respuesta y Thomas me coge de la mano.

—Me gustas —susurra Thomas—. Me gustabas cuando tenías doce años y me pediste que te besara, en plan científica. Me gustabas cuando bajé del avión, entré en el Book Barn y tú estabas desmayada y cubierta de sangre. Me gustabas entonces, y me gustas ahora, y probablemente me gustes siempre.

Nos movemos lentamente en la oscuridad y nos encontramos. Thomas levanta la mano para tocarme la cara y yo le poso la mía en el corazón. Noto sus latidos, constantes bajo mi palma, cuando dice:

—Gottie.

Cuando Thomas dice mi nombre, suena como una promesa. Y por eso, y por la rana del árbol y el whisky en la alfombra, por la clase de pastelería, y por las estrellas de mi techo, doy un salto cuántico.

Cruzo los últimos átomos de espacio que nos separan y lo beso.

Es tarde, ya casi ha amanecido. Brujas, fantasmas y duendes.

Volvemos a estar en el césped, la noche siguiente. Uno al lado del otro, debajo del manzano. Thomas tiene la cabeza apoyada en mi hombro, el reloj apoyado en la rodilla; dentro, hay un nuevo pastel sin gluten en el horno, con suerte, el resultado será menos desastroso. Los minutos van pasando y, de pronto, me doy cuenta de que estamos hablando de Grey.

—Esto va a parecer una estupidez —susurro.

—Estás hablando conmigo, ¿recuerdas?

Sus parpadeos cada vez son más lentos, pestañas que se mueven a cámara lenta, y su habitual diálogo frenético se reproduce a 33 rpm.

Yo tendría que estar en mi habitación, trabajando en una teoría telescópica. Thomas debería estar dormido en la habitación de Grey, soñando con superhéroes. Tenemos que esperar a que se haga el pastel. Podríamos haberlo metido en el horno mucho antes. Pero lo hemos hecho así, porque ciertos secretos es mejor decirlos en la oscuridad.

—No creo que lo hiciera bien —confieso—. Cuando murió Grey.

—¿A qué te refieres?

—¿Sabes que te dan un folleto, en el hospital? Cuando alguien muere. Una lista de las cosas que tienes que hacer. Ned estaba a punto de mudarse a Londres, y papá estaba…, digamos que desconectó. —Papá fue pasando de una sala a otra y se quedaba allí inmóvil durante diez minutos cada vez. Se dejaba las llaves dentro del coche. Lloraba mientras se ataba los cordones y se olvidó de ser mi padre—. Así que lo leí yo.

Hago una pausa. Nunca había hablado tanto sobre lo que ocurrió cuando murió mi abuelo. Hacía mucho tiempo que no hablaba sobre nada. Todas las veces que Sof vino a buscarme y yo le decía que tenía deberes. Todas aquellas cenas silenciosas a base de patatas al horno después de que papá volviera a conectarse, aunque yo no, hasta que él dejó de intentarlo.

Cuando fuimos a Múnich por Navidad, Oma y Opa nos dieron *Glühwein* y cantaron villancicos, y le sugirieron con cariño a papá que podía volver. Callaron lo que querían decir realmente: que no había ningún motivo para que nos quedáramos en Norfolk, ahora que Grey había muerto. Ya no quedaba ninguna conexión con mi madre. En respuesta…, no creo que Ned supiera qué hacer aparte de emborracharse. Reventó un vaso con la mano y dejó el fregadero lleno de sangre, y yo lo limpié sin decir nada.

—Hice las cosas que ponía en el folleto. Llamé al registro y escribí un anuncio para el periódico. Se lo dije al sacerdote. Compré flores. —Voy contando con los dedos mientras susurro la lista—. Grabé un mensaje nuevo para el contestador automático. Cancelé sus suscripciones. Limpié su habitación. Pero papá seguía comprando Marmite. —Mi susurro alcanza un timbre histérico y respiro hondo—. Sólo le gusta a Grey. Y papá sigue comprándola. No es como si fuera a acabarse, nadie se la come, pero cada cierto tiempo lo veo anotándolo en la lista de la pizarra y lo borro. Y él la compra de todas formas. Tenemos treinta tarros de Marmite.

—Yo me comeré la Marmite.

—Gracias —Susurro—. Pero no es eso... Es... ¡Hice todo lo que ponía en el panfleto! Hablé con el director de la funeraria. Elegí las canciones.

—Te encargaste del ritual —dice Thomas—. Vertiste el whisky.

Las lágrimas se me agolpan en la garganta y me duele el cuello. Papá compra Marmite y Ned va a celebrar una fiesta, pero yo sigo las instrucciones. Yo hago los rituales. ¿Por qué soy la única que vive atormentada por agujeros de gusano?

—No lloré en el funeral —confieso.

Se celebró un velatorio después, en el pub del pueblo; asistieron todos los amigos de Grey, con sus barbas y sus chaquetas de pana. Tomamos cerveza y comimos quiche, y la gente explicaba anécdotas divertidas que no terminaban, se quedaban a medias, apenados. Pero tampoco lloré entonces. No lo merecía. La primera vez que lloré fue en octubre, cuando Jason contestó al fin a mis mensajes. ¿Qué clase de persona llora por un chico, pero no por su abuelo?

No le explico esa parte a Thomas.

—No tiene sentido —digo.

Estoy perdida. Después de recordar haber nadado con Jason en el canal y pensar que, a su manera, aquello era amor, pensé que estaba bien. Regresé al mundo, y resplandecía. Pero esta mañana ni siquiera estaba haciendo nada memorable, sólo anotaba en la pizarra que necesitábamos detergente para la lavadora, y me asaltó un agujero negro de vacío. Es como si cada vez que hubiera un momento como ése, en el que pienso que estoy mejor, tuviera que aparecer algo triste para equilibrarlo.

—No creo que tenga por qué tener sentido.

Tenemos los hombros pegados, los brazos, las piernas..., estamos pegados hasta los dedos de los pies. En el calcetín de Thomas hay un agujero. A pesar de ser tan limpio, siempre lleva los calcetines llenos de agujeros. Y de pronto pienso: «Le voy a comprar un par de calcetines nuevos a Thomas».

Me vuelvo para mirarlo y él ya me está mirando.

—Gracias...

Su beso me interrumpe, súbito-corto-dulce. Incuestionable. Es como leer tu libro preferido y morirte de curiosidad por el final a pesar de saber ya lo que ocurre.

Es diferente a la noche pasada. El otro día nos besamos durante algunos vertiginosos e increíbles segundos y luego nos separamos, confusos. Esto es un choque de sus gafas contra mi pómulo y la vacilante calidez de su boca pegada a la mía. Ahora tengo las manos enroscadas al cuello de su camiseta y tiro de él para acercármelo. Ahora hay choques de narices, caras y barbillas, y las lenguas no saben si hablar, besar o hacerlo todo a la vez; manos en caras, manos por todas partes, torpes y novedosas.

De repente todo es luz y ruido. El temporizador del horno que suena por todo el jardín.

Nos sobresaltamos, nos miramos alterados y volvemos la vista hacia la cocina entornando los ojos.

Ned está asomado a la ventana con todas las luces encendidas.

—Muy bien, niños —nos grita—. Despedíos.

—¿Me estás mandando a la cama? —Es increíble.

—Thomas y yo tenemos que hablar. —Ned le hace señas desde la ventana—. Deja que los hombres hablen de pasteles.

Miro a Thomas, que tiene cara de haberse tragado una avispa. Le doy un beso en la mejilla y susurro:

—Ignóralo.

Ned carraspea —una imitación de papá con el volumen de Grey— y Thomas se apresura a levantarse y se marcha por el jardín.

—Lo siento —me murmura por encima del hombro. El perdón no forma parte de nuestro vocabulario.

En mi habitación, *Umlaut* se sube a mi almohada y ronronea mientras se pasea en círculos. Me pongo el pijama y miro el correo electrónico que sigue pegado en mi tablón.

Ha cambiado.

Ahora es una retahíla de códigos matemáticos. No tiene sentido, pero se acerca más a un idioma que el galimatías de antes. En el universo de Schrödinger —el mujeriego loco de Grey—, ése del gato que ni está vivo ni muerto, las posibilidades son infinitas. Pero creo que ahora sólo hay unas pocas. Creo que cada vez estoy más cerca de ver lo que hay dentro de la caja.

El cambio en la constelación del tablón es tan minúsculo, que casi ni lo veo. Cuando empiezo a darle la espalda al escritorio me doy cuenta de que el diminuto punto naranja, el punto de *Umlaut*, se ha movido.

Y cuando vuelvo a mirar hacia la cama, el *Umlaut* real, el animalito travieso que se había subido a mi almohada, desaparece con un *pop*.

Viernes 6 de agosto

[MENOS TRESCIENTOS CUARENTA Y UNO]

—¿Crees en el cielo?

El aire de la tarde está cargado de polen, y todo el mundo está adormilado en el jardín.

De verdad, todo el mundo. Los mundos han convergido. Invitar a Sof atrajo a Meg, que atrajo a Jason, que salió de detrás de Sof con cara de lo siento-no-espera-no-puedo-revelar-el-secreto-ayuda-aaargh. Los tres están sentados en el césped ignorando los bizcochos sin gluten prometidos, jugando a un juego de cartas que no parece tener reglas.

Ned está cubierto de lentejuelas y se ha saltado su turno de la librería para hacer fotografías y beber de una botella que sospecho que no está llena de H_2O.

Por mutuo consenso silencioso, Thomas y yo nos hemos retirado y estamos debajo del manzano. El último diario de Grey está a mi lado sobre el césped. Sobre nuestras cabezas, por encima de las hojas, se ve un cielo brillante, azul brillante, y me pregunto si será el motivo de que Thomas me esté preguntando por el cielo. Si piensa que Grey está ahí arriba, mirándonos.

Pero Grey no creía en el cielo, él era fan de la reencarnación.

—Gottie —me diría ahora—, me he reencarnado en escarabajo. Soy yo el que está trepando por la brizna de hierba que hay junto a tu pie. ¿Quieres saber dónde está *Umlaut*? La respuesta está a tu alrededor, colega. Estás muy cerca de comprenderlo todo.

Observo al escarabajo, que llega a lo alto de la brizna de hierba, y ésta se comba bajo su peso diminuto. Desde su perspectiva, este jardín es todo el universo. Quiero explicarle lo que he descubierto, que hay mucho más. Por un momento me permito pensar que es verdad. Que es Grey, y que está pensando en cosas de escarabajo: «Espero que haya hormigas para cenar». Pero no creo que pueda vernos desde la hierba, ni desde el cielo. No creo que las cosas funcionen así.

—No. Lo del cielo es demasiado fácil.

El cielo es la salida cobarde. El cielo es cálido, feliz, es un harpa cósmica. Significa no esperar a que aparezcan agujeros de gusano y contar los días que faltan para la fiesta de Ned, sin hacer nada.

—G… —Thomas estornuda y deja de hablar—. Uf, polen. No me refería al cielo. Te preguntaba si crees en el destino.

—Ah. ¿Destino o vecino? —pregunto—. Porque me parece que he leído tu nombre en el periódico local. Ponía «El hombre más buscado de Holksea» en el…?

—Me refería a ti y a mí. Este verano. —Me mira por encima de las gafas, muy serio—. A nosotros.

—¿Como si tu regreso fuera cosa del destino? No sé si me gusta esa idea. Quiero pensar que tengo cierta elección en todo esto.

—Me refiero a que no importa, que me cayera o no aquel día en la librería y te golpeara con la barbilla —dice Thomas—. No ha sido mi primer beso. Pero es el que cuenta.

Guau. Miro a nuestra carabina voluntaria. Ned está de espaldas, así que beso a Thomas en la boca a toda prisa. Mi intención es hacerlo rápido, pero es como el Big Bang, un beso que no deja de expandirse.

—Niños.

Ned nos interrumpe, al acercarse, y nos separamos. Miro hacia la otra punta del jardín: Sof nos está mirando con la ceja arqueada. He tenido el acierto de mandarle un mensaje para explicarle lo mío con Thomas antes de que llegara.

—Decid *Käse*.

Ned ladea la cámara. Me cae una gota de su botella en la pierna, seguida de la Polaroid. Pasan varios minutos antes de que aparezca la foto: Thomas y yo juntos y con los dedos entrelazados en el césped. Él tiene la cabeza vuelta hacia mí y sonríe. Quiero meterme en la foto y girarme hacia él.

Ned sigue jugando a los *paparazzi*. Sof le pide que le haga tres o cuatro fotos con el teléfono con una amapola en el pelo, hasta que consigue una con la que está contenta.

—Nueva foto de perfil —le dice a Meg—. Hay una chica a la que quiero invitar a la fiesta…

El tiempo pasa muy despacio. Podría ser cualquier verano de los últimos años; nuestra casa siempre era el lugar donde se reunía todo el mundo. Pero ahora ya no está Grey para dirigir el cotarro, y ya no volverá nunca. La fiesta de Ned es dentro de una semana. El último hurra del verano. Busco una página en blanco del diario y escribo: ¿Por qué no estás aquí?

—Deberíamos hacer algo —murmura alguien.

—Fijo —contesta otra voz.

—¿Creéis que deberíamos invitar a todo el pueblo a la fiesta? —está preguntando Ned—. O limitarla a la nueva generación.

—¿Como *Star Trek*? —susurra Thomas.

Estoy tumbada boca abajo y tengo la barbilla apoyada en las manos. Quiero quedarme así para siempre, adormilada bajo el calor, donde nada importa. Ni los agujeros de gusano ni una tumba en la que está grabada la fecha de mi cumpleaños, ni los ataúdes de sauce y las cenizas en una caja. Gatos que desaparecen. Quiero que mi mayor preocupación en este momento sea pensar en el esfuerzo que tengo que hacer para levantarme, ir a la cocina y coger los polos que hay en el congelador. Quiero que sea como el año pasado, aquel verano infinito en que me enamoré, imaginé un futuro y le mentí a Sof y me dio igual.

Antes de que todo mi mundo se derrumbara.

En la otra punta del jardín, Meg le está haciendo una cadena de margaritas a Jason, que ya tiene uno de los extremos enroscado al cuello de la chupa de cuero. Los observo como si fueran un par de desconocidos en una pantalla de cine.

Y soy capaz de apartar el dolor como si fuera lluvia.

—G. —El susurro soñoliento de Thomas se abre paso entre las flores—. ¿Por qué no dejas de mirarlo?

—¿Mmmm?

Jason se está riendo, ahora Meg tiene el pie en su regazo. Está jugando a lo que jugábamos Sof y yo: le está escribiendo algo en la suela del zapato con un rotulador, mientras ella finge que no le gusta entre risitas. Yo tengo los pies descalzos y los paseo por el césped. Todavía tengo un par de deportivas en las que está escrito el nombre de Jason.

Noto un golpecito en el costado. Dejo de mirar a Jason, que sigue riendo entre las margaritas. Thomas se ha dado la vuelta y tiene el hombro pegado al mío, igual que estuvimos Jason y yo en su día, el uno junto al otro encima de una manta, hace mucho tiempo. ¿O fue ayer? Éste es el problema de viajar al pasado, que dificulta la vida en el presente, e imposibilita el futuro.

—Perdona, ¿qué?

—Jason. No dejas de mirarlo cuando estás con él.

—No lo estaba mirando —miento. Después, añado con un tono arrogante—: Ya que preguntas, tenía la mirada perdida a media distancia, mientras pensaba en cosas importantes. El estúpido pelo de Jason sólo estaba en mi línea de visión.

—Cosas importantes —espeta Thomas—. ¿Como qué untar en tus patatas al horno?

Primeros besos, segundas oportunidades. Si Thomas no se hubiera caído de la montaña de libros me habría dado mi primer beso. No me importa que al final me lo diera Jason. Sólo lamento haberlo guardado en secreto. ¿Qué diría Grey? Probablemente, se pondría a cantar el estribillo de *My Way*, y después me diría que el amor hay que gritarlo a los cuatro vientos. Pero puede que haya cien clases diferentes de amor, y la nuestra nunca estuvo destinada a ser más que un verano.

Quiero un verano infinito y enamorarme de una forma nueva, con un futuro.

—Oye, Thomas… —Presiono el botón de reinicio—. Tú me has dado mi primer beso, por lo menos el primero que cuenta. Creo que serás el primero en todo.

Me refiero al primer amor. Es una pequeña mentira piadosa. Pero a Thomas se le ilumina la cara y me mira con calidez mientras dice:

—¿El primero en todo? ¿Nunca has…?

No tengo la oportunidad de aclararlo porque Sof nos interrumpe.

—¿Qué estáis cuchicheando? —pregunta arrastrando las palabras desde la otra punta del jardín. Está medio dormida en la tumbona de Grey, con una cerveza entre los dedos y los pies encogidos.

—Hablamos del destino —contesta Thomas mirándome. Después se gira sonriéndole a Sof—. Primer sencillo de La Chica de la Tumbona: pareces una estrella del pop.

Sof sonríe y nos lanza un brindis al tiempo que le dice a Thomas:

—Ven aquí. Ven y cuéntame más cosas sobre Canadá.

Mientras se levanta para ir con ella, Thomas me susurra:

—Uf. Por un momento había pensado que quizá habías basado *La Salchicha* en alguna experiencia personal.

Vuelvo a reírme y me tumbo boca arriba, cierro los ojos y dejo que el sol me acaricie mientras contemplo las figuritas rojas que bailan en mis párpados y reflexiono medio dormida. La mentira que acabo de decir parpadea en los confines de mi conciencia. Me digo que es un malentendido y la encierro en una esquina. Lo aclararé mañana; me refiero a lo del sexo. No tengo ninguna intención de decirle a Thomas que he estado enamorada.

Porque somos Thomas-y-Gottie. De alguna forma estamos consiguiendo ser amigos y también algo más. Todavía no sé si esto será un rollito o amor y no me importa. Crecer, ser mayor de edad, *bildungsroman*, lo que sea, esta época, estoy creciendo bien. Es el *destino*.

Me trepa un bicho por el brazo y me lo sacudo. Escucho cómo se abre la ventana de Ned y la música se derrama sobre nosotros.

—Estoy aburrida.

La voz de Sof viene de muy lejos. «Sólo las personas aburridas se aburren, Sofia», dice la voz de Grey en mi cabeza.

Otro cosquilleo; un mosquito o una mariquita o una hormiga o algo. El sol se esconde detrás de una nube y me estremezco.

Una mariposa se me posa en el brazo. Una brisa fresca, la primera del día.

—Quita —murmuro, pero se me posa encima otro bicho, otro y otro frío y mojado y cientos de ellos, y cuando abro los ojos me doy cuenta de que no son bichos. Es lluvia.

Estoy sola en el jardín.

¿Me he quedado dormida? No despertarme cuando ha empezado a llover y convencer a todo el mundo para que entrara sin mí, es la típica broma de Ned.

—¡Ned! *Edzard* Harry Oppenheimer —grito, escupiendo una bocanada de lluvia. Me siento y me levanto como puedo para marcharme a la cocina mojada por la lluvia y entre resbalones. Está diluviando, el día está oscuro como una tarde de invierno, cuando cruzo la puerta la lluvia cae como una cortina.

—Muchas gracias, maldito…

No hay nadie. Está oscuro. Sólo se oye el zumbido de la nevera y el goteo continuo de mi ropa en el suelo.

—¿Hola? —pregunto encendiendo las luces. Quizá se hayan escondido todos—. ¡Voy a por vosotros!

La lluvia aporrea las ventanas mientras cojo un trapo de cocina y me seco el pelo hasta crear un poco de estática. Un reguero de huellas mojadas me sigue hasta la cocina. Me acerco de puntillas hasta la puerta entreabierta de Ned y la abro de par en par: «¡Te encontré!»

Está vacía. Sólo hay discos y el enorme estéreo de Ned; una colección de cámaras y un olor húmedo a ropa sucia. Las sábanas son las mismas que puso papá cuando empezó el verano. Arrugo la nariz: qué asco.

Cierro la puerta y vuelvo chapoteando hasta la cocina, después voy al comedor y miro por la escalera que conduce a la habitación de papá, e incluso compruebo el lavabo. No hay nadie en casa.

Vaya. Quizá estén en el pub o se hayan ido a la playa antes de que empezara a llover, igual he dormido una eternidad. Pero cuando vuelvo a la cocina, el reloj dice que sólo son las tres y media. Incluso con las luces encendidas, la casa tiene un aire espeluznante. Me pellizco el brazo y me digo que es una tontería, enciendo el hervidor de agua para seguir el ritual: bolsitas de té, una taza, leche.

Pero cuando abro la nevera, la normalidad se desmorona.

Esta mañana había bandejas con los dulces de Thomas, un plato de *brownies* tapado con papel film, sobras en cuencos y fiambreras y una puerta llena de tarros de pepinillos. Ahora sólo hay un pedazo de queso mohoso y una botella de leche que… ufff. Suspende el examen de olores. La incomodidad florece como un puñado de algas. Algo no va bien.

Cierro la nevera con el cartón de leche todavía en la mano. No hay fotografías en la puerta, ni tampoco imanes.

No consigo quitarme de la cabeza la idea de que no debería estar aquí.

Un relámpago brilla en la oscuridad, corro a la ventana cuando ruge el trueno que lo sigue y miro fuera. ¿Dónde está todo el mundo?

Otro destello me hace retroceder: todo el cielo es una nieve televisiva. Todo el mundo es un agujero de gusano.

Me alejo de la ventana a trompicones y choco con la mesa. Siento una punzada de dolor en la cadera. Tomo el aire a bocanadas, no consigo llenarme los pulmones. Esto es una pesadilla. Me doy media vuelta y advierto los detalles que debería haber visto antes. La pizarra está en blanco. Ha estado todo el verano llena de avisos para que Thomas llamara a su madre, y por algún motivo no lo hace, y se me ocurre demasiado tarde que nunca le he preguntado por qué o cuál es el motivo de que su padre no lo llame nunca. En el fregadero hay tres cuencos de cereales sucios con algunos *cornflakes* duros pegados a los lados.

El calendario de la pared tiene los días marcados en bolígrafo como solía hacer Grey, y como Ned insiste en seguir haciendo: estamos a viernes 8. El periódico que hay en la mesa coincide. Cuando miro el cartón de leche caducada veo que la fecha de venta es de la semana pasada.

Es viernes, es ocho de agosto. Es el *momento* correcto.

Pero creo que es la rama equivocada.

Mi corazón se desploma como una estrella muerta. No quiero estar aquí, en esta casa vacía. Tres cuencos de cereales: papá, Ned, yo. Éste es un mundo en el que no está Thomas. Una línea temporal de cómo este verano podría-debería-tendría que haber ido si él no hubiera vuelto.

Se me cae la leche al suelo: un estallido agrio, y voy hacia la puerta, cruzo corriendo el jardín, bajo la lluvia. Ignoro el cielo vacío hasta que estoy a salvo en mi habitación, la puerta está cerrada y estoy llorando con la cara pegada a la almohada, jadeando, por favor, por favor. No quiero estar aquí. Quiero irme a casa. Quiero que todo esto pare. Por favor.

Estoy dentro de un agujero de gusano, pero este recuerdo no es mío. Es la línea temporal de otra persona, otro lugar. Pero ¿qué he hecho para provocar esto? Piensa, Gottie. ¿Qué has hecho? ¿Qué has hecho? *¿Qué has hecho?*

{ 4 }

WELTSCHMERZ

Dentro de la excepción, recuerda:
las reglas ya no funcionan.

No des por hecho que cuando entras en un agujero
de gusano desde una línea temporal
vas a salir por la misma. No des por hecho
que todas las líneas temporales duran para siempre,
o discurren en la misma dirección.

El universo está hecho de hidrógeno. La Excepción
de Weltschmerz está hecha de materia oscura.

Y cuanto más dura, más se enrosca.
Y más difícil es desenredarla.

Pero ¿cómo empieza?

¿Y cómo lo paras?

Sábado 7 de agosto

[MENOS TRESCIENTOS CUARENTA Y DOS]

La página está en blanco.

Es más de medianoche. Fuera, sigue lloviendo a cántaros. Yo sigo en la cama, pero ahora llevo un viejo jersey de Grey. Y no dejo de mirar su diario.

El día que Jason y yo entramos tambaleándonos en la cocina, el día que murió Grey, fue a primera hora de la tarde. Él siempre escribía en su diario por la noche. La página que tengo delante, el uno de septiembre, no tenía escrito nada.

El Principio de Gottie H. Oppenheimer, v5.0

Es posible que los diarios me estuvieran guiando al principio, pero ahora ya no. Las reglas no se cumplen, podría ir a cualquier parte. El funeral. El hospital. El mundo podría enseñarme todas las cosas sobre mí misma que no quiero ver.

Y ahora ya sé dónde acabará todo esto si no lo paro. En la fiesta de Ned. Un agujero de gusano. La muerte de Grey.

Por tercera vez, hago una lista de todos los agujeros de gusano. Pero esta vez admito lo que ha pasado de verdad.

La habitación de Grey. La primera vez que estuve a solas con Jason desde que me dejó.
La puerta del Book Barn. La primera vez que iba allí desde la muerte de Grey.
El sillón de Grey. Me acababa de caer con la bici y quería estar con mi abuelo y estaba dolida.
La biblioteca. Había visto mi relación con Jason en el diario de Grey. La había llamado amor.
La playa. Vi cómo Jason hablaba con todo el mundo menos conmigo. Como si yo no existiera.
Con Jason. Decidí que nunca me había querido.
El canal. Discutí con Sof.

Y…

En el jardín. Le mentí a Thomas. Le dije que nunca había estado enamorada.

No puedo creer que no me haya dado cuenta. La Excepción de Weltschmerz. *Weltschmerz* es una palabra alemana, significa «melancolía». La traducción literal es «dolor mundial».

En su nivel más básico, los agujeros de gusano son máquinas del tiempo accionadas por materia oscura y energía negativa. ¿Y qué hay más oscuro que un corazón roto? Ésta es mi teoría: el dolor que me provocó lo de Jason y lo de Grey me afectó tanto que el tiempo se desplomó. Las reglas ya no se cumplen.

Cada uno de los agujeros de gusano se ha abierto cuando me he sentido triste, enfadada, apenada o perdida. O cuando he mentido.

Ése es el Principio de Gottie H. Oppenheimer. No tiene nada que ver con partículas fractales o con diarios. Tiene que ver conmigo, y lo que hice el día que murió Grey. Soy una mala persona. ¿Y este agujero de gusano en el que estoy ahora? Es un castigo.

Quiero apoyar la cabeza en todos estos libros y dormirme, despertarme en el mundo tal como debería ser. Explicárselo todo a Thomas y ver dónde nos lleva el tiempo. Pero la única forma de llegar ahí es hacer algo al respecto. Me obligo a coger una de mis muchas libretas y empezar a leer. A la tercera (milésima) va la vencida.

Lo primero que veo es un diagrama que imprimí aquel día en la biblioteca, hace varias semanas.

La métrica de Schwarzschild. Si estás a un millón de años luz de uno, un agujero negro de Schwarzschild parece un agujero de gusano. Son lo mismo.

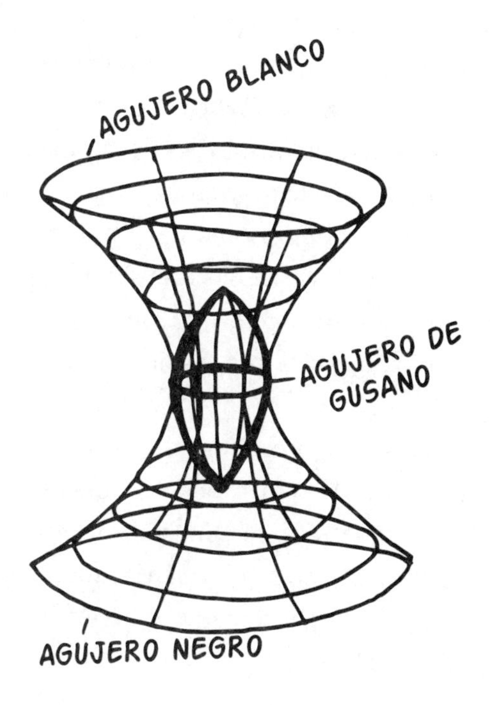

No cambia el canal de televisión a otra línea temporal ni te enseña algo que ya ha ocurrido. Si encuentras una forma de mantenerlo abierto sin que se colapse la gravedad, puedes cruzarlo.

La forma de mantenerlo abierto es utilizar materia oscura exótica; es como meter el zapato en la puerta. Si entraras, tendrías que cruzar esa oscuridad.

Aún así, me sorprendo «moviendo» los dedos por el esquema. A través de la puerta.

Y por muy peligroso que fuera, iría sin pensarlo. Porque, bueno, aquí estoy. Bajo una tormenta que no debería estar existiendo. Ésta no puede ser la realidad, no es así como se supone que debería ir el verano: sin Thomas. Destino. La idea de no volver a verlo me mata de soledad.

En cuanto empiezo a llorar deja de llover. El ruido de las gotas en el techo, los aullidos del viento, el ruido: todo desaparece. Es demasiado repentino para que sea una coincidencia. Me limpio la nariz con el reverso de la mano y me incorporo en la cama. En alerta.

Veo luz, se cuela por los bordes de la puerta de mi habitación. Brilla a través de su ventanita de cristal ondulado. Apago la lámpara y dejo la habitación a oscuras: en esta realidad no existen las estrellas que Thomas pegó en el techo. Pero ahí está: un brillo que viene del jardín. Se me acelera el corazón, pero mis sentidos arácnidos están en calma.

Me deslizo por el lateral de la cama y cruzo la habitación de puntillas. Me da un poco de miedo pensar en lo que pueda haber detrás de la puerta —y en los agujeros de gusano—, así que, en vez de abrirla, me arrodillo. Pero cuando acerco el ojo a la cerradura, lo que veo al otro lado no es el jardín. Es la cocina.

¿Qué *schiesse*?

Miro hacia atrás. Tanteo los tablones del suelo con la mano. Sí, no hay duda de que estoy en mi habitación. Me vuelvo otra vez hacia la puerta, miro de nuevo por el ojo de la cerradura. Sí, sigue siendo la cocina. Las luces están encendidas y hay hierbas aromáticas en el alféizar de la ventana, imanes en la nevera. Y entonces veo a Thomas saliendo de la despensa, corriendo hacia los quemadores, y yo me levanto, abro la puerta de golpe, *Gott sei Dank*, digo su nombre...

—¡Thomas!

Pero al otro lado de la puerta no está la cocina. Estaba claro que no podía ser tan fácil. Tampoco es el jardín. Me balanceo sobre los dedos de los pies, por poco me caigo. La puerta está llena de oscuridad. No es la nieve de la tele. No es un limpiaparabrisas transparente. Sino la densa infinitud oscura de un agujero negro.

Materia oscura. Energía negativa. Un corazón roto.

¿Qué pasa si lo cruzo? Al otro lado está la cocina, está Thomas. Pero esto es oscuridad. Esto es dolor y tumbas. Si lo cruzo me voy a meter en problemas. Me estaré presentando voluntaria para revivir el día en que murió.

Pero aquí estoy, Thomas no está y *Umlaut* tampoco. Vale la pena intentarlo. Me interno en la oscuridad.

Emerjo, jadeando, en la cocina.

Es de noche. El aire está caliente y pegajoso, huele a jazmines y limones, y estoy sudando con el jersey de Grey. Y estoy aquí. No sé cómo, pero estoy aquí. Dondequiera y cuandoquiera que sea este momento. Estoy en casa. Estoy a salvo. La marea ha vuelto.

Thomas todavía no me ha visto. El instinto me impide correr hasta él y darle un abrazo en plan placaje. El dolor que acabo de sentir, que me ha desgarrado mientras cruzaba la oscuridad, no puede conducir a nada bueno.

Me apoyo en la puerta mientras recupero el aliento, y observo cómo bate los huevos. Se le tensan los músculos mientras agita el brazo con un pequeño fruncido de concentración en la cara. Lleva la misma camiseta de la semana pasada, cuando hizo aquel bizcocho de limón. Cuando se puso a batir huevos subido a la encimera. Cuando el aire olía a jazmines. Cuando… Cuando…

La marea se retira.

Madre mía. El lunes pasado. Thomas se cernía sobre una sartén una noche cálida y tranquila. Llevaba la misma camiseta e hizo un bizcocho de limón sin gluten para Sof. Thomas nunca hace dos veces lo mismo. *Ach, mein Gott*, no he aparecido en la línea temporal correcta. ¡He ido a la semana pasada!

La advertencia de la señora Adewunmi me ruge en los oídos: «¿Debería preocuparme que Norfolk acabe en la cuarta dimensión?»

Ésta no es mi casa, aquí no estoy a salvo, esto es el pasado. Voy a vomitar. Voy a ganar el premio Nobel. Agua. La necesito. Y sentarme, eso también. Mareada y delirante, me alejo de la puerta tambaleándome y entro en la habitación.

—G.

Thomas levanta la vista, por fin me ha visto. Cuando sonríe, es por mí: una explosión de hoyuelos, y asoma la lengua entre los dientes, está encantado. Y de pronto me da igual si he destruido todo el puto sistema solar.

Pero todavía no puedo hablar. Consigo llegar hasta la mesa y me siento, aunque no es gracias a mis piernas. Thomas asiente en dirección a mi ropa y pregunta:

—¿No te estás cociendo?

Me ruborizo, con culpabilidad, aunque es imposible que él pueda saber por qué voy vestida para una gélida noche lluviosa. Para una noche distinta.

—¿Y qué cueces *tú*? —contesto señalando la sartén. Tengo la lengua seca.

—Ja. En serio —dice apagando el fuego y sentándose a mi lado. Nuestras rodillas vuelven a tocarse. Esta vez atrapa mi pierna entre las suyas—. Estás muy mona con ese suéter, pero fuera están cayendo 32 grados.

Nerviosa por su piropo, me quito el suéter sin desabrocharlo. Se me queda atascado en la cabeza y arrastra la camiseta que llevo, la energía estática que desprende me provoca chispas en el pelo.

—Ayuda —digo desde el interior del suéter, y noto las manos de Thomas en la cintura, sujetándome la camiseta. Cuando al fin emerjo de la prenda, me está mirando. Reprime una sonrisa.

—Deja de insinuarte —me dice—. Es vergonzoso.

—¿Tienes *jet lag*? —rujo.

Mi cerebro me proyecta algunos recuerdos del lunes pasado y yo me aferro a ellos y trato de asegurarme de que hacemos las cosas de la misma forma. Porque, si cambio el mínimo detalle... Esto es alterar el tiempo a escala *Regreso al futuro*. Éste es Marvin, ¡tu primo Marvin Berry!

—¿Estás bien? —pregunta Thomas. Me posa la mano en la frente y finge tomarme la temperatura. Estoy tan cansada que apenas puedo reprimir las ganas de apoyarme en ella. Desmayarme y dejar que me coja—. No, normal, pero acabas de preguntarme si tengo *jet lag*.

—El *jet lag* es, emm —tartamudeo—, cuando cruzas distintas zonas horarias y acabas hecho un lío.

—Ya sé lo que es. Pero es curioso que lo preguntes, hace un mes que vine de Canadá. Y no es mucho más tarde de lo habitual. ¿Cuántos años tienes, diecisiete o setenta? —Thomas ladea la cabeza con aire reflexivo—. ¿Estás segura de que estás bien? Esta noche estás un poco rara.

Me quedo de piedra. ¿Por qué he cruzado esa puerta? Llevo una ropa distinta y he dicho cosas antes de que las dijera Thomas, ya he hecho cientos de cambios diminutos que podrían afectar el futuro. Soy una mariposa gigante que aletea por la cocina como una idiota provocando tsunamis intergalácticos, y todo va a acabar en desastre...

—¡Aja! —Chasquea los dedos—. No tienes deberes. Me ha costado mucho reconocerte sin una calculadora gigante colgada del brazo.

Agacho los hombros aliviada.

—Con la nariz metida en un libro, garabateando cosas —prosigue Thomas—. «Déjame, padre, ¡me voy a la biblioteca! ¡Hay cálculos matemáticos que requieren solución!»

Tiene razón. No tengo mi diagrama de constelaciones. Tampoco tengo los diarios ni mi bloc de notas. ¿Cómo terminamos fuera, besándonos? ¿Cómo puedo volver a casa? Estoy total y absolutamente perdida.

Thomas malinterpreta mi silencio y me golpea con suavidad.

—Lo siento —dice—. Mira, siempre estás leyendo algo extracurricular muy inteligente con algún título aterrador, pero, para ser sincero..., estoy celoso de tu ética con los deberes; especialmente cuando la comparo con la mía.

Suelta esa semirisita jadeante propia de quien no bromea del todo. Quizá de alguien a quien se lo dice su padre.

—Tú te esfuerzas —le digo—. *De verdad.* Te he visto en el Book Barn, eres el único que se molesta en registrar los recibos. Y nos preparas el desayuno todos los días.

Sin previo aviso, Thomas arrastra la silla hacia atrás haciéndola chirriar por el suelo de una forma tan molesta como Ned, y se marcha corriendo a la despensa. Sale con los brazos cargados de ingredientes que deja encima de la mesa, como aquella primera noche. Agua de rosas, azúcar, mantequilla sin sal y bolsas de pistachos.

—Al cuerno con el bizcocho de Sof —dice—. Vamos a preparar *baklava* para desayunar. No lo había planeado, así que… Me vas a ayudar, ¿no?

Una repetición. El universo me está dando una segunda oportunidad. Quiere que sea valiente. Quiere que diga: «Sí».

Lo de cocinar resulta ser sorprendentemente fácil, o Thomas es muy buen profesor. Al poco estamos uno al lado del otro junto a la encimera, a mí me toca la parte fácil: estoy fundiendo mantequilla, mientras él hace algo muy complicado con el azúcar y el agua de rosas. Y mientras tanto yo voy pensando: «Así es como debería ser. Así es como debería haber sido toda mi vida».

—¿La has comprado hecha? —bromeo mientras Thomas abre un paquete de pasta filo fingiéndose horrorizado.

—Cállate —me devuelve el codazo.

Thomas empieza a meter capas de pasta en un molde y me pide que las pinte con la mantequilla fundida. Chasquea la lengua cada vez que le pinto la mano.

—Para. Ahora espolvorea los pistachos y… o, no, también puedes poner un montonazo como ése. Creo que así queda más artesanal. Y dices que sacaste un deficiente en plástica, ¿no?

Robo un pistacho. Thomas me da un manotazo.

—Te diré lo que haremos —dice—. Yo me encargo de cocinar y tú me explicas lo de los viajes en el tiempo.

Por poco me atraganto con los pistachos que me he metido en la boca. No es que haya olvidado lo que está sucediendo y sin querer haya desechado la certeza de que he *viajado en el tiempo* como si fuera un calcetín viejo. Pero el universo se ha vuelto a poner en su sitio, para hacer las cosas bien. Y, por un momento, parece que Thomas se haya dado cuenta.

—Lo que estás haciendo para ese proyecto extracurricular. —Me mira alzando las cejas, y yo me pregunto dónde me llevará la redacción de la señora Adewunmi. Lejos de Holksea, dijo ella. También me llevará lejos de Thomas—. Va sobre los viajes en el tiempo, ¿no? No profundices mucho en las matemáticas, ¿estamos hablando de viajar hacia delante o hacia atrás?

—En realidad es un poco ambas cosas —contesto robando otro pistacho.

—Explícate.

—Vale… Si tú y yo retrocediéramos hasta un punto en el tiempo, como a…

—Al verano de hace once años, cuando me castigaron en la feria —me interrumpe Thomas—. ¿Qué? Todavía estoy *indignado.* Esos cerdos estaban pidiendo libertad a gritos.

Me río. Dieciséis cerdos a la carrera a los que tuvieron que perseguir Grey, el cura y el padre de Thomas, mientras Thomas los miraba con alegría sentado debajo de la mesa de los pasteles.

—Está bien. Escribimos una ecuación con estos factores: tú, yo y nuestras coordenadas. Y necesitamos energía, como de diez estrellas, y la utilizamos para abrir un tubo de Krásnikov... —Miro a Thomas para cerciorarme de que me está siguiendo—. Emm, cocinamos un canutillo. Un extremo es el presente, y cruzamos hasta el otro extremo, hasta el pasado.

—G, ya sé a qué te referías —dice con dulzura—. Entiendo la palabra «tubo».

Me sonrojo.

—Entonces cruzamos el tubo, el canutillo, o lo que sea, y, emm, ya está. O sea, es matemáticamente complejo, pero de lo que estamos hablando es de construir un túnel a través del espacio-tiempo.

—Dos preguntas —dice Thomas, y coge un cuchillo y empieza a cortar los *baklava* en forma de diamantes. Yo no dejo de esperar que se le caiga el cuchillo, pero no ocurre—. ¿Y qué pasa cuando nos encontramos con nuestros yoes del pasado? Una situación en plan: «¡Mátanos a los dos, Spock!» ¿Me pasas la cacerola? Ésa no es la segunda pregunta, por cierto.

Le paso la cacerola y miro dentro. El azúcar se ha fundido y hay un sirope rosa, que Thomas vierte sobre las capas de pasta mientras yo le explico:

—No puedes encontrarte con tu yo del pasado.

Arquea una ceja.

—¿Estás segura de eso?

—*Ja*, debido a la censura cósmica.

—Pongamos que cada vez que hables de ciencia yo pongo los ojos en blanco hasta que te explicas, ¿vale?

—Ja. Ja. Ley espacial. Hay normas. Si alguna vez te acercaras lo bastante como para poder ver lo que hay dentro de un agujero negro, te absorbería. El universo guarda ahí sus secretos. Cuando retrocedes en el tiempo, tu yo de seis años deja de existir temporalmente: el universo te esconde en un pequeño bucle temporal hasta que es seguro que vuelvas a salir. Como un canutillo en miniatura.

—O sea: ¿«badabum»?

—Sólo puede haber una versión de ti —asiento.

—Vaya —dice Thomas mirándome como si estuviera intentando memorizar mi cara—. Ya veo.

Me resisto al impulso de demostrar mis credenciales científicas señalando: «Por ejemplo, ahora mismo no hay dos Thomas aquí». Pero me decanto por meter el dedo en el sirope y dibujar un esquema en la mesa para demostrarlo.

—Y las fluctuaciones del vacío, porque, en términos algebraicos…

—La, la, la, la, la —canta desafinando—. Nada de algebra y más metáforas con pasteles. ¿Quién iba a decir que supieras tanto de pastelería? Ésa tampoco es la segunda pregunta. Es ésta: ¿Y entonces, qué? ¿Cómo vuelves a casa?

—Eso es lo más interesante. —Aguardo mientras Thomas mete el plato de *baklava* en el horno y programa la alarma—. Podríamos quedarnos, vivir linealmente. Esperar a que el tiempo pasara de forma natural y acabar allí de todas formas, once años más tarde. Pero, si hiciéramos eso, cambiaríamos todo el universo.

—¿Y no queremos cambiar el universo? ¿Luchar para limpiar mi nombre?

—Pero el Thomas de seis años no está allí para soltar los cerdos, ¿recuerdas? Estás en un pequeño canutillo, flotando por el espacio hasta que el universo tenga claro que es seguro dejarte salir.

—Entonces, si nos quedáramos, ¿nuestras versiones más jóvenes no existirían? —pregunta Thomas. Hace un gesto con las manos simulando que le ha estallado la cabeza.

—Y, al final, nuestros yoes adolescentes también desaparecerían, porque se supone que no deberíamos estar allí —le confirmo—. O eso, o se convertiría en el tipo de situación rollo fin-del-mundo.

Mientras lo explico, lo entiendo: no puedo quedarme. Yo no debería estar aquí. Dentro de cinco días voy a desaparecer. Pase lo que pase entre nosotros esta noche, yo tendré que regresar. Encontrar un nuevo agujero de gusano hacia el futuro, y dejar este lunes como estaba. Thomas no recordará esta conversación, nunca habrá ocurrido.

No puedo deshacer mi mentira. Incluso aunque le confesara a Thomas lo de Jason ahora mismo, no supondría ninguna diferencia. Entonces, ¿qué sentido tiene todo esto?

Todavía hace calor, pero ahora el aire huele a rosas. Y tardo un momento en contestarle.

—Hacemos otro canutillo —le digo—, y dejamos el pasado como estaba, y regresamos al presente, y no habrá cambiado nada en absoluto.

—¡No veas con el canutillo! —exclama Thomas—. Como estaba. Fíjate, entiendo la ciencia. No se lo digas a mi padre, sólo conseguirías hacerlo feliz.

Nos quedamos en silencio mirándonos el uno al otro.

—G. Entonces, ¿para qué querría alguien viajar al pasado, si no va a poder cambiar nada?

—Podrías aprender algo —digo—. Descubrir cosas sobre ti mismo.

—¿Adónde irías tú? —pregunta—. ¿Qué quieres aprender? Y por favor, no digas «a pintar mejor», porque he empezado a apreciar tu *Salchicha.*

Respiro hondo, cierro el puño y extiendo el dedo meñique. Se lo acerco a Thomas y él enrosca su dedo al mío.

—Viajaría cinco años atrás —digo tirando de él. Quiero asegurarme de que hacemos esto en todas las realidades—. Y construiría una pila de libros muy estable, y descubriría qué se siente al besar a un chico. Y aunque eso no cambiara el futuro, siempre sabría lo que se siente.

Le cojo la mano y lo acerco a mí. Levanto la otra y hago lo que llevo queriendo hacer todo el verano: le toco el hoyuelo. Y cuando se ríe, lo beso.

Es electricidad. Es luz. Es una descarga de plata líquida.

Cuando dije que creía en la teoría del amor de Big Bang, nunca pensé que sería así. Encajamos como dos piezas de Lego. Es abrumador. Thomas me besa el cuello, y yo abro los ojos para asimilar el momento, para asimilarlo todo…

La cocina está cambiando.

La hilera de especias que hay alineada en la pared del fondo cambia de orden. Por encima del hombro de Thomas, la albahaca que hay sobre el aparador se divide, florece y se transforma en perejil. Las manecillas del reloj giran y de pronto amanece. Y las rosas que crecen al otro lado de la ventana, que siempre han sido de color melocotón, toda mi vida han sido de color melocotón, ahora son amarillas bajo la pálida luz del alba.

Este beso está cambiando el universo. Cuando me separo de él tengo mariposas en el estómago, es como un terremoto bajo los pies.

—Guau —dice Thomas fingiendo un tambaleo. Luego vuelve a tirar de mí, pega la frente a la mía y me toca la cara con las manos. Sus gafas se me clavan en la mejilla—. Lo siento —susurra. No sé por qué lo dice. No dice nada sobre las especias, las rosas, la albahaca. No es consciente de que haya cambiado nada. Para él, siempre ha sido así.

Todos mis instintos me dicen que detrás de mí, al otro lado de la puerta de la cocina, está mi habitación. Dentro de una semana. La puerta de emergencia del universo.

Thomas me desliza un dedo por el brazo mientras me susurra en la boca.

—Deberíamos irnos a la cama.

Jadeo sorprendida.

—Por separado, pervertida —dice entre risas—. Antes de que Ned salga y me asesine.

—Yo debería…

Me vuelvo y hago gestos en dirección a la puerta de la cocina. Lo he entendido bien: puedo llegar a mi habitación desde ahí. En mi techo brillan las estrellas de Thomas, y no hay ni rastro de tormenta. Los libros que dejé repartidos por la cama están perfectamente apilados en el escritorio, y… ¡vaya! *Umlaut* está aquí, durmiendo sobre mi almohada. Voy a regresar a un mundo diferente del que dejé atrás.

Pero no necesariamente mejor.

En mi pared, encima de las ecuaciones, hay una piscina de materia oscura. Esperando.

Falta una semana para la fiesta. Y he atravesado los peores aspectos del universo para volver hasta aquí. No creo que la excepción de Weltschmerz vaya a dejar que me salga con la mía.

Y no puedo llevarme a Thomas para que me dé la mano. Si esta versión de él salta cinco días hacia delante, desplazará a su yo del futuro: el tiempo se retorcerá. Él tiene que quedarse aquí. Yo tengo que irme al futuro. Sólo yo puedo cruzar el agujero de gusano.

Éstas son mis opciones: camino A. Aprovecho esta oportunidad para explicarle a Thomas lo de Jason. Me quedo en la cocina, con la verdad. Y el universo implosionará gradualmente.

O camino B. Cruzo la puerta. El universo sigue seguro, pero mi mentira permanece.

En cualquier caso, es el fin del mundo.

Muy rápido, y antes de poder cambiar de idea, me doy media vuelta y lo beso. Con fuerza y a toda prisa, en los labios, le succiono el labio inferior, me aferro desesperadamente a esos segundos antes de tener que irme, antes de tener que...

Me separo de él y me alejo, y entonces me encuentro en mi habitación. Me arden los pulmones después de esos pocos pasos.

Al otro lado de la puerta, el jardín brilla al alba.

—Buenas noches —digo, aunque allí no hay nadie.

Domingo 8 de agosto

[MENOS TRESCIENTOS CUARENTA Y TRES]

Me despierta un rayo de luz solar. El reloj dice que es domingo. Me duele la cabeza. Abandono el sueño lentamente, mirando fijamente la hiedra de la ventana, que está teñida de materia oscura, pensando en ese beso que cambió el universo. Lo sentí en los labios hace sólo unas horas, pero para Thomas nunca ha existido.

El pasado es permanente.

Me doy media vuelta mientras me peleo con la filosofía y la colcha, que pesa mucho.

Thomas está en la cama conmigo. ¡Ostras! Paso de soñolienta a completamente despierta a la velocidad del rayo.

Sigue dormido, su respiración es cálida, pesada y constante como un metrónomo, y lo miro, observo la boca que he besado. Ya lo he hecho muchas veces. Thomas Althorpe. El chico que dijo que yo le gustaba. El chico con el que he cambiado el universo. El chico que está conmigo en la cama. Más o menos.

Puede que haya pasado aquí la noche, pero está completamente vestido y encima de la colcha. Aún así, estoy asustada: he cruzado energía negativa para volver aquí. ¿A qué mundo nos he trasladado?

Me paseo la lengua por la boca y le tiro el aliento a *Umlaut* para comprobar si huele mal. El gatito es una buena señal. ¿Cómo puede ser malo un universo en el que haya vuelto? Entonces poso la mano sobre el brazo de Thomas y lo agito.

—Thomas —siseo—. Thomas, despierta.

Parpadea medio dormido, tiene la cara medio enterrada en la almohada. Verlo sin sus gafas es como compartir un secreto.

—Ey.

Se retuerce soñoliento y vuelve a cerrar los ojos. Tengo uno de sus pesados brazos encima, soy como un oso preparado para hibernar.

—Hola —susurro acurrucándome en su calor. No pasa nada. Estamos separados por la colcha—. Oye, tú, ¿tú te acuerdas de lo que ha pasado?

—Mmmm, debí de quedarme dormido —murmura Thomas con la boca pegada a la almohada.

—Sí. Pero. *Cuándo.*

—Estuve despierto hasta tarde —dice bostezando—. Practicando con la pasta *choux*. Vi que tenías la luz encendida y pensé… —otro bostezo— venir a saludar. Pero estabas dormida, y entonces Ned llegó a casa y se desmayó en el césped justo delante de la puerta de la cocina. No quería arriesgarme a pasar por encima de él. Tu cama parecía cómoda.

—No pasa nada —carraspeo intentando hablar por una esquina de la boca para no respirar cerca de él. Jason y yo nunca llegamos a pasar la noche juntos, ni siquiera nos quedamos dormidos juntos. Nunca me había despertado con nadie. ¿Y si tengo aliento de ñu? No debería hablar.

Pero quiero averiguar qué ocurrió entre el rato que pasamos juntos en el jardín el viernes y el momento en que se quedó dormido en mi habitación hace un rato. He saltado en el espacio-tiempo, me he saltado un día entero.

—¿Nos vimos ayer en el Book Barn? Me he quedado completamente en blanco.

—Mmmm —dice Thomas con despreocupación, y se estremece.

—¿Tienes frío? Métete dentro —digo, sin pensar.

—Huelo como una jaula de monos.

Pero ya está desplazándose por la cama y metiéndose conmigo debajo de la colcha.

Oh-oh.

Y lo digo en serio. Porque una cosa es que Thomas esté en mi cama. Eso es territorio seguro. Es amistad. Lo hemos hecho un millón de veces. Pero debajo de la colcha significa brazos y piernas, un letargo cálido. Sólo llevo una camiseta y las braguitas.

Partículas atómicas en alerta.

—Hola —susurra en mi boca rozándome los labios con cada palabra—, creo que tenemos unos quince minutos antes de que Ned monte en cólera.

No tiene mal aliento, sólo calidez y bizcocho de canela, su boca pegada a la mía.

Y entonces noto sus manos por debajo de la camiseta, frías en mi espalda caliente. Entrelazo las piernas con las suyas. Nos pegamos el uno al otro. Nos besamos.

Se me desboca el corazón y me separo de él. Hacia un lado y hacia el otro, arriba y abajo, contenta y triste. No puedo saber dónde estamos, lo lejos que quiero llegar. La noche pasada fue muy intensa, y ahora estamos aquí, una semana después de un beso que no existe, besándonos como si hubiéramos hecho mucho más que eso. Quiero vivir mi vida en orden.

—Ey —repite Thomas acercándose a mi boca.

—Hola —le contesto con formalidad agachando la barbilla como *Umlaut*, cosa que le hace reír.

—Está bien. Vuelve a dormir —dice levantando el brazo y dejando que me pegue a él. Me acurruco y me quedo mirando las estrellas del techo. La forma es distinta.

Cuando crucé la puerta, cambié algo.

Sobre mi cabeza, las estrellas empiezan a moverse en espiral. Nieve televisiva. Ahora no estoy disgustada. No estoy perdida, ni triste, ni mintiendo. No tengo ningún diario cerca. Miro a Thomas, está dormido. Salgo de debajo de la colcha y extiendo los brazos en plan Superman hacia las estrellas. Esto va a doler. Pero teletranspórtame de todas formas, Scotty.

Mi cuerpo estalla y las partículas se esparcen por todo el cielo.

—¿Has construido un escondite? —Jason alterna la mirada entre las balas de paja y mi cara. Niega con la cabeza, sonriendo—. Me olvido de que eres más pequeña que yo.

Esta mañana estaba convencida. Me arrepentí un poco cuando tardé una hora en mover una bala de paja y acabé sudando bajo el sol. Pero cuando volví con una manta para sentarme dentro y abrí el paraguas para conseguir un poco de sombra, volvió a convertirse en una idea brillante. Un pequeño refugio de tres paredes. Pero Jason me está mirando como si estuviera loca.

—No es un escondite cualquiera, aguafiestas. —Lo cojo de la mano y lo arrastro hacia dentro, consigo que se siente medio empujándolo y me pongo a su lado. Es agosto y han segado el trigo; los

tallos cortados atraviesan la tela de la manta como los pelos de las piernas asomando por debajo de las medias—. Mira.

—Vale. —Jason sonríe y dirige sus gafas de sol en la dirección que le estoy señalando. Campos dorados que se extienden hasta el infinito y se funden con el cielo azul. Sólo se ven los pájaros—: ¿Qué estoy mirando?

—El universo —señalo—. El mundo entero. ¿No te parece genial?

—Margot —dice—. Holksea no es, ni de lejos, el mundo entero. Espera a ir a la uni…

Desconecto de su discurso y me vuelvo para sacar todas las cosas que he traído: libros, manzanas y paquetes de galletas, botellas de agua con gas en una pequeña nevera de picnic. No he pensado muy bien qué vamos a hacer cuando necesitemos orinar, pero, por lo demás, podemos quedarnos aquí todo el día.

Jason se marcha dentro de tres semanas. No hemos hablado de lo que pasará después. Pero yo no pienso mucho en ello. Un chisporroteo, un fundido en negro y el olvido. No me importa mucho. Hemos tenido un verano entero. Y él sigue hablando, pero no lo estoy escuchando.

—Tengo helado —lo interrumpo—. Tienes que comértelo ahora, antes de que se derrita.

Le ofrezco un Twister y un Cornetto y me fastidia ver que alarga la mano hacia el Twister, mi helado preferido, pero lo que hace es cogerme de la muñeca y pegarme a él.

—Tengo que estar muy pronto en el curro —dice. Yo todavía tengo los dos helados en la mano cuando Jason se tumba. Doy un gritito, pero él me agarra de la cintura y me inmoviliza. Acabo en una postura muy rara, con los codos apoyados por encima de sus hombros, los helados en las manos, la cara en su cuello y riendo.

—Margot —dice Jason con la cara pegada a mi cuello—, deja los helados, ¿vale?

—*Ah.*

Los suelto. Sólo nos quedan algunas semanas, así que recuerdo qué otras cosas se pueden hacer en un escondite con tu novio secreto, el último día del verano.

Tengo la piel irritada; esto de viajar por el tiempo ya no es como antes. Está empezando a doler. Pero vuelvo a estar en la cama, mirando a Thomas. Ahora tiene las gafas puestas, y *Umlaut* se ha acurrucado entre nosotros y está ronroneando.

Una parte de mi corazón sigue en el escondite del campo. ¿Por qué había olvidado lo que ya sabía entonces, que lo mío con Jason no sería para siempre? ¿Por qué había olvidado que no me había importado? Es como si la muerte de Grey fuera un tornado que se hubiera llevado todo lo que pasó antes. Y me hubiera dejado perdida.

—¿Lo hacemos el miércoles? —me pregunta Thomas.

Por un momento pienso que me está preguntando por eso, por el sexo. Si le pones un preservativo a un plátano, no vuelves a comer fruta en tu vida. Y yo me ruborizo, desde la cabeza hasta las uñas rojo cereza de los pies.

Thomas hace lo mismo al otro lado de la almohada.

—G —sonríe—, no te estaba pidiendo que lo hagamos. Aunque…

Parpadea muy lentamente. Alarga el brazo, me aparta el pelo de la cara. Entre nosotros, *Umlaut* ronronea dormido. Me inclino por encima del gato y empujo a Thomas en el pecho.

—Cállate. —Le devuelvo la sonrisa sin apartar la mano. No veo materia oscura por ninguna parte. Al final no necesitaba ninguna repetición. Mi mentira ni siquiera importa; ¿no vuelvo a estar donde debería? No me obligues a pintar *La Salchicha número dos.*

Thomas entierra la cara en la almohada un segundo, y después vuelve a emerger.

—Es igual... Bueno, ¿te va bien el miércoles por la noche? Tú, yo y el mejor pescado con patatas de Holksea.

Creo que me acaba de pedir que salgamos juntos. Creo que me he perdido el momento en que yo le decía que sí.

Ojalá pudiera estar presente en los grandes momentos de mi vida.

Thomas se levanta de la cama, se estira y se pone los zapatos. Cuando se vuelve a poner derecho está mirando mi corcho.

—Vaya, ¡te quedaste mi correo electrónico! Qué guay. Y has, lo has llenado de cálculos matemáticos. Vale, rrrrr.

Avanza dando saltos hasta la puerta, retrocede para darme un beso y vuelve a salir al jardín antes de que yo pueda reaccionar.

—Hola, Ned —oigo fuera. La voz de mi hermano ruge una respuesta, pero no entiendo lo que dice—. No es lo que...

Espero a que sus voces se disipen antes de bajarme de la cama y coger la hoja del correo. Se ha vuelto a transformar, pero sigue teniendo tan poco sentido como siempre, aunque para Thomas sí que tenía sentido. Y tiene razón: he hecho cálculos matemáticos. Por lo menos es mi letra. Pero no reconozco la ecuación.

Miércoles 11 de agosto

[MENOS TRESCIENTOS CUARENTA Y SEIS]

La noche en que vamos a la playa hay una luna llena gigante suspendida en el horizonte. Es la mayor ilusión óptica del mundo. Es gigantesca, y nos sigue a Thomas y a mí mientras pasamos pedaleando junto al seto, donde me caí hace tanto tiempo. El agujero que quedó entre las hojas está lleno de materia oscura, esperándome, recordándome.

El aparcamiento está medio vacío cuando llegamos, hay niños pequeños con cubos y palas siguiendo a sus padres de vuelta a casa en la penumbra. Encadenamos las bicicletas a una barandilla y corremos hasta el chiringuito antes de que cierre.

—Patatas, por favor —dice Thomas con acento canadiense al mismo tiempo que yo pido lo mismo.

Los trabajadores gruñen, es última hora, ya han apagado la freidora; pero Thomas los convence con su encanto y enseguida estamos en una manta entre las dunas y el vapor del vinagre caliente se eleva entre nosotros en la penumbra. Cuando nos sentamos, a Thomas se le vuelca la mochila. Tiene mi ejemplar de *Forever*, hay dos postales entre las páginas que indican los lugares por los que vamos cada uno.

—¡Thomas!

Se vuelve hacia mí sujetándose el pelo al viento y con una sonrisa tan grande como el cielo. Me encantaría poder decirle: «Ya no quiero seguir viajando en el tiempo. Quiero quedarme aquí, y descubrir el universo contigo». Pero no consigo que me salgan las palabras.

—¿Estás bien? —pregunta.

Asiento, y rescato una patata del kétchup. Llevamos todo el día encallados: tartamudeos, silencios largos y luego hablamos los dos al mismo tiempo. No, habla tú, no, adelante. Ya sé qué me pasa a mí: estoy esperando que algún agujero de gusano me separe de Thomas. No estoy segura de cuál es el problema de Thomas; ha estado nervioso desde que se marchó de mi habitación el domingo. Comemos en silencio hasta que la brisa me cuela una ráfaga de vinagre caliente por la nariz, y me pongo a toser. Llamo la atención de Thomas.

—Está bien, listilla —dice, levantándose—. Espera aquí.

Arruga el envase de poliestireno y el vinagre gotea en la manta, después se marcha con él por las dunas.

—¿Adónde vas? —grito inclinándome hacia delante para verlo correr por el camino que conduce a la playa.

—Es una sorpresa —escucho. Justo antes de doblar la esquina y desaparecer de mi vista, mete la bandeja en el cubo de basura, entrechoca los talones en el aire y exclama—: ¡Sííiiiiiii!

Mientras espero allí sentada, contemplo el mar. O, mejor dicho, su ausencia; por encima de nuestro hueco, sólo hay una llanura de arena húmeda que se extiende a lo lejos.

Un poco más allá está el invisible mar del Norte. Cuando era pequeña me entristecía que la marea se fuera tan lejos. Había querido correr varios kilómetros, hasta el horizonte, hasta ser yo también invisible. Si corriera y corriera y corriera en el vacío ahora, ¿dejaría atrás todo esto? Grey. Los agujeros de gusano. A mí misma.

Entonces aparece Thomas, que viene caminando de espaldas por las llanuras haciendo ondear los brazos en el aire. Hace que quiera quedarme donde estoy. Cuando ve que lo he visto, se lleva las manos a la boca y grita algo.

—¿Qué? No te oigo —aúllo.

Se encoge de hombros de una forma muy dramática y se aleja, sin dejar de correr, y no se para hasta que está a cincuenta metros. Yo estoy sentada con las rodillas pegadas a la barbilla, rodeándome las piernas con los brazos, y observo mientras él arrastra el pie por la arena mojada. Algunos segundos después, me doy cuenta de lo que está escribiendo. Sonrío y cojo las mochilas y la manta, y corro por las dunas para ir con él. Cuando llego a él, sin aliento, ha escrito la mejor ecuación que he visto en mi vida:

X2

Es lo que decía Grey cuando éramos pequeños. «Alerta», cada vez que yo entraba en alguna habitación. Y entonces, si Thomas venía detrás de mí, decía: «Alerta, vaya par de dos». Poco después ya lo decíamos nosotros, era un pequeño cántico que entonábamos cuando se nos ocurría alguna maldad. El agua se está colando en las letras. Thomas todavía tiene un pie en la cola del 2, lleva los vaqueros empapados de agua hasta las rodillas, el pelo superrizado de la sal y la humedad, y las gafas empañadas.

Yo me tambaleo por la arena mojada hasta él, pero Thomas retrocede —el gesto es casi imperceptible—, se mete las manos en los bolsillos y se le encogen los hombros.

—Muy maduro —decido decir señalando las letras—. Gracias.

—No hay de qué —contesta con una formalidad exagerada.

—Tienes algas en los pies —le advierto.

Sacude la deportiva y la planta sale volando. Thomas la coge y se la queda mirando alucinado.

—Finjamos que soy así de hábil —dice, y alarga la mano para atarme el alga en la correa del bolso—. Toma. Ahora eres una sirena.

Se hace una pausa. Me estoy perdiendo algo.

—Qué vas a… —Empiezo a hablar, y, al mismo tiempo, Thomas dice:

—Escucha. Ey, no dejamos de hacer esto, ¿eh?

—Tú primero.

—Antes de que diga esto… —empieza. Y dibuja un círculo en el aire señalando el X2—. Siempre hemos sido amigos, ¿no? Y esta vez te prometo que lo seremos siempre. No pienso dejar que esto acabe. Yo no dejo de hablarte. Y tú tampoco dejas de hablarme a mí. ¿Hecho?

—Emmm, vale.

Empujo la arena con la deportiva y la chafo con el pie. Es evidente que hay algo que no he entendido sobre Thomas y sobre mí, sobre esta noche.

—Ned me ha obligado a decir esto. Es verdad. Pero no puedo creerme que se haya puesto en plan «hermano mayor protector».

Thomas dibuja las comillas en el aire con un dramatismo excesivo para hacerme reír, pero no lo hago. A pesar de todas las patatas calientes que he comido, tengo un bloque de hielo en el estómago.

—¿A qué te refieres? ¿Qué pasa con Ned?

Mi voz suena pequeña y fina.

—Él descubrió... Mira... Hay una cosa que no te he mencionado sobre este verano. Ned lo descubrió hace unos días, y cuando me pilló saliendo de tu habitación la otra mañana me dijo que tenía que explicártelo antes de que pasara nada.

—¿Qué?

—No voy a quedarme en Holksea. Cuando mi madre vuelva a Inglaterra, no viviré en la casa de al lado.

—¿Y dónde vivirás? ¿En Brancaster?

Es una pregunta absurda. Thomas no estaría actuando de esta forma si fuera a vivir a diez minutos de aquí.

—En Manchester. —Se mete las manos en los bolsillos y me mira. Entre nosotros, el X2 se está fusionando con la arena. Pronto, las marcas desaparecerán, como si nunca hubieran estado aquí—. Ya sabes, no está tan lejos. Podremos coger el tren.

—Está a cinco horas —supongo.

Manchester está en la otra punta del país, y Holksea no está muy bien comunicado, precisamente. Para llegar a Londres hay que coger la bici, el autobús y después el tren.

—Cuatro y media —dice—. Tres transbordos. Ya lo he mirado.

—Estabas mirando horarios de tren, ¿pero no ibas a contármelo? —No lo entiendo—. ¿Es por eso que no dejaba de llamar tu madre? ¿Para decirte que los planes habían cambiado?

—Mierda. —Thomas encoge los hombros, se sopla los rizos del flequillo—. Mierda. Mira, éste no era mi plan,

¿vale? Mamá consiguió un trabajo en la universidad de Manchester, y estaba todo organizado para que se incorporara en septiembre. Entonces recibí tu correo y pensé que quizá podría pasar primero por aquí. Esto... —hace un gesto para abarcarlo todo, la luna, el mar, la arena. Yo y mis pulmones sin aire—. Esto siempre fue sólo el verano.

—¿Me mentiste? —Cojo la vocecita de mi cabeza que me está recordando que yo le he mentido a él, y la aplasto. Eso fue un malentendido, una excepción. No es lo mismo—. Todas las veces que mencioné lo de empezar el instituto, o que volverías a vivir en la casa de al lado... ¿Ni siquiera pensaste en mencionarlo?

—Tampoco lo planeé yo. —Arrastra los pies por la arena—. Mira, no estoy orgulloso de mí mismo, ¿vale? Pero las cosas eran muy raras entre nosotros cuando llegué, y sabía que, si te decía que no me iba a quedar mucho tiempo, no me hablarías nunca. Que no tendríamos la oportunidad de volver a ser amigos.

¿Piensa que esto es amistad? Volvemos a estar como hace cinco años.

—¿Cuándo? —pregunto.

—¿Cuándo qué?

—Cuándo todo. ¿Cuándo ibas a contármelo? ¿Cuándo te vas a Manchester?

—Dentro de tres semanas.

Las estrellas empiezan a bailar ante mis ojos. Todo este tiempo... Todo este tiempo intentando entender el pasado, y vuelve a repetirse. Thomas se marcha. Y ni siquiera me lo había dicho.

Quiero gritar hasta ahuyentar las nubes, expulsar la luna del cielo a patadas. No puedo *hacer* esto. El tiempo pasa demasiado deprisa. Me di media vuelta y era invierno, cerré los ojos y era primavera. El verano está en su punto álgido y ya casi ha acabado, y Thomas se marcha, *otra vez*, todo el mundo se va, mamá, Grey, Ned, Jason, Thomas. Grey, Grey, Grey. Estoy de rodillas y no puedo respirar. Necesito un agujero de gusano, *ahora*...

—Gottie. —Thomas me habla con delicadeza—. G. La verdad es que las dos primeras semanas las pasé pensando que lo sabías.

Me quedo de rodillas y niego con la cabeza con tristeza: no.

—Supongo que pensé que te lo habría explicado tu padre. Mi madre lo llamó cuando yo estaba en el avión. Yo le había dejado una nota. Ella le explicó el plan. Él ha hablado conmigo sobre el tema. —Parece confuso, frustrado. No me doy la vuelta—. Entonces me di cuenta de que no tenías ni idea, y sólo... no sabía qué hacer. Tardé semanas en conseguir que volvieras a ser amiga mía, estabas muy triste por lo de Grey... No entiendo por qué no te lo dijo.

—Entonces es culpa mía por haberte enviado un correo, supuestamente —digo encogiendo los hombros mientras miro fijamente el agua que me rodea los pies—. Y es culpa de mi padre por esperar que me lo dijeras tú. ¿A quién más podemos culpar? ¿A Ned? ¿A Sof? ¿A *Umlaut*?

—Creo que necesitabas que yo estuviera aquí este verano —dice—. Y estoy aquí. ¿Eso no cuenta?

—Pues no.

Lo digo malhumorada, me duele la garganta. Sé que no estoy siendo justa, y no me importa. Si digo una sola palabra más, me echaré a llorar. A mi lado, veo cómo los pies de Thomas se arrastran hacia delante. Se para y coge una piedra, la tira al agua.

—Podemos visitarnos. Coger trenes. Me compraré un coche. Conseguiré trabajo en una pastelería y quedaré contigo por todo el país, te traeré bollitos cubiertos de glaseado.

Habla con un tono engatusador, y no estoy de humor para que me engatusen. Sólo por una vez, quiero que las cosas salgan a mi manera. Me levanto y me abro paso por la arena pateando su estúpida ecuación y destrozando la x.

—Odio los bollitos cubiertos de glaseado... —me vuelvo para gritarle con agresividad, y las palabras desaparecen en mi boca cuando veo lo que he hecho.

La arena que he pateado se ha quedado suspendida en el aire. No se cae. La espuma blanca ondea por encima del mar oscuro, no se deshace. Todo está inmóvil. Todo está en silencio. Y Thomas se ha quedado congelado a media súplica.

La geometría del espacio-tiempo es una manifestación de la gravedad. Y la geometría de un corazón roto es una manifestación de un reloj parado. El tiempo se detiene.

Recorro en bicicleta los cuatro kilómetros y medio que hay hasta casa bajo el cielo del crepúsculo, pero nunca anochece. El mundo está tan roto como mi reloj chafado. El sol no acaba de ponerse. Está justo donde lo dejé en la playa, suspendido bajo el horizonte, y la luna no acaba de trepar por el cielo. Es precioso y alucinante, en un sentido anticuado. Sobrecogedor.

Pedaleo a toda prisa y cojo el atajo que cruza el campo, paso por entre las ortigas, me da igual. Necesito mis libros, tengo que averiguar qué está pasando, matemáticamente hablando. Quizá no haya ninguna diferencia. Por mucho que sea cosa del universo, quiero al menos intentar recuperar el control.

Suelto la bicicleta en la cuneta, sin aliento, y entro corriendo en el jardín. Y me quedo de piedra. Ned y los componentes de su grupo están —¿estaban?— haciendo una hoguera. Un preludio de la fiesta que, me doy cuenta, es este sábado. ¿A dónde ha ido el verano? Dentro de diecinueve días, mi abuelo estará muerto para siempre. Ya no habrá más diarios. Y yo he pasado todo este tiempo persiguiéndome a mí misma por agujeros de gusano, sin pensar ni una sola vez que podría estar encontrando la forma de volver con Grey.

Las llamas están inmóviles, las chispas se han quedado pintadas en el aire. Ned está de pie junto al Buda, en pleno trago de cerveza, mientras Sof lo mira con una mezcla de admiración teñida de preocupación. Es un destello momentáneo de su rostro privado.

Soy una intrusa. Paso de puntillas intentando no mirar, soy Edmund colándose en la guarida de la bruja blanca. Entonces pienso: «A la mierda», y retrocedo para atarle los cordones juntos a Jason. Tiene su mechero de la suerte en la mano y me lo meto en el bolsillo, pensando que después lo tiraré por algún desagüe.

Los árboles están inmóviles y silenciosos como tumbas. Es espectacular y espeluznante: ya estoy escribiendo ecuaciones mentales para describirlo todo, la antigravedad congelada. Esto es lo que he deseado todo el año, ¿no? Detener el avance inexorable de las cosas.

Cuando paso por debajo del manzano, veo a *Umlaut*. Está avanzando por encima de una rama hacia una polilla que no llegará a atrapar nunca. Cojo el correo electrónico de Thomas de mi habitación y mis libros de física, luego me subo al árbol y me pongo a *Umlaut* en el regazo. Si consigo volver a poner el reloj en marcha, no quiero que se caiga de la rama por culpa de la sorpresa. Está caliente, que es agradable, y tieso nivel taxidermia, que no lo es.

—Vale, *Umlaut* —digo. No creo que pueda oírme, pero hablar me ayuda a superar el pánico incipiente. Esto es espeluznante nivel Halloween—. ¿Cómo lo arreglamos?

Las ecuaciones de Friedmann describen el Big Bang. Quizá el tiempo pueda arrancar si lo empujo como hacíamos con nuestro viejo coche destartalado en invierno. Ya sé lo que haría Grey: leería las ecuaciones en voz alta como si estuviera citando un libro de hechizos, los orígenes del universo. Quizá tenga razón. Debería representarlas, crear un Mini Bang, extraer el calor del mechero de Jason y el vacío de la cápsula del tiempo. Alterar las matemáticas y encogerlas. Es un principio.

Me pongo cómoda y cierro la cápsula del tiempo para poder estirar las piernas.

La tapa está en blanco.

Cuando Thomas y yo trepamos al árbol para abrirla, el día de la rana, nuestros nombres estaban escritos en la tapa. Thomas está desapareciendo. *Himmeldonnerwetter!* No es sólo que se haya parado el tiempo. Las ramas se están desenredando. Estamos volviendo a un mundo en el que Thomas no está. Y, por mucho que haya mentido, no quiero que pase eso.

Quiero que las cosas se muevan hacia delante.

Quiero ver cómo el verano se transforma en otoño. Que empiece el instituto, las preinscripciones, los exámenes. Quiero volver a besar a Thomas, y matarlo por no haberme dicho que se iba. Explicarle lo de Jason, todo, y todo lo que pasó el día que murió Grey, una verdad que ni siquiera me he reconocido a mí misma. Quiero saber qué pasa entre nosotros, incluso después de que se marche. Incluso aunque todo salga mal.

Porque quiero tener la oportunidad de llorar cuando me duela.

Enfrentada a la elección entre esto —parar el tiempo, haber encogido tanto mi mundo que pueda envolver toda mi vida en una manta— y hacerme añicos el corazón… bueno. Pásame el martillo.

Escribo la primera ecuación bajo la tapa de la caja, después arranco algunas páginas de mi libro de física, las meto dentro, enciendo el mechero de Jason —por suerte, no estaba encendido cuando se paró el tiempo, y prende— y lo meto dentro. Después cierro la tapa y escribo THOMAS & GOTTIE encima.

Cruzo los dedos. El interior de la cápsula del tiempo estaba negro y lleno de hollín cuando la abrimos, y ahora estaba limpio. Estoy encendiendo el fuego que encontramos hace unos días. Las acciones tienen consecuencias; lo que pasa es que yo lo hago al revés.

Acierto. El mundo empieza a girar gradualmente. Despacio y chirriante al principio, como el carrusel de una feria, el primer viaje del día. Oigo un *miau* cuando *Umlaut* empieza a arañarme los vaqueros. El viento empieza a agitar el árbol. Las picaduras de las ortigas empiezan a aparecerme en los tobillos.

Ahora más deprisa, la polilla aletea entre las ramas, se escucha un grito en el jardín. Cada vez más rápido, el chisporroteo del fuego, el mundo va oscureciendo a medida que se pone el sol.

Me quedo en el árbol y me enrosco como si fuera una oruga.

No estoy segura de cuánto tiempo pasa, cuánto espero hasta que oigo a Thomas gritando mi nombre. Sé que tengo frío; y que hay una piscina de materia oscura en el agujero del árbol. Y tengo miedo de lo que está ocurriendo. De que cosas que empezaron siendo bonitas, casualidades cósmicas —estrellas centelleantes y el número pi flotando en el aire—, se hayan vuelto tan desagradables e intensas. El mundo está entrando en una espiral descontrolada.

Y no creo que el hecho de que el tiempo haya recomenzado tenga nada que ver con lo que he hecho, matemáticamente hablando.

—Estoy aquí arriba —grito.

A los pocos segundos, su cara asoma entre las hojas.

Nos miramos a los ojos y yo asiento.

—Estoy muy enfadada contigo —le digo.

—Me parece justo.

—Pero me han picado las ortigas. Y tengo frío. Así que voy a bajar del árbol.

Después de bajar, dejo que Thomas me coja de la mano.

—No te perdono, ni nada —le digo.

Cuando avanzamos por el jardín, veo que Ned y Sof tienen las cabezas pegadas y sus cabellos se entrelazan mientras susurran. Ella levanta la vista cuando pasamos por su lado. «¿Estás bien?», articula. Asiento.

Thomas me lleva dentro de la mano, hasta la cocina. Me sigue cogiendo de la mano mientras nos desviamos hasta la despensa y rebusca, con la otra mano, por detrás de la torre de Marmite, para coger algo que no puedo ver.

Me lleva de la mano todo el camino hasta el baño, y también mientras yo me siento en el borde de la bañera y abre los grifos del agua. Me ha prometido que seríamos amigos. Me ha prometido que no lo olvidaría.

El agua hace un estruendo propio de las cataratas del Niágara, y no hablamos mientras me suelta la mano para abrir el tarro que ha cogido de la cocina y vierte todo el contenido en el agua. Bicarbonato de sodio.

Lo interrogo con los ojos.

—Grey —grita Thomas por encima del agua—. Él le enseñó este remedio a mi madre cuando yo tuve la varicela. Supongo que también funcionará con las ortigas.

Asiento en silencio mirando fijamente el agua, que se vuelve blanca como la leche y llega hasta el borde de la bañera. Me levanto y me quito los vaqueros, estoy temblando, Thomas se da media vuelta. Me meto en la bañera con la camiseta puesta. El calor y el agua me alivian tanto el escozor de las picaduras que incluso se me escapa un gruñido.

Thomas se ríe y se sienta en el suelo con la espalda apoyada en la bañera.

—Pareces *Umlaut.*

—Es genial.

Soy incapaz de construir frases de más de dos palabras.

El agua está caliente y profunda, me llega hasta el cuello, y es opaca. ¿Cuándo fue la última vez que me di un baño? El día después de que llegara Thomas, cuando me estrellé con la bici, y lo único que quería era que se marchara. Ahora vuelvo a estar en la bañera y él se marcha. Qué ironía.

También es irónico que haya un agujero de gusano en la bañera. La vida se mueve hacia delante y yo hacia atrás. ¿Qué me estoy perdiendo? ¿Qué más quiere el mundo de mí? Ya está todo muy jodido.

—¿A que soy todo un caballero? —pregunta Thomas, sin darse la vuelta.

—Sí. —Chapoteo en el agua con las manos. Podría quedarme dormida aquí dentro—. Me siento como si estuviera en un experimento científico.

—¿Metida en un baño de compuestos químicos efervescentes? —Percibo una sonrisa en su voz—. ¿Estás en tu elemento?

Thomas agita las manos por encima de la cabeza. Quiero salir de la bañera y darle un beso. Quiero salir de la bañera y apalearlo. ¿Cómo puede marcharse otra vez? ¿Cómo ha podido mentirme?

Me río, de su chiste absurdo, de sus manos estúpidas. La risa se convierte en un sollozo.

—G, por favor, no… —Thomas deja de hablar—. ¿Puedo darme la vuelta?

Asiento con la cara enterrada en las manos, con las manos enterradas en las rodillas. Me da igual.

—Me lo tomaré como un sí —dice, y entonces me rodea con los brazos mientras yo me desmorono por completo y lloro sobre su hombro—. Lo siento. Durante un tiempo, realmente pensé que lo sabías. Entonces, cuando me di cuenta de que no tenías ni idea…, no supe qué hacer. No quiero que me odies.

—No quiero que te vayas —digo con la cara acalorada. Me estoy desmoronando entre los brazos de Thomas.

Me persigue un agujero de gusano, y yo me aferro a Thomas llena de moretones y dolorida. No quiero desaparecer. No quiero seguir haciendo esto, pero no sé cómo pararlo. Estoy aquí. Quiero existir.

Estoy preparada para volver a vivir en el mundo, pero el mundo no me deja.

Thomas es calidez, seguridad y canela. Entonces me promete:

—Tengo que irme. Pero recuerdas lo que te he prometido, ¿verdad? Yo siempre…

Antes de poder escuchar el resto, resbalo por el desagüe.

Jueves 3 de septiembre (El año pasado)

[MENOS CUATRO]

Estoy sudando. Es otoño, pero brilla el sol. No es el día adecuado para llevar un vestido de lana negro. Cualquier día es inadecuado para lo que estamos haciendo.

Llevamos diez minutos de pie cantando himnos que no conozco. No estoy acostumbrada a llevar tacones; Sof fue en autobús a la ciudad y me los compró. Me han destrozado toda la piel de la parte posterior de los pies; noto cómo se me pegan las medias a la sangre. Me bamboleo bajo el calor, cambio de pie el peso de mi cuerpo. «Quiero sentarme», pienso. Después intento retirar el pensamiento inmediatamente.

Ned me agarra del codo mientras yo me balanceo, y lo miro. Lleva el pelo recogido en un moño.

«¿Estás bien?», articula. Asiento mientras el himno termina y nos sentamos entre un murmullo, el repiqueteo de los bancos, un papel arrugado. Se hace una pausa mientras el cura vuelve a subir al púlpito. Miro por encima del hombro para buscar a Jason. Está mirando a Ned, no a mí. Sof me ve, me vuelvo de nuevo hacia delante.

—Grots —me sisea Ned asintiendo en dirección al ataúd—, la verdad es que parece una cesta de picnic.

Me trepa una risita por la garganta. Lo elegí yo, es un ataúd de mimbre. Si hubiera podido, Grey habría querido que lo empujaran mar adentro y luego le lanzaran flechas en llamas. Pero, después de esto, hay un…

No pienses en ello, no pienses en ello, no.

Volvemos a levantarnos.

Papá entona mal la letra del himno siguiente y se lanza con seguridad a la segunda estrofa. Ned resopla.

Ha sido todo el día igual, una alternancia continua entre lo normal y lo horripilante, un ritmo binario.

Lavarme el pelo con un champú con olor a menta, comerme un trozo de tostada. Poner la Marmite en la mesa antes de darme cuenta. Ponerme medias negras a pesar de que fuera hace una temperatura de 29 grados y Grey habría querido que todos fuéramos descalzos. Me las he puesto y me las he quitado mil veces y, aun así, he acabado de vestirme demasiado pronto. Ned rodeándome con el brazo en el sofá, cambiando los canales de la tele. Esperar a que llegara la comitiva, a pesar de que la iglesia está a cinco minutos caminando desde casa.

Ir en un coche fúnebre. Tener hambre. Intentar recordar qué comida había encargado en el pub para después. Los ojos rojos de papá. Ned pidiéndome que le hiciera el nudo de la corbata.

La palabra «elegía».

Escuchar cómo el cura hablaba de James Montella. Pensar: «¿Quién es ese? ¿Por qué no lo llamas Grey?» Todo el mundo riendo de una anécdota que explica el cura de cuando Grey intentó saltar el canal para demostrar algo, y su hija le pidió que por lo menos le diera primero las llaves del Book Barn. Intento recordarlo, y entonces comprendo que está hablando de algo que ocurrió antes de que yo naciera. Está hablando de mamá.

Estamos otra vez de pie, otro himno. Hago una mueca de dolor, me duelen los pies.

—Quítatelos. —Es Ned, que me ha apoyado la mano en el hombro con firmeza—. No pasa nada, Grots. Quítatelos.

Es lo que haría Grey. Pero no puedo, no merezco estar cómoda, y me bamboleo en el calor y me estoy cayendo…

Sábado 14 de agosto

[MENOS TRESCIENTOS CUARENTA Y NUEVE
Y MENOS TRES]

—No, como forsitias o brezo. Ese color amarillo.

La florista me enseña más lirios, de color crema, y yo quiero gritarle porque no lo está entendiendo. No quiere darme tulipanes amarillos y tiene que salir bien; ¡tiene que haber tulipanes amarillos en el funeral! Se lo estoy diciendo prácticamente a gritos, y ella me está mirando sorprendida y diciendo: «Es septiembre…».

[MENOS DOS]

Me quito el vestido a tirones por encima de la cabeza. Se me queda enganchado al sujetador. Tiro de la cremallera sudando y resoplando. Sof está al otro lado de la cortina y debería callarse, todos los vestidos me van cortos y me tiran en las axilas. Soy demasiado alta. De todas formas, yo nunca elegiría este vestido, este color. Es negro, pero, en realidad, se supone que tiene que serlo…

[MENOS UNO]

El teléfono de la cocina suena y ninguno de nosotros hace ademán de contestar, sólo nos quedamos mirando la nada como llevamos haciendo toda la tarde. Un segundo después, salta el contestador. «Somos James, Jeurgen, Edzard y Margot», retumba la voz de Grey, y empieza a reírse de nuestros nombres ridículos, se ríe muchísimo, y sus carcajadas se adueñan de la habitación, como si su muerte no fuera más que una enorme broma cósmica que nos está gastando el universo. Ja, ja, ja…

Es evidente lo que viene a continuación. Desde el funeral he estado viajando en el tiempo, acercándome cada vez más a la muerte de Grey. Cuatro agujeros de gusano en tres días, cuya intensidad y frecuencia me han dejado mareada. Sólo sé que hoy es sábado, el día de la fiesta, porque esta mañana Ned se estaba paseando por la cocina, preparándose un sándwich de beicon, y me ha preguntado si quería que me prestara su lápiz de ojos para esta noche.

Los viajes en el tiempo me han provocado *jet lag* y un dolor de cabeza terrible. Estoy sentada en el Book Barn con un sabor rancio en la boca, y hay una piscina de oscuridad entre las sombras. Papá está carraspeando. Se está paseando por las estanterías que hay cerca del escritorio mientras yo me esfuerzo en teclear. El ordenador es tan lento que chasquea y zumba cada vez que aprieto una tecla.

Y entre cada chasquido y cada zumbido, se escucha un carraspeo.

Me estoy poniendo nerviosa. Especialmente, porque en realidad no estoy registrando los recibos, como se supone que debería estar haciendo; todos esos chasquidos y zumbidos son otro correo electrónico para la señora Adewunmi. No me ha contestado al primero que le envié. ¿Qué me pasa a mí con los correos electrónicos?

Quiero que mis dedos vuelen por el teclado, que se ocupen de sus cosas, tecleen todo lo que ha ocurrido, desde pantallas divididas al descontrol de la Excepción de Weltschmerz. Sé perfectamente cuál será el próximo agujero de gusano y cuándo saldrá de las sombras: será en la fiesta de esta noche.

¿No ha ido de eso todo el verano? Certeza.

Necesito averiguar cómo pararlo. Tengo cinco horas. Y, escriba o no escriba la redacción, necesito hacerlo sin chasquidos, zumbidos y muecas de dolor.

Chasquido.

Zumbido.

Au.

Carraspeo, carraspeo.

—Gottie.

Levanto la vista y veo a papá alternando su peso de un pie a otro delante de la mesa. Tapo la libreta con la mano automáticamente.

—Ya casi estoy. Sólo estoy esperando a que el ordenador actualice —miento asintiendo en dirección a la lista que hay al otro lado del teclado.

—Muy bien.

Asiente. Luego coge la otra silla y se sienta delante de mí tirándose hacia arriba de los pantalones. Vuelve a llevar sus Converse rojas, y esa cara tan seria: la misma que puso cuando anunció la llegada de Thomas. La misma que tenía cuando salió al pasillo del hospital el septiembre pasado y nos dijo que podíamos irnos a casa.

—Margot —empieza a decir papá, ceremonioso. Luego carraspea, coge a *Umlaut* y se lo pone encima de las rodillas. ¿Se ha traído el gato al trabajo?—. Gottie. *Liebling*.

Espero jugueteando con el bolígrafo y tratando de poner esa cara de inocencia propia de una adolescente que no ha destrozado casi por completo la fábrica de la realidad.

—Ned vio a Thomas saliendo de tu habitación la mañana del domingo pasado.

Oh. Increíble. ¡Y papá ha esperado casi una semana para venir a hablar conmigo! Grey habría entrado en el cuarto y nos habría sacado a los dos de las orejas.

—Necesito hablar contigo... —Una serie de carraspeos—. Necesito hablar contigo sobre ti y sobre Thomas.

Me siento aliviada cuando me doy cuenta de que la charla de papá es *esa* charla, la charla sobre sexo. Y entonces me estremezco cuando comprendo que es *esa* charla, ufff. No puedo escuchar esto. Quiero tumbarme en una habitación durante varias horas y vomitar unas cuantas veces. Eso suena relajante.

—Está... bien, no estamos... —balbuceo sonriendo con alegría.

La verdad es que no, no lo creo. No paro de viajar en el tiempo por los agujeros de gusano, por lo que no sé exactamente qué ha ocurrido desde la playa, el árbol, el baño. Thomas se marcha, y me mintió.

SE ENCIENDE COMO UNA MECHA, escribió Grey sobre mí en sus diarios. Ya no tengo un temperamento tan rápido como antes: un espectáculo pirotécnico que se desvanecía tras el primer *oooh*. Me aferro a mi terquedad y me resisto a perdonar. Estoy resentida con Sof porque ya no me entiende, estoy resentida con Ned porque es feliz, estoy resentida con mi madre por haberse muerto. No quiero estar resentida con Thomas por marcharse. Pero tampoco sé qué somos el uno para el otro.

—No estamos… —le repito a papá—. Y si lo estamos haciendo es algo nuevo, completamente nuevo. Y también sé todo lo que hay que saber. Así que, emm.

—Ah. —Papá asiente. Espero que se vaya a carraspear *a cualquier otro lado* para poder morirme de vergüenza, pero se queda sentado allí. Me estoy preparando para una de sus raras regañinas, de esas en las que se hincha y se pone a sisear, como si fuera un ganso enfadado, pero entonces añade—: Es bueno asegurarse, porque nosotros, tu mamá y yo, nosotros no sabíamos nada. *Empfängnisverhütung.*

Asiento con recelo. Es evidente que no sabían nada. Ned es la prueba empírica de su ignorancia.

—Y —prosigue papá sonriendo—, ¡nos estamos quedando sin habitaciones donde poder poner los bebés!

Ahora soy yo quien carraspea.

—Papá, ¿eso era un chiste? Porque todavía estamos intentando entender el del pato.

—Una de sus patas es ambas iguales. —Papá se ríe y se limpia los ojos. Yo pongo los míos en blanco (me duele). Llevo diecisiete años escuchando: «¿Qué diferencia hay entre un pato?» y todavía no lo entiendo, pero este chiste siempre ha hecho que papá y Grey se revolcaran por el suelo muertos de risa.

Hago un pequeño gesto con el bolígrafo con la esperanza de que se marche para poder conectar con mi dolor de cabeza, pero él sigue riéndose. Hacía meses que no veía reír a papá. Es agradable.

—Me refiero a que no sabíamos nada cuando llegó Ned. Es evidente que la segunda vez sí que lo sabíamos, cuando ibas a llegar tú —prosigue papá ignorando mi cara. Quizá su plan consista precisamente en eso: en asquearme hablando sobre *concepción* para que cruce las piernas cada vez que esté con Thomas—. Pero aun así.

—Papá, ya lo sé —digo para acelerar esto, ya ha dejado de apetecerme el bizcocho de plátano que tengo en el bolso.

—Puede que no lo sepas —dice con obstinación—. He visto que has puesto la foto de ti y tu mamá en tu habitación. ¿Por eso te has cortado el pelo?

Me llevo la mano al pelo sin darme cuenta y encojo un hombro, ni *ja* ni *nein*.

Papá mira a *Umlaut*, que sigue en su regazo, y coge aire apretando los dientes.

—Ya sabes, siempre fuiste una sorpresa.

—¿Una sorpresa?

—Mmmm. Me quedé sin trabajo, ¿sabes? Y mamá también. Estábamos pensando en volver a Londres con Ned, y entonces —hace un divertido ruidito, como un silbido, y una explosión con las manos, que le pone a *Umlaut* los pelos de punta— las cosas cambiaron. Iba a haber una Gottie. Así que, aunque ya *sabíamos* cómo iban esas cosas —carraspea—, no siempre basta con saberlo. Y ése es el motivo por el que quizá sea mejor que Thomas duerma en su habitación.

Paso de tener una *sorpresa* a *estar* sorprendida. Durante toda mi vida todo el mundo se ha comportado como si las cosas hubieran ido así, que después de que llegara Ned y la vida se desviara, papá y mamá decidieron: ¿por qué no celebramos una boda adolescente y tenemos otro bebé? Trabajamos con Grey en el Book Barn. Nos quedamos en Holksea. Para siempre. Lo único accidental fue su muerte.

Nadie me había dicho que éste no era el plan. Nadie me había dicho que quisieran más.

Nunca me dijeron que yo fui quien los frenó.

—Cómo se dice… ¿coger el caballo por los cuernos?

—¿Eh?

—Tu mamá cogió el caballo por los cuernos y tiró para delante cuando descubrió que venías.

Asiente para sí al recordarlo. No soy la única que está perdida en el pasado. Pero papá no necesita agujeros de gusano.

—El toro —le corrijo, pensando en una teoría que me explicó Thomas el otro día sobre por qué papá sigue hablando medio raro. Dice que papá sigue hablando con acento para aferrarse a sus orígenes. Ahora que sé que estaban planeando dejar esta vida, creo que el motivo es otro. Es porque así no tiene que admitir que todo esto es real.

Que realmente está aquí, dos líneas azules y diecisiete años después. Sé que Oma y Opa le piden que vuelva a Alemania. Incluso que viva con ellos. Se pelearon hablando sobre el tema, en Navidad, levantaron la voz, dieron portazos. Quizá ahora lo haga. Dentro de seis semanas yo cumpliré dieciocho años: el año que viene a estas alturas estaré haciendo las maletas para ir a la universidad. Y papá será libre.

Entonces, papá, como si me estuviera leyendo la mente, dice:

—*Nein.* Ni en diez millones de años. Nunca me arrepentí, nunca.

Me está mirando con tanto cariño, y tan serio, que me da vergüenza. Y preferiría que no me hubiera explicado nada de esto. Mamá está muerta y Grey está muerto; papá está atrapado aquí y es culpa mía. Yo nunca debí formar parte de esta familia. Es evidente que no pertenezco a este lugar.

Estoy segura de que en algún sitio existe una línea temporal en la que ni siquiera existo.

Estoy a un agujero de gusano de perder la cabeza por completo. Me tapo las orejas sintiendo náuseas: noto unas abrumadoras punzadas en la cabeza.

—Diviértete esta noche —dice papá—. Yo me esconderé aquí. No sé qué te ha pasado este año, *Liebling*, pero ahora... es muy bonito. Verte enamorada. Es *gut*. ¿Cómo podría no ser una cosa maravillosa?

Y, después de todo: no es una charla sobre sexo. Es sobre amor. Me miro fijamente los dedos deseando que papá hubiera venido a hablar conmigo el verano pasado. Deseando que mamá siguiera viva para poder hacerlo. Había tenido el conocimiento suficiente como para utilizar preservativos con Jason. Pero no el suficiente como para no enamorarme.

¿Cómo es posible que el amor no sea algo maravilloso?

Es una buena pregunta.

El Principio de Gottie Oppenheimer, v6.0. Yo no debería estar en este universo. Sólo he causado problemas. El siguiente agujero de gusano me demostrará hasta qué punto. A menos que consiga pararlo.

Papá se queda en el Book Barn cuando acaba mi turno, y me dice que vendrá a ver cómo va la fiesta un poco más tarde. La oscuridad me sigue cuando paseo lentamente de vuelta a casa, por los campos, junto a las balas de paja, mientras pienso en cómo arreglar el tiempo. En qué será lo opuesto a la tristeza.

De camino le envío un mensaje a Thomas: ¿Nos vemos en el cementerio antes de la fiesta?

Me está esperando, metido entre el árbol y la pared. Me lo quedo mirando algunos segundos mientras me pregunto cómo es posible que no vaya a estar aquí dentro de un par de semanas. Que no volveremos a vernos. ¿En qué estúpido planeta es eso siquiera posible?

—¿No podías enfrentarte sola al caos? —me pregunta cuando me siento a su lado. Me coge la mano y se la apoya en el regazo atrapándola entre las suyas. Tiene razón: sea lo que sea que haya entre nosotros, la amistad sigue ahí.

—Algo así. —Frunzo el ceño. Me sigue doliendo la cabeza. ¿Qué pasó con la botella de remedios *hippies* de Grey? Necesito unos cuantos—. ¿Y tú?

—Yo, emm... —Se rasca la cabeza avergonzado—. Prepárate para flipar, aunque ya no soy el mismo Miguel Ángel de antes.

—¿Eh?

—Un fiestero —me aclara, pero sigo sin entender nada—. Soy guay, pero grosero, como Rafael. En serio, *¿Las Tortugas Ninja?* ¿Los héroes de medio caparazón? ¿No? Tenemos que ponerte wifi en casa. Tienes algunos vacíos culturales que convendría llenar. Y así podríamos hablar por Skype cuando me vaya... —añade solapadamente.

—Yo tampoco soy el alma de la fiesta —digo contestando a su balbuceo, vacilante, después apoyo la cabeza en su hombro. Él cambia de postura y me rodea con el brazo. Mi voz suena soñolienta cuando añado—: Puede que no me importe quedarme al margen.

—Sabotear los globos, robar el pastel.

—Preparar el pastel —le corrijo. Me cruje el cuello cuando me giro para mirarlo—. ¿Cómo han salido los profiteroles?

—La torre —me corrige Thomas—. Creo que Ned ha sido demasiado ambicioso. Y se supone que es una fiesta para Grey, ¿no? Por eso he hecho una Selva Negra.

Schwarzwälder Kirschtorte. La preferida de Grey.

«Lo mejor que hizo tu madre en su vida fue traerse un pedazo de Alemania a casa», solía decir.

Nunca lo había visto comer esa tarta sin que después no hubiera que darle un buen manguerazo.

—Gracias.

Con mucha suavidad, como si pudiera sentir que mi cabeza está a punto de estallar, o quizá preguntándose si lo he perdonado por lo de Manchester, Thomas me da un beso en la cabeza. Podría hundirme en esta amistad como si fuera un sofá muy cómodo. Pero ¿eso no traicionaría el objetivo de todo el verano? Y Grey me mataría. Es el lema de toda su vida, de todos sus diarios, con sus explosiones de peonías y sus cabras majestuosas. Corre riesgos. Vive peligrosamente. Di que sí.

Y entonces me viene, como una estrella fugaz: así es como se para un agujero de gusano, eso es lo opuesto a la tristeza: el amor.

Antes de poder pensarlo, me doy la vuelta para besar a Thomas… y le doy un cabezazo. Se oye un crujido que parece un trueno cuando conectamos. Estrellas por todas partes. Nada que tenga que ver con el espacio-tiempo, sólo *dolor.*

—Au. —Se frota la barbilla mirándome con preocupación—. ¿Estás bien? Claro que estás bien, tu cráneo está hecho de hormigón.

—¿Yo? —Me doy la vuelta y le doy un codazo suave en las costillas—. Es la segunda vez que me golpeas con la barbilla.

Luego estiro los dedos e intento leer a Thomas como si estuviera escrito en braille. Le estrujo la chaquetilla con las manos. ¿Cómo se supone que vas a ser amigo de alguien que está a 280 kilómetros de distancia?

—¿A la tercera va la vencida? —se ofrece Thomas levantando la barbilla.

Todavía nos estamos riendo cuando empezamos a besarnos, con desorden, torpeza y alegría. Mareados, sonriendo y vacilantes, tratando de encontrar una forma de llegar al otro. No sabía que esto podía ser así.

—¿Estás preparado para enfrentarte al *death metal*? —le pregunto cuando por fin puedo hablar.

Recorremos cogidos de la mano los doscientos metros que hay hasta casa y nos besamos entre tropezones; cuando llegamos, la fiesta ya está a tope. Nos quedamos en el camino, escondidos detrás del Beetle de Grey. El capó vibra por el ruido que sale de la casa. También me vibra la piel, estoy palpitando: por los besos de Thomas, por las revelaciones de papá. Por lo que vaya a pasar. Me ha vuelto a doler la cabeza. No consigo soltar la mano de Thomas; es lo que me ancla al mundo.

—¿Hay alguna forma de que podamos llegar hasta tu habitación sin que nos vea nadie? —me grita al oído.

Ojalá. Por lo que puedo ver del jardín, ésta no es una fiesta para Grey. Para empezar, nadie lleva toga. Y su forma de desfasar era mucho más ¿a-que-las-velitas-dan-untoque-muy-romántico?-ups-le-he-prendido-fuego-a-la-azalea-sin-querer. Los cientos de globos de colores se acercan a esa idea —en parte esperaba ver a papá flotando allí arriba—, pero al final sólo son Ned y sus colegas haciendo el ganso.

—Vamos.

Tiro de Thomas hacia el tumulto. Enseguida estamos rodeados de gente. Niall me pone un vaso de plástico lleno de cerveza en la mano y yo lo acepto. Le dice a alguien:

—Es la hermana pequeña de Ned.

Después de eso, los saludos nos siguen por el jardín mientras nos abrimos paso entre las aglomeraciones de gente. Y por el rabillo del ojo veo que también nos sigue una piscina de oscuridad. Un beso no ha sido suficiente.

—Eeeey.

Es Sof, una burbuja dorada que emerge de la multitud para abrazarme. Le suelto la mano a Thomas para devolverle el abrazo, sorprendida por la calidez de su gesto. Cuando se separa de mí veo que tiene las mejillas sonrosadas y que lleva el peinado y las rayas de los ojos torcidas. Lleva una cerveza en cada mano.

Mira mi vaso medio lleno y entonces alguien choca contra nosotras y nos tambaleamos. Siento un repentino vacío.

—¡Gottie! ¡Tienes que ponerte al día! ¿Dónde estabas?

—En la librería. Thomas y yo… —se me apagan las palabras. Lo he perdido entre la gente—. ¿Dónde está todo el mundo?

—¿Ves a toda esta gente? —finge susurrar. Percibo el olor a cerveza en su aliento—. ¡Son todo el mundo!

—Me refiero a las personas que conozco. —Sólo la conozco a ella, a Thomas y al grupo—. A Ned.

Hablar me arranca gestos de dolor, cada vez me duele más la cabeza con todo este ruido, y puede que Sof se dé cuenta, porque dice:

—Bebe.

Obedezco sus instrucciones y apuro el vaso de un trago, y ella exclama:

—Guau, bueno, tómatelo con calma. No estás acostumbrada.

Sus advertencias me recuerdan al verano pasado. Las dos éramos del mismo año, ¿no? Las dos hemos acabado los exámenes, ya no tendremos que llevar el uniforme de la escuela nunca más. Yo ya no tengo madre, y no necesito otra.

—En serio, ¿dónde está Ned? —Tiro el vaso vacío en el césped. Veo asomar la oscuridad por debajo de un arbusto que tengo al lado. Es un poco más grande que antes. Me doy la vuelta y cojo una lata sin abrir que está encima de un banco. Alguien dice: «¡Ey!» y no con la intención de saludar, y yo lo miro: «¿Qué?»

—Esa cerveza es mía —dice un chico que no conozco señalando la lata que estoy abriendo.

Me lo quedo mirando fijamente. Tiene una barbilla rara y no sé quién es y no me importa.

—Soy la hermana pequeña —le explico.

—¡Gottie! —exclama Sof—. ¿Qué te pasa? Ned está montando.

—Voy a buscar a Thomas —le digo alejándome y abriéndome paso entre todas estas personas que no conozco.

Detrás de mí oigo cómo Sof se disculpa con el chico al que le he quitado la cerveza. Me da igual. Consigo llegar hasta la cocina, y sigo hasta el baño.

Una vez dentro, cierro la puerta y me meto un par de aspirinas en la boca, después engullo la cerveza. Bueno, ése era el plan, pero sólo consigo tomar dos tragos. No estoy acostumbrada. Sof tiene razón. Qué irritante ser tan predecible.

Mi reflejo palpita, pálido y cansado, y mi estúpido corte de pelo lleno de trasquilones es un desastre, hasta que dejo de verlo porque el espejo se ha convertido en una pantalla de televisión mal sintonizada. Me doy la vuelta, bajo la tapa del lavabo y me siento encima, cierro los ojos, pero sólo consigo que se me revuelva el estómago, y además hay alguien llamando a la puerta. Me obligo a terminar la cerveza y luego vuelvo a la cocina.

Exploro la nevera. La Selva Negra de Thomas aguarda inmaculada encima de los *packs* de cervezas. ¿Qué se le ocurriría a Grey? Algo efervescente. Encuentro una vieja botella de vino espumoso en el fondo de la despensa y saco una taza del armario. Es una celebración, ¿no? Debería haber champán, burbujas y baile. Cada año, en esta fiesta, Grey bailaba un vals conmigo subida a sus pies. Quiero bailar. Quiero sentirme alegre. Quiero existir.

Salgo y allí tampoco baila nadie, así que la botella y yo bailamos un rato solas en el arriate, porque es el único sitio donde hay espacio. La oscuridad baila conmigo, mano a mano. No conseguimos los tulipanes amarillos al final, para el funeral, y no importa, aunque todavía importe.

Me lleno la taza de vino y me paseo por los límites del jardín, buscando a Thomas. Más personas me dicen «ey» cuando paso por su lado. Los amigos de Ned, chicos con pañuelos en la cabeza. Cuando llego a la enorme estatua de piedra de Buda, me paro y me apoyo en ella, tratando de tomar aire. Tardo un par de segundos en darme cuenta de que, básicamente, estoy con Jason y Meg.

Genial. Perfecto. Qué terrible coincidencia. Meg está flotando al ritmo de la música con sus bailarinas y, en general, dando una imagen de chica menuda y adorable y sin ningún aspecto de ser un enorme y torpe secreto. Cuando se da cuenta de que la estoy mirando me saluda con recelo. Tiene la otra mano entrelazada a la de Jason.

—¡Gottie! —aúlla—. Esta fiesta es una locura, ¿eh? Estoy impaciente por lo de después. Voy a buscar bebidas, ¿quieres algo?

—Hola. No —grito, haciendo ondear la botella medio vacía que llevo en la mano. He perdido la taza en alguna parte. Asiente y se interna en la multitud. Y entonces le digo a Jason—: Ojalá desaparecieras por un agujero de gusano.

—¿Qué?

—Nada. He dicho hola.

Jason asiente con recelo. No creo que me oiga, así que para probar digo:

—Eres un capullo de primera.

—¡Sí! —me contesta gritando—. ¡Las canciones son la leche!

Aunque esto no está bien. No quiero llamarlo capullo. Quiero que oiga lo que tengo que decir, que me reconozca, que admita lo nuestro. Que admita que hubo un día en que tuvimos algo. Me inclino hacia delante para gritárselo agarrándolo del hombro con la mano en la que tengo la botella, y con más fuerza de la que pretendo. Se tambalea y se me agarra a la cintura para equilibrarse, y entonces le acerco la otra mano a la oreja y le digo:

—Estábamos enamorados.

—¿Qué? —grita. Entonces mira a su alrededor y se me acerca al oído para decirme a toda prisa—: Sí. Más o menos. Escucha, Margot. Después de que Grey…

—Después de lo de Grey te portaste muy mal conmigo —lo interrumpo. No estoy segura de que me oiga. Tampoco estoy segura de que importe. Le doy un beso en la mejilla y me marcho. Estoy oficialmente harta.

No sé cómo, pero consigo volver a entrar, me abro paso hasta la cocina, cojo algo de la nevera y después me llevo el botín al comedor, donde hay gente hablando. Aquí hay menos ruido. Y entonces, por algún motivo, estoy en la puerta de la habitación de Grey. No había vuelto aquí desde que Ned y yo la limpiamos.

Dentro apenas se escucha nada. Estoy en la otra punta de la casa de donde está el estéreo de Ned y todos los invitados que hay en el jardín. Dejo la luz apagada y paso de puntillas por encima de todo lo que hay por el suelo: es como si hubiera estallado una bomba de Thomas y haya esparcido rotuladores, cómics y chaquetas de punto por todas partes. Hay un Conecta Cuatro de viaje encima del piano. No están todas las *cosas* que describió en su habitación de Toronto, pero sí las suficientes para que ya no parezca la habitación de Grey.

Y ahora ya puedo subirme a la cama con los zapatos puestos, un pedazo del pastel de Thomas en una mano, la botella en la otra. Por algún motivo está medio vacía. ¿Cuándo me he bebido eso?

Dejo el pastel encima de la colcha y me siento con las piernas cruzadas delante de *La Salchicha*. Levanto la botella a modo de brindis. De esto va la fiesta de Ned, ¿no? Es un brindis a nuestro abuelo. En la esquina, la oscuridad se desliza por la pared.

—¿Qué estás haciendo?

Thomas está en la puerta.

—¡Hola! —grito, después esbozo una mueca de dolor. Reajusto el tono al volumen sin fiesta—. Lo siento. Hola. Ya sé que es tu habitación, perdona.

—No pasa nada. ¿Qué pasa? —pregunta cerrando la puerta—. Te he estado observando y pareces un poco…

«Inestable. Descontrolada.»

—No pasa nada —digo—. No te encontraba.

—No has buscado mucho —comenta con amabilidad acercándose para sentarse conmigo—. Cada vez que cruzo el jardín para hablar contigo, te escapas.

¿Ah, sí? No he visto a Thomas entre toda esa gente. He estado vigilando la oscuridad.

—Si sigues enfadada por lo de Manchester, si no querías besarme…

—¡Sí quería! ¡Sí que quiero! Estoy escapando del agujero de gusano, no de ti.

Thomas frunce el ceño.

—¿Estás borracha?

La oscuridad se sube a la cama y se acomoda en las sombras que hay entre las almohadas. Y beso a Thomas, lo beso de verdad. No como en la cocina. Ni de una forma dulce, como en el cementerio. Ahora estamos rodeados de oscuridad, así que lo beso como si el mundo fuera a pararse. Por lo menos, lo intento.

Me abalanzo sobre él, mis manos están por todas partes, lo empujo hasta que se tumba en la cama. Deslizo los brazos por debajo de su camiseta, tengo la boca abierta y pegada a sus labios cerrados. Thomas no está respondiendo y yo insisto, lo obligo a colar las manos por debajo de mi chaleco, intento desabrocharme el sujetador. La oscuridad se acerca un poco más.

Thomas me aparta con delicadeza.

—G —dice sentándose—. No. ¿Qué te pasa?

—Nada. ¿Qué? Nada. Es el destino, como dijiste. ¿No quieres hacerlo? Me abalanzo sobre él en la penumbra e intento que me rodee con los brazos. Queda muy poco tiempo.

—Frena un momento —dice apartándome—. Espera. Estás rara.

Se calla y yo lleno el silencio.

—Nos estamos quedando sin tiempo —intento explicarle—. Tú te marchas y, y…

—Espera —Thomas levanta la mano, como si yo fuera un tren desbocado y él estuviera intentando pararlo. Se mete la otra mano en el bolsillo para coger el inhalador, y toma dos bocanadas—. ¿Eso es el pastel?

Los dos miramos en la penumbra la porción de Selva Negra que he robado. Está chafada porque he empujado a Thomas encima del plato.

—Lo siento —susurro.

—Volvamos a la fiesta, ¿vale? Te traeré un poco de agua.

Me tiende la mano. La cojo y dejo que me lleve hasta el jardín. La oscuridad nos sigue.

—Thomas, yo…

—Mañana podremos hablar mejor —dice estrechándome la mano. Pero no me mira.

Asiento y me tambaleo detrás de él. Tiene el cárdigan manchado de pastel. Cuando estamos en medio de la gente, la música se para.

—Rariiiiiiitoooooossss.

—Tú, espera —me indica Thomas cuando un acorde de guitarra rompe el silencio.

La voz de Ned retumba en mi cabeza cuando grita:

—¡Qué pasa, jardín! ¡Rocanrol!

—¿Tú sabías esto? —le pregunto a Thomas mientras los invitados empiezan a avanzar separándome de él. Ned empieza a tocar. Estoy hecha un lío: ¿dónde está? Veo a Jason y a

Niall por entre las cabezas de la gente. No son los Fingerband. La voz de una chica empieza a cantar y me doy media vuelta, choco con la gente, intento averiguar dónde está Ned.

Thomas me agarra y me desliza entre la gente, me hace girar sobre el césped, y cuando me detengo todo sigue dando vueltas a mi alrededor. Creo que voy a vomitar, pero entonces se me pasa y ya sólo estoy mareada.

Levanto la vista y allí, encima del techo de la caseta del jardín, veo a Ned, con un mono dorado y los ojos cerrados, encorvado sobre su guitarra y el pelo descolgándose hasta el suelo. A su lado, delante del micrófono, con un minivestido dorado a juego con el mono de Ned, está Sof. Parecen una pareja de C-3POs. Los androides de protocolo de la Guerra de las Galaxias. *Guau.*

Mi hermano tiene un grupo nuevo. Y todo el mundo lo sabía menos yo. Han debido de haber pasado mucho tiempo ensayando para llegar a ser así de buenos. ¿Esto es lo que ha estado haciendo Ned todo el verano? ¿Y desde cuando Sof canta delante de todo el mundo menos de mí?

—Muchasgraciasatodos —entona Ned a lo Elvis cuando termina la canción. Lleva la guitarra colgando de la correa, coge la cámara y saca una foto de la fiesta—. Yo soy Ned, ella es Sofía, y juntos somos Las Parkas Jurásicas. No somos la banda más cutre *Salchichera* del mundo… —le guiña el ojo a la multitud—. Apuesto a que todos os alegráis de que no sean los Fingerband los que están tocando.

¿De verdad acaba de decir eso? No puedo dejar de mirarlos. Son gemelos. Mucho más hermanos de lo que somos él y yo. Y yo soy la que se inventó el nombre de Las Parkas Jurásicas, el verano pasado.

—Ahora vamos a tocar «Velocirapture» —ruge Sof por el micrófono. No parece nada tímida.

Me doy media vuelta y me alejo abriéndome paso entre los invitados, que aúllan y vitorean. Me duele la cabeza, necesito silencio, necesito…

—¡Ohdios, ohdios, ohdios!

De pronto Sof me está gritando en la cocina. Levanto la vista de la bebida que me estoy tomando en una esquina. La boca me sabe a vómito, pero no recuerdo haber devuelto.

No recuerdo cómo he llegado hasta aquí.

—¿Me has visto? —dice Sof. Tiene la voz más gritona que de costumbre, me agarra de los brazos mientras da saltitos, cosa que es muy molesta, y después pasa de largo por mi lado—. Estoy tan sedienta, oh dios, creo que voy a beber directamente del grifo.

La sigo. Veo que Ned y Thomas la han seguido hasta la cocina. El pastel medio destrozado está sobre la encimera.

—¿Por qué no me lo dijiste?

En el estéreo de Ned está sonando Iron Maiden a todo volumen, y tengo que gritar. Parezco más enfadada de lo que estoy, sólo quiero saber por qué tenía que ser un secreto.

—¡Lo siento! —vocifera ella también mientras mete la mano en el armario para coger un vaso de verdad, y no los de plástico que está utilizando todo el mundo—. ¿Y si me hubiera echado atrás o lo hacía fatal? Siempre te dije que quería saber lo que era estar en un grupo.

—Todos tus grupos son imaginarios.

Sof tira del grifo, pero no se mueve.

—Ya lo sé, pero… —cambia de postura y aparta la porquería para dejar el vaso en la encimera, coge el grifo con las dos manos—, habrías querido venir a vernos ensayar, y sólo podía hacerlo si estábamos Ned y yo solos y…, mierda, qué absurdo es esto, no sé, ¿y si lo hacíamos fatal?

Ned se sube a la encimera de un salto, a pesar de que está asquerosa: vasos rotos y bebidas derramadas, colillas mojadas y sustancias pegajosas sin identificar. Supongo que, como es PVC, no importa.

—Has estado brillante —dice mirando a Sof.

Hay diez mil personas en la cocina, pero sólo están ellos dos, en una burbuja de colegas de grupo. Amigos, conspiradores. Intercambio: yo me quedo con la materia oscura y tú te quedas con mi amiga.

«Eres como el perro del hortelano», dice Grey en mi cabeza.

«Sí, pero Ned es mi hermano», le discuto. «Y tú estás muerto, y estoy tan, tan enfadada contigo por haberte muerto.»

—¿Quién quiere qué? —pregunta Thomas acercándose a nosotros con un montón de botellas: no me mira. No ha querido besarme. Qué imbécil. ¡Qué vergüenza! Me río histérica. Todo el mundo me ignora.

—¿Hay agua? ¿O algún refresco? —pregunta Sof con la voz entrecortada—. ¡Tu grifo quiere matarme!

Vuelve a girarlo, tiene los nudillos blancos. El fregadero está lleno de oscuridad y yo me quedo pensando en lo injusto que es que yo sea la única que tenga que enfrentarse a ella.

—Apártate, Sof, está atascado. —Ella se retira y Ned se cuelga del grifo agarrándolo con ambas manos—. *Scheisse.* Thomas, ¿puedes pasarme una llave inglesa, un cuchillo o algo?

—Espera un momento —le digo a Thomas deteniéndolo. Se tambalea atrapado entre yo y Ned—. ¿No podías ensayar delante de mí? ¿Ni siquiera podías *explicármelo*? Yo soy la única que te ha escuchado cantar.

—Siento que no te contáramos lo del grupo —dice Ned con un tono de paciencia exagerada y tratando, todavía, de hacer girar el grifo. Percibo el sarcasmo incluso por encima de la música y sé que está borracho—. Sof me pidió que no te lo dijera. Lo que pasa en los ensayos se queda en los ensayos, como ya te he explicado mil veces. Lo recordarías si prestaras atención a algo que no seas tú misma.

Coge una cuchara del escurridor y se pone a aporrear el grifo. Le suelto el brazo a Thomas. ¿Yo soy la egoísta? Lo único que le he visto hacer a Ned durante todo el verano es irse de fiesta, tocar la guitarra y fingir que Grey no está muerto. Pero quizá no tenga ni idea de por lo que ha estado pasando. Puede que él también vea agujeros de gusano.

—No puedo creer que acabes de decir eso —le digo a la espalda de Ned—. ¡Oye! Mírame. Tendrías que habérmelo dicho, tendrías que haber... Es *mi* amiga.

Es Sof quien se gira en lugar de Ned. Me lanza un siseo tan grave y furioso que apenas consigo distinguir las palabras.

—¿Soy tu amiga? ¿Estás de broma? ¡Gottie, tú apenas quieres verme! Te lo veo en la cara cada vez que estoy aquí, y es un asco. Sólo me contestas la mitad de los mensajes, siempre estás con Thomas, crees que el mundo gira a tu alrededor. Incluso, cuando estaba triste por lo de Grey, tú no me dejaste ser tu amiga. Bueno, pues ¿sabes qué? Ned sí que lo hizo, y no necesitamos tu permiso.

—¡No os lo estoy dando! —le grito consciente de que estoy a pocos segundos de saltar en el tiempo.

Thomas le está diciendo a Sof que se calme y cogiéndome del brazo, y Ned me está gritando:

—Gottie, cállate. Estás volviendo loco a todo el mundo. Te pasas la vida metida en tu habitación y siempre estás soñando despierta, nunca escuchas, yo te arreglé la bici, intento involucrarte. Y Dios, su *coche*, lo limpiaste, eran sus COSAS, pero ¿eres incapaz de enfrentarte a sus zapatos? Y desapareces durante horas cuando te necesitamos, eres tan egoísta, te comes todos los cereales y te paseas por ahí como si fueras la única que lo está pasando mal y, Jesús, este *puto* grifo…

La música punk retumba en las paredes y todo el mundo está gritando y yo estoy esperando a que aparezca el agujero de gusano: me va a absorber ahora mismo, estoy segura. Ninguno de nosotros se fija en el grifo, ese grifo de cocina antiguo, oxidado y chirriante que llevo apretando con una llave inglesa todo el año porque no deja de gotear, y papá no se ocupa de nada y yo no sé qué más hacer; y, entonces, sale disparado del fregadero.

Se eleva en silencio hasta golpear contra el techo.

Seguido de un géiser de agua que amenaza con ahogarnos a todos.

—¡Jodeeeeeer! —aúlla Ned, mientras todo pasa al mismo tiempo.

Durante algunos segundos, el agua sólo fluye hacia arriba, como si no hubiera gravedad. Después empieza a caernos en la cabeza y nos empapa, y todo el mundo sale corriendo de la cocina. Ahora sale disparada en todas direcciones mientras Ned intenta tapar la salida del agua con la mano, maniobra que sólo empeora las cosas. El chorro de agua arrasa con todo lo que encuentra a su paso, vasos, tazas y botellas, todo cae al suelo. Después, el pastel de Thomas.

Los cuatro observamos empapados.

Petrificados.

Entonces Sof me mira. Está hecha un desastre. Y, por increíble que parezca, se echa a reír.

Un segundo después, yo también empiezo a reírme y, de pronto, todos estamos riendo como locos. Me agarro a Sof, nos tambaleamos y gritamos resbalando por el suelo. El agua sigue saliendo y Ned sigue tratando de pararla mientras dice entre risitas: «Joder, joder, joder», y me parece lo más gracioso que he visto en mi vida.

Cada vez que miro a Sof, me deshago en carcajadas. Tengo las piernas como de gelatina. Y, cada vez que me mira, resopla como si fuera un asno sorprendido. Pronto somos incapaces de seguir en pie y caemos al suelo arrastrando también a Thomas, cosa que todavía nos provoca más risa mientras chapoteamos como peces fuera del agua. No sé dónde está el agujero de gusano, y me da igual.

Ned también se deja caer en el agua, aunque no lo necesita, y aterriza justo encima del pastel, cosa que todavía le provoca más risa a Sof. Me mira y me espeta entre jadeos:

—Mira... a..., a... —Se está riendo tanto que lo intenta diez veces antes de poder decir—: ¡Ned!

—Que te den, Petrakis —contesta Ned salpicándola con el agua—. Mierda, mi cámara.

Es Thomas quien acaba calmándonos a todos.

—Ned, Ned —dice esforzándose por sentarse cuando las risas se van apagando—. Trae las toallas del baño, las sábanas de tu cama, lo que haya en la ropa sucia, lo que sea, hay un montón en mi, en la de Grey, en *esa* habitación. G, ¿la caseta del jardín está cerrada? ¿Tenéis algún mocho o algo? No puedo pensar, emm... Vale, Sof, ¿puedes apagar la música?

Ned ayuda a Sof a levantarse y se marchan siguiendo las instrucciones. Thomas me da un golpe con el codo.

—¿El mocho?

—Caseta, sí —digo todavía un poco delirante.

—Bien. ¿Puedes… con esto?

Asiento —no tengo alternativa—, y él se marcha resbalando por el agua del suelo y golpeándose contra las paredes.

Cojo una cacerola que hay en el escurridor, me acerco al fregadero como si hubiera visto una rata y quisiera matarla, e intento colocarla encima del grifo, pero sólo consigo redirigir el agua a mi cara. Lo vuelvo a intentar, esta vez con las dos manos, y logro desviar el agua hacia el fregadero. La mitad del agua sigue salpicando la encimera y las ventanas, pero por lo menos ya no me mojo.

Oigo cómo se para la música a lo lejos.

Algunos segundos después, una Sof empapada sale de la habitación de Ned. Se acerca a mí y mira la cacerola con la cabeza ladeada.

—Muy inteligente.

La miro, me tiemblan los brazos debido al esfuerzo. Se le ha caído el moño, y tiene chorretones de lápiz de ojos negro por toda la cara.

Nos quedamos mirando durante varios largos segundos, como reflexivas. Entonces, Sof sonríe.

—¿Sabes a quién le ENCANTARÍA esto? —Sacude la cabeza en dirección al desastre—. A Grey.

—Sí —le concedo en voz baja—. Sí, se descojonaría.

—Y… —Sof me da un golpecito con la cadera— pensaría que *somos* idiotas perdidos.

Le devuelvo el toque con la cadera.

—Siento haberte gritado —le digo.

La cocina está hecha un desastre. Papá nos va a matar. Pero no me importa mucho. Me siento muy ligera, como cuando no has hecho los deberes y el profesor llama para decir que está enfermo: todo va a salir bien. Una prórroga. Al diablo con los agujeros de gusano.

—Venga, vamos allá —dice Sof apoyando las manos sobre las mías encima de la cacerola.

—Vale, aguanta con fuerza —le pido echándome a un lado. En cuanto la suelto, a Sof se le escapa la cacerola, choca contra mi muñeca y nos vuelve a empapar de agua. Sof se deshace en carcajadas mientras resbalamos.

—Para yaaaa —le digo resoplando—. Venga, tienes que aguantarla, he de encontrar una forma de pararlo.

—Palabra de *scout* —jura Sof volviendo a coger la cacerola.

Cuando aprieta los brazos contra la presión del agua, yo me arrodillo.

—Apártate un poco.

Paso gateando entre sus piernas y abro el armario que hay debajo del fregadero. Tiene que haber un botón de parada o algo así. La llave inglesa está en el suelo, justo donde se le cayó a Ned. Estoy a cuatro patas y veo perfectamente lo sucias que están las baldosas: agua sucia y las bebidas sobrantes, el agua ha arrastrado hasta aquí todo lo que había en la encimera.

—Qué asco, qué asco, qué asco —murmuro mientras examino el interior del armario. Tiro de algo que sobresale—. ¿Cambios?

—No —grita Sof.

Toco algo que no sé qué es y tiro de otra palanca, y el rugido que estaba escuchando por encima de la cabeza se para. Por fin. Gateo marcha atrás y me golpeo al levantarme.

—Au.

Mientras yo estaba debajo del fregadero, Ned ha llegado cargado de ropa sucia, sábanas, mantas. Ya se ha recogido el pelo con una toalla en lo alto de la cabeza, y está envolviendo a Sof con una manta mientras yo cojo una sábana y me la ato al cuerpo como si fuera una toga. *Ahora* sí que es una de las fiestas de Grey.

—No, tú… —Thomas llega arrastrando el cubo de la fregona por el suelo y se queda de piedra cuando nos ve—. Eso era para el suelo. Para empapar el agua.

—Que le den al agua —contesta Ned en plan coña, y yo me río—. Ya estamos ahogados de todas formas. Papá nos va a matar hagamos lo que hagamos.

—Pero por lo menos deberíamos…

Thomas está mirando el desastre de la cocina con los ojos abiertos como platos, y yo le sonrío. Asiente, no está triste. Estamos bien, creo.

—¡Mañana! —declara Ned cogiendo una botella de ron que ha sobrevivido al desastre. Se la pone debajo del brazo y a Sof debajo del otro—. Ya nos preocuparemos mañana por todo esto.

—Una última copa en el corredor de la muerte —dice Sof, y él le da un beso en la cabeza.

—¡Sí! Concedido. —Nos guía a todos hacia el jardín—. Vamos fuera a entrar en calor. Grots, ¿ha sobrevivido alguna taza?

Cojo lo que puedo y le sonrío tímidamente a Thomas. Me ayuda a coger botellas y tazas, y me mira a los ojos sonriendo mientras los seguimos.

Fuera, el jardín está oscuro y en silencio. Se ha ido casi todo el mundo. Hay algunas parejas acarameladas escondidas entre los árboles, y cuando pasamos junto a un grupo de amigos de Ned que están en el camino percibo un olor dulce en el aire: una minúscula luciérnaga naranja está pasando de mano en mano.

Meg y Jason están sentados en el banco que hay fuera de la casa, besándose. Yo floto por encima de ellos, me da igual.

—Vamos a tomar ron —le digo a Meg cuando pasamos junto a ellos, una tregua—. Venid con nosotros.

Nos mira embobada, luego ella y Jason nos siguen por la oscuridad hasta el manzano.

Ned y Sof ya están sentados con las piernas cruzadas debajo del árbol, enterrados en la espesura del césped, Titania, con su trenza dorada, y Oberón.

—Un brindis —anuncia Ned con el turbante de toalla torcido mientras los demás nos sentamos—. Thomas, los vasos.

Sirven ron en tazas y todo tipo de recipientes, como esos que se usan para comer los huevos duros en el desayuno. Yo abro la botella de cola que he rescatado y relleno las tazas de todos. La mezcla rebosa por encima del vaso de Meg y le resbala en la mano. Ella se ríe e intenta lamerse de los dedos.

—Ooh —dice—. Me he mojado.

—Sólo es un refresco —comenta Sof—. ¿Has visto cómo estamos nosotros?

Sof sacude el pelo, que se está secando, y empiezan a aparecer esos rizos descontrolados que ella suele amansar un poco. Ned se quita la toalla y deja su enorme permanente al descubierto, se le ha corrido el lápiz de ojos y se parece peligrosamente a Alice Cooper. Los miro en la penumbra. No es que se parezcan mucho por debajo de tanto adorno..., y Ned y yo nos parecemos de verdad. Pero los dos tienen un estilo muy personal. Un aire como de pertenencia. Forman parte de un grupo de locos que marchan al ritmo de vete tú a saber qué estilo, pero siguen siendo un grupo.

Pero no pasa nada, porque yo también pertenezco a algo. Yo soy miembro de Un Par de Dos. Por lo menos durante las dos próximas semanas. Me tomo mi ron recostándome en el brazo de Thomas. Está callado. Le aprieto la rodilla y él me sonríe, después se queda mirando su vaso y saca una hoja que le ha caído dentro.

—¿Y se puede saber qué ha pasado? —pregunta Jason.

—¿Os habéis bañado todos en pelotas? —pregunta Meg con aire distraído—. Estáis todos mojados.

—¿Con mi hermana pequeña? Qué asco —dice Ned.

—Sí, estamos mojados —dice Sof con paciencia.

—¿Sabíais que Gottie y Jason se bañaron desnudos? —dice Meg sin escuchar. No me había dado cuenta de que está colocada, completamente. Le veo los ojos por debajo del brillo del cigarro de Jason, son como dos pelotas de tenis—. Jason me explicó que nadaron juntos en el canal. Como sirenas...

Ned está mirando fijamente a Jason. Sof se muerde el labio y alterna la mirada entre Thomas y yo, está suponiendo que él no sabe nada. Thomas me mira con una sonrisa tensa en los labios, como si no le *emocionara* la revelación pero tampoco tuviera permitido del todo enfadarse. Yo me he quedado sin palabras, creo que he olvidado la lengua en la cocina.

—Sirenas —repite Meg entre risitas y mirándose los dedos como si fueran completamente nuevos. Después nos mira a todos con los ojos abiertos como platos y llena de asombro, y sé lo que va a decir antes de que lo diga. No puedo detenerla. Ahora es cuando mi diminuta mentira piadosa, un malentendido que podría haber aclarado hace días, vuelve para destruirme—. Lo hicieron.

—Joder —dice Jason.

Apaga el cigarrillo en el césped, después me mira desde la otra punta del círculo. Nos quedamos mirando el uno al otro durante un buen rato, estábamos en eso juntos. Pero supongo que ya no.

—Venga —dice estirándose para ayudar a Meg—. Es hora de irse a casa.

—Jason. —Ned lo fulmina con la mirada, le chisporrotea la melena llena de rizos—. Vete a la mierda, ¿vale?

—Ned —dice Sof poniéndole la mano en el brazo.

Jason nos mira a todos, que lo estamos observando sentados en círculo. Me articula un «lo siento» a cámara lenta y desaparece en la oscuridad. Meg se tambalea y Sof se levanta como puede. Todos nos ponemos de pie. No puedo mirar a Thomas. Me duele la cabeza.

Meg aparta a Sof y se tambalea hasta mí. Se inclina hacia delante y me mira a la cara.

—Eres guapa —dice deslizándome el dedo por la mejilla—. ¿Verdad que es guapa, Thomas?

—Venga —anuncia Sof cogiéndola del brazo—. A la cama.

Sof abre la marcha y Ned los sigue con pesadez. Sof me mira por encima del hombro con cara de preocupación. Entonces Thomas y yo nos quedamos solos debajo del manzano. No puedo seguir sin mirarlo.

—¿Me mentiste? —pregunta, está oscuro y apenas le veo la cara.

—Tú también mentiste —contesto, y, aunque es verdad, siento unas ganas repentinas de cortarme la lengua. Debería estar diciéndole que lo que hubiera entre Jason y yo no importa —eso no significa que lo que hay entre Thomas y yo sea una mentira—. En el césped, torpeza, sensaciones nuevas. Cuando estábamos sentados en el árbol, agarrándonos de los codos. En el desván del Book Barn, haciéndonos promesas hace tanto tiempo. Podemos tener todo eso, y yo también puedo tener mi verano con Jason.

—¿En serio? No es exactamente lo mismo —se mofa Thomas—. ¿Y debo imaginar que todo el mundo lo sabía excepto yo y, supongo, Ned?

—*Nadie* lo sabía, ése es el tema…

—¿Y entonces qué? No lo entiendo. No tenías por qué mentirme. Es absurdo. —Se pasa las manos por el pelo y después repite lo que le dije haciendo el gesto de las comillas en el aire—: «El primero en todo».

—¡No me refería a eso!

—Da igual —dice Thomas sin escucharme—. ¿Sabes que te he visto antes con él en la fiesta? Antes de encontrarte, estabais cuchicheando, y supe…

—¿Supiste *qué*? —Agito las manos en el aire con frustración—. ¡Puedo hablar con él si me da la gana! Puedo mantenerlo en secreto, si quiero. Y tienes razón; no es lo mismo: ¿marcharte a Manchester sin decírmelo? Eso sí que es cosa mía. Pero lo mío con Jason no es cosa tuya.

Me estoy cabreando, estoy lista para pelear —creo que tengo todo el derecho, creo que me merezco una pelea—, pero Thomas me interrumpe.

—¿Y cuando me has besado antes, en la habitación de tu abuelo? —enfatiza rebosante de desdén—. ¿Cuando intentaste ir más allá? ¿Eso sí que era asunto mío?

—No te mentí —le digo muy calmada, recordando nuestro encuentro en la cocina la primera mañana de Thomas, hace semanas. Cuando intenté provocar una pelea, pero Thomas no me dejó—. Por lo menos no en lo que tú crees. Cuando dije que serías el primero en todo me refería a que nunca había estado enamorada. Aunque eso no es del todo verdad. Y ni siquiera pienso que te hayas enfadado porque te haya mentido. Creo que estás celoso de que yo haya estado enamorada y tú no.

Cuando digo eso, Thomas se da media vuelta y desaparece en la noche.

Ned tiene razón. Soy una egoísta. Eso es lo que me impide correr tras él.

Voy a mi habitación a esperar. Ya sé lo que va a ocurrir ahora. Menos tres, menos dos, menos uno. Me quito la ropa mojada, la tiro al suelo sin molestarme en meterla en el cesto de la ropa sucia.

El cansancio se apodera de mí cuando me meto en la cama y me tapo. He vivido diez vidas en un mismo verano. Pero no consigo dormir. Todos los secretos y todas las revelaciones y todo el enfado —yo y Thomas, Ned y Sof—, todo me pasa por encima en oleadas, empotrándome contra la arena una y otra vez. Ahogándome.

—*¿Umlaut?*

Palpo la colcha. Nada. Hasta mi *gato* pasa de mí.

Cuando apago la lamparita, la luz del día, apiñada en las esquinas y escondida debajo de la cama, se escapa por debajo de la puerta. Sólo queda el brillo del techo, el de las estrellas fluorescentes que Thomas pegó allí a escondidas para mí, y que no tienen la forma de ninguna constelación.

Me quedo despierta, viendo cómo se apagan, una a una.

Hasta que estoy a solas con la oscuridad.

Cero

Es el último día del verano. Pero no lo es, en realidad no. Estoy aquí y no estoy aquí. Ésta es la primera vez que estoy aquí, pero al mismo tiempo no lo es. Déjà vu. *Me estoy viendo a mí misma, dentro de mí misma. Es un recuerdo, es un sueño, es un agujero de gusano.*

Es un agujero de gusano. Pero sigue siendo doloroso.

Es el día en que murió Grey.

Y estoy rezando. No como cuando cruzaba los dedos, o de la misma forma que rezaba cuando tenía seis años para que mi verdura desapareciera del plato por arte de magia.

Me estoy esforzando todo lo que puedo en rezarle a un Dios en el que no creo.

¿Cómo es posible que hace tres horas estuviera durmiendo con Jason al sol y ahora esté en el hospital?

Cuando llegué no encontré a papá por ninguna parte, pero Ned estaba en la sala de espera: pantalones de piel de serpiente verde en una silla de plástico gris. Hemos intercambiado información: la nota que encontré en la pizarra. Los mensajes que nos hemos enviado durante el largo viaje en autobús. Como si, sabiendo exactamente lo que ha pasado, pudiéramos cambiar el resultado.

—Los médicos dicen que estaba bien cuando llegó.

—Creen que podría haber sufrido una apoplejía después de llegar a Urgencias.

—Está en la UCI.

—Está en la unidad de apoplejías.

—¿Ah, sí?

—Pensaba que estaba…

Al final apareció papá. Quizá siempre estuviera allí, como invisible. Quizá, cuando mamá murió, papá nunca se marchara de este hospital.

Lo seguimos por el pasillo.

Grey ha encogido. Era un gigante, un oso. Ahora ha caído presa de algún hechizo malvado. Tiene muy mala cara.

Me mira con un parpadeo, maullando, sin dejar de palpar frenéticamente el finísimo camisón del hospital una y otra vez, que, sin querer, deja entrever sus genitales, como si fuera un bebé.

¡Y sus manos!

Hay una fotografía de Ned, recién nacido y arrugado como una nuez. Es sólo una rana en la palma de la mano gigante de Grey; una mano que ahora es traslúcida. De ella sobresale un tubo, pegado con esparadrapo, rodeado de un moretón. Hay una gota de sangre en la sábana de debajo.

Papá vuelve y entran los doctores, y nos dan números.

Setenta y cinco por ciento de posibilidades de minusvalía.

Cincuenta por ciento de probabilidades de superar las veinticuatro horas siguientes.

Diez por ciento de probabilidades de sufrir más ataques.

Seis meses hasta que esté fuera de peligro.

Su presión sanguínea es un problema, dicen. Hay factores de riesgo, afecciones subyacentes. Podría pasar cualquier cosa, dicen. Tiene sesenta y ocho años, dicen.

Dejo de escuchar, empiezo a pensar en la fiesta del verano. En el beso de Jason. Pero, antes de eso, Grey encendió un fuego para ahuyentar la niebla que venía del mar. Habíamos comido pollo asado y ensalada de patatas con los dedos, y nos habíamos limpiado la grasa en la hierba.

—¡Quiero morir como un vikingo! —había rugido Grey, ebrio de calor y vino tinto, saltando por encima de las llamas con una sartén enorme—. Quemadme en una pira; ¡empujadme mar adentro!

Una enfermera brusca, es distinta a la que ha venido hace dos horas, corre una cortina de plástico alrededor de la cama de Grey. Otra persona, alguien viejo, entra en silla de ruedas en el cubículo de al lado…

La hoguera olía a humo y primavera.

El hospital huele a antisépticos. No podrá llegar al Valhalla desde aquí.

Grey me mira y parpadea, es minúsculo. Las enfermeras le dan la vuelta para poder quitarle las sábanas manchadas de heces, y él me está mirando directamente y no sabe quién soy.

«Te quiero», pienso agarrando una mano que es incapaz de estrechar la mía. Su piel está fláccida bajo mis dedos, blanda y fría:

—Eres un vikingo.

Las enfermeras escriben números en un sujetapapeles. Ned vuelve del bar con sendos cafés aguados y calientes que nos queman las manos a través de los vasos de plástico, y no nos los tomamos. Jason me envía un mensaje, sólo es un interrogante. Papá está sentado delante de mí en una silla de plástico, con la mano encima de la boca. Mirando la nada. Esperando.

El día de la fiesta del verano había chispas en el aire. Dulce humo de madera y un primer beso, un fuego que se derrumbaba bajo un reguero de luz y llamas.

Las máquinas pitan con suavidad una y otra vez. Mi abuelo está tendido en la cama, pequeño y solo, y muy lejos de mí.

Cierro los ojos.

—Quemadme en una pira; ¡empujadme mar adentro! —Grey salta por encima de las llamas—. ¡Quiero morir como un vikingo!

Y eso es lo que pido con mis rezos, con todas mis fuerzas.

Dos horas más tarde estás muerto.

{ 5 }

AGUJEROS NEGROS

$$S_{BH} = \frac{A}{4L^2_P} = \frac{c^3A}{4G\hbar},$$

El corazón de un agujero negro,
conocido como su singularidad, tiene un tamaño nulo
y una densidad infinita. Un agujero negro
se forma cuando una estrella se desploma.

La gravedad implosiona y se traga
todo lo que hay alrededor de la estrella.

Y se llama entropía de agujero negro.

Domingo 15 de agosto

[MENOS TRESCIENTOS CINCUENTA]

Sueño que voy en una nave espacial y pilota Thomas. Recorremos las galaxias. Estamos solos en el mundo, sólo están las estrellas. Pasan junto a la nave a toda velocidad mientras nosotros nos desplazamos por el tiempo y el espacio, directos hacia el futuro. Y cuando llegamos al borde del universo, Thomas para la nave espacial y se da la vuelta.

—Desde aquí se ve la Tierra —dice—. Todo el mundo está allí, esperando.

Miro en la dirección que señala, pero no veo nada. Sólo oscuridad. Y cuando despierto, ha desaparecido.

Durante un segundo, todo va bien. Esto solía ocurrir cada día el pasado otoño, hasta que pasó lo de Jason, y entonces dejé de dormir del todo. Había un breve y delirante momento después de despertar, cuando no recordaba lo que había pasado. Un jardín lleno de ropa sucia: «Ey, Grey está en casa». Pero entonces todo vuelve.

Los recuerdos inundan la habitación. La confesión de papá. Besar a Thomas. Tambalearme por la fiesta, borracha y beligerante. Esconderme del agujero de gusano. Intentar hacerlo con Thomas. Thomas diciendo que no. Me encojo debajo de la colcha, pero mi cerebro no permite que me esconda: Sof gritando. Ned gritando. El grito explotando. Meg explicándole a todo el mundo lo mío con Jason. Nuestra pelea. Thomas marchándose.

Y el último agujero de gusano. De eso ha ido todo el año. Ese deseo, ese estúpido deseo vikingo. ¿Quién pensaba que era yo, jugando a ser Dios?

Grey está muerto y yo le deseé la muerte, yo lo deseé, lo deseé. Y no me digáis que los deseos no son reales, porque yo he visto cómo se apagaban las estrellas, y una lluvia de números. Es tan real como la raíz cuadrada de menos quince. Pero, vaya, fue sólo durante una fracción de segundo.

Y quiero gritar: «¡Lo retiro!» Quiero escarbar en la tierra con las manos desnudas gritando para que vuelva a casa. Quiero enterrar este recuerdo bien hondo y no visitar nunca su tumba. Quiero cien mil cosas diferentes, pero la que más deseo, por muy estúpido y desesperado que sea, es que él no esté muerto.

Lloro hasta que no puedo más, de mis ojos brotan enormes lágrimas calientes cargadas de remordimientos. Lloro hasta que me estoy provocando el llanto, hasta que me duele la garganta del esfuerzo. Después me quedo tumbada en la cama, con los ojos rasposos, viendo cómo crece la luz del amanecer y trae consigo los colores del día. Mientras el sol se filtra por la hiedra, la culpabilidad resbala por mi cuerpo. Y me lleva hasta la orilla.

Lo peor ha pasado, y he sobrevivido.

Nunca aceptaré la muerte de Grey. O lo que deseé. Pero puedo levantarme de la cama. Puedo abrir la ventana, apartar la hiedra, y abrir la puerta; la habitación está caliente, asfixiante y verde, y quiero aire y luz.

Cuando salgo tambaleándome, el jardín parece un campo de batalla: la hierba está llena de botellas vacías y latas de cerveza, y hay una lamparita en el ciruelo. La bajo y me la meto debajo del brazo, de camino a la cocina.

Ned ya está allí, fregando. Lleva unas mallas negras y un enorme suéter carcomido por las polillas. Lo reconozco: era de Grey. Ned dijo que había llevado su ropa a una tienda de caridad de la ciudad, pero está claro que se quedó algunas cosas. Lleva el pelo escondido debajo de un gorro.

Llamo al marco de la puerta sin estar muy convencida de poder entrar.

—¿Es muy terrible?

Levanta la cabeza, está pálido. Demasiado resacoso como para sacar una foto de la pinta que tengo.

—¿Te refieres a papá o a esto?

«Esto» es el charco de agua que hay en el suelo. Es peor de lo que recordaba de ayer por la noche: es del mismo color que la sopa vegana de la madre de Sof, pero salpicado de colillas. Las sillas están amontonadas boca abajo encima de la mesa, en plan cafetería. Miro entre ellas con la estúpida esperanza de ver una hogaza de pan o una montaña de pastas.

—Puedes pasar —dice Ned. Parece contento—. Es imposible que lo ensucies más.

Dejo la lamparita y chapoteo por el suelo, se me empapan las deportivas automáticamente. *Umlaut* está sentado encima de la montaña de leña y contempla el Mundo Acuático contrariado. La puerta del comedor está cerrada, cosa que espero signifique que la destrucción se limita a la cocina. Y que Thomas no va a salir a ayudar. Se me encoge el estómago cuando pienso en enfrentarme a él.

Recojo una lata vacía que pasa flotando y me quedo allí plantada con ella en la mano, esperando a que Ned me diga qué debo hacer.

—No sé por dónde empezar.

—Té. Siempre hay que empezar por el té —me aconseja el experto.

Chapoteo hasta el hervidor de agua, que por suerte está lleno: el grifo está envuelto con cinta marrón, como si fuera una extremidad amputada. Para cuando el agua hierve y me pongo a buscar la leche, ya casi nadie podría deducir lo que ha ocurrido aquí. Las únicas pruebas que quedan son el grifo y una bolsa de basura llena de botellas.

—¿Dónde está papá? —le pregunto a Ned ofreciéndole una taza.

Toma un sorbo de té sin responder.

—¿No me vas a hablar?

—Grots —dice Ned suspirando—. Bienvenida al mundo de la resaca. Hablar es como un atizador al rojo vivo.

—¿Estás enfadado conmigo?

Estoy obsesionada con esa idea, y no creo que pueda soportar que Ned siga molesto conmigo.

—Claro que no. Como te dije ayer por la noche, me has ignorado todo el año, todo el verano…

—¿Yo? —pregunto incrédula—. ¿Y qué pasa contigo?

—¿Qué pasa conmigo? Yo he estado aquí, por si no te has dado cuenta. Arreglándote la bici, preparándote la comida, ensayando, haciendo de todo. Siempre estoy aquí. Pero tú no, te quedas mirando el infinito, o te metes en tu habitación evitando a todo el mundo, haces enfadar a Sof cada semana. Entonces Thomas te hace ojitos con sus gafitas y de repente no dejas de sonreír, no me malinterpretes, es genial, me alegro de que estés contenta, pero te negaste a participar en la fiesta de Grey, ni siquiera querías hablar del tema, y entonces apareces y empiezas a gritarnos a todos sin motivo... No importa. Claro que no estoy enfadado contigo.

—Ah.

Después de los gritos de ayer por la noche, me siento aliviada.

—Estaba siendo sarcástico, idiota. —Se ríe y deja la taza encima de la mesa—. Mira, ya sé que no soportas que me ponga en plan hermano tres años mayor, pero...

—Dos años y un mes —lo corrijo automáticamente.

—Es lo mismo —espeta—. Creo que podrías ser más simpática con Sof. Creo que deberías haber hablado conmigo cuando Jason andaba detrás de ti. Pero también creo que probablemente haya sido una locura estar aquí este año sola con papá. Quizá tendría que haber venido en Pascua. Ya sé que es duro, de verdad. Yo estaba hecho una mierda cuando tuve que marcharme a Londres una semana después de que muriera. Tú no eres la única que estaba triste, ¿sabes? Quizá dentro de *dos años y un mes* lo veas un poco más claro.

—Estás enfadado por lo de Jason —digo asintiendo con aire competente.

—Aaaarrrrgggg. —Ned se arranca el gorrito y se lo mete en el bolsillo. Su pelo flota con libertad y mi hermano vuelve a parecer él mismo—. Estoy enfadado *con* Jason, y estoy bastante convencido de que tú también deberías.

—No fue culpa suya —digo, porque yo lo he estado haciendo responsable de mi infelicidad todo el año, y necesito liberarlo—. Me parece que no fue capaz de gestionar lo de la muerte de Grey. No sabía cómo hacerlo.

—Pero sí que sabía muy bien que eras dos años menor que él —comenta Ned resoplando, sin escuchar nada de lo que digo—. El muy capullo.

—¿No es tu mejor amigo?

—¿No puede ser ambas cosas? El gilipollas.

Me empeño en intentar explicárselo otra vez.

—Él me quería.

—¿Te lo dijo él? O se limitó a apretar los dientes y a tragar saliva para que su nuez se moviera y dijo… —Ned aparta la mirada con aire taciturno, una imitación perfecta de Jason, y yo reprimo una risita cuando dice—: «¿Tú me quieres?»

Yo sé lo que teníamos Jason y yo, y era amor. Pero no tenía por qué ser un secreto. Y él no tenía por qué hacerme suplicarle para que hablara conmigo cuando se marchó. Así que digo:

—El *dumm Fuhrt.*

—Ven aquí. —Ned me da un abrazo que parece una llave de judo y me acaricia el pelo con el puño—. Eso es. El amor no se guarda en secreto. Dios. ¿Sabes quién parezco?

Nos quedamos allí plantados un momento, yo con una postura incómoda y respirando por la boca. Entonces Ned vuelve a acariciarme el pelo y me suelta. Yo tomo una bocanada de aire fresco mientras él se pone una riñonera y, sorprendentemente, consigue que le quede guay. Sólo puede hacerlo Ned.

—Hablaré con Althorpe, le diré que no te toque mucho las narices. Pero hoy voy a quedar con Sof.

—¿Por qué no la invitas a venir aquí? Su madre te dará comida vegana.

No sé mucho sobre resacas, pero el instinto me dice que voy a necesitar *pizza.*

—Porque papá te va a gritar —dice Ned sonriendo, marchándose hacia la puerta—. A mí ya me ha dado la brasa, y no me apetece aguantar otra.

Cuando se marcha saco la bolsa de basura, después vuelvo a la cocina y limpio la encimera con un trapo y una gota de un producto químico que Grey no aprobaría. Me obligo a comer un plátano, preparo una cafetera. Después bajo todas las sillas al suelo, me siento en una y espero a papá.

Me miro las manos, una junto a la otra en la mesa: esto era lo que hacía cuando era pequeña. Thomas y yo salíamos en busca de aventuras, decididos a destruir algo, beneficiarnos de algo o hacer alguna investigación científica (a veces eran las tres cosas a la vez). Cuando volvíamos a casa, él se escondía, mientras que yo entraba directamente a la cocina y esperaba que me descubrieran, me investigaran y me castigaran.

—¿Estoy castigada? —le pregunto a papá en cuanto entra flotando en la cocina asegurándose primero de que no se le mojan las Converse rojas.

Me doy cuenta de que le ha sorprendido la pregunta.

—Ah, *¿nein?* Era la fiesta de Ned, y el problema de Ned. ¿Me ha dicho que lo del grifo fue un accidente?

—Sí.

Espero su distintivo siseo de ganso, pero no lo hace.

—¿Y la cocina ya está limpia? Quizá tú podrías llamar al fontanero y Ned pagar la reparación. —Papá se sirve una taza de café y se sienta a mi lado—. Creo que esta vez organizaré yo los turnos en el Book Barn hasta que empiece la escuela. Trabajar juntos, no más peleas. Y quizá podamos cenar juntos en familia esta noche, mañana, pasado mañana... —Sonríe—. Cocino yo. O tu hermano. Se acabaron las patatas al horno y los cereales. Cocinas igual que tu mamá.

—¿Eso es todo?

—¿Quieres que te castigue por divertirte? —Arruga la nariz—. Si Grey hubiera celebrado esta fiesta, habría acabado exactamente igual. Pero creo que le debes una disculpa a Thomas. No conozco los detalles, lo que ha pasado entre vosotros, pero estaba muy triste cuando se ha marchado esta mañana...

Papá todavía está hablando cuando retiro la silla con un chirrido. Me golpeo el dedo del pie con la pata de la mesa al girarme para abrir la puerta del comedor, corro hasta la habitación de Grey, la habitación de *Thomas.*

La puerta no está cerrada del todo y se abre cuando la aporreo con el puño.

La cama está desnuda, las manchas de pastel de la noche anterior ya no están. Encima del piano hay una pila de libros muy bien alineada que Thomas ha ido cogiendo de la casa y del Book Barn. Todavía queda un ligero olor a whisky en el aire. Y *La Salchicha,* suspendida sobre el vacío como un triste pene azul.

—Llamó a mi puerta muy temprano.

Me doy la vuelta. Papá está a mi lado, mirando.

—Había hecho las maletas, y me dijo... —Vacila—. Me dijo que no podía quedarse aquí. Que iba a quedarse con un amigo.

—¿Con quién? —Yo soy la única amiga de Thomas. Excepto Sof y Meg y con quienquiera que quedara todos los días que yo lo ignoré para meterme en los agujeros de gusano. Probablemente conociera a mucha gente en Holksea. A fin de cuentas, antes vivía aquí—. ¿Dónde está?

—Me aseguré de que estuviera bien. Y su madre lo sabe. Pero, Gottie, *Liebling* —papá intenta abrazarme, me tiende los brazos, pero yo estoy pasando por su lado cuando dice—: no quería que te lo dijera.

Del domingo 15 al lunes 16 de agosto

[MENOS TRESCIENTOS CINCUENTA A CINCUENTA Y UNO]

Voy corriendo a mi habitación, arranco la colcha de *patchwork* de la cama, hago una bola con ella y la tiro junto a la puerta. Las mantas de cuando el accidente de bici se suman a ella —es verano, ¿quién necesita mantas de lana?— y de ellas salen un millón de pares de calcetines doblados en bolitas. Los calcetines de Thomas. *Umlaut* patea una de las bolas y desaparece debajo de la cama con ella.

¿Y ahora qué? La chaqueta de punto de Thomas está colgada en el respaldo de mi silla y la tiro en la pila de ropa sucia arrastrando la silla al hacerlo. Tengo que seguir moviéndome, seguir haciendo algo, porque si no pensaré: «Thomas me odia» y «Thomas se ha ido» y…

«Estoy muy enfadada.»

¡No puedo creer que haya vuelto a desaparecer por arte de magia!

Lanzo un pintalabios roto al cesto y después un par de pendientes que se dejó Sof. También meto las gomas para el pelo y las horquillas que tengo en un cuenco, después tiro el cuenco. Todas las superficies de la habitación están llenas de platos, es un legado de los pasteles de Thomas y de las horas que he pasado sentada al escritorio en busca del tiempo perdido. Cuando están apilados junto a la puerta y todo está dentro del cubo, la habitación parece un poco menos caótica, pero mi corazón sigue subiéndose por las paredes. Cómo ha podido hacer esto.

Me subo al escritorio, arranco las estrellas del techo una a una. Es tristemente satisfactorio. Pero cuando tengo las constelaciones en la mano, la situación me supera. No puedo tirarlas. Las dejo encima de la cama desnuda, donde se suman a una pila de monedas que estaba en el alféizar de la ventana. Encima de la cómoda está el pedazo de alga de la playa. Descuelgo todo lo que tengo en el corcho, la receta del pastel, las polaroids de Ned.

Y ya estoy. Me levanto y miro la cama con la respiración acelerada. Mira todas estas *cosas*, una cápsula del tiempo de nuestro verano, ¿y qué hay? Una montaña de porquerías y promesas rotas. Thomas no me ha dado nada de valor, ni siquiera su palabra. Casi no sé nada sobre él. Ignoro su voz diciendo: «Porque nunca me preguntaste nada».

No tenía elección, no dejaba de desaparecer por los agujeros de gusano.

«¿De verdad?», me contesta la voz de Grey. «Decisión, colega. Sé la dueña de tu destino.» ¿Qué hago con todas estas cosas de Thomas? Grey lo llamaría «limpieza», y me animaría a quemarlas en una hoguera con especias. Sof lo donaría todo a alguna tienda de caridad. Ned lo tiraría a la basura. Pero yo, ¿qué haría yo? ¿Me conozco lo suficiente como para tomar una decisión?

Busco en mi armario hasta que encuentro la mochila, que no he vuelto a utilizar desde la última semana del trimestre, y lo meto todo dentro. El bolsillo delantero cruje. Abro la cremallera y saco una hoja de papel arrugada: es el examen de la señora Adewunmi. ¿Cómo puedo haber olvidado que nos preguntó por la Excepción de Weltschmerz?

Meto la mochila en el fondo del armario. Dejo «¡La Gran Encuesta del Espacio-tiempo!» en el alfeizar de la ventana. Después me tumbo en mi cama sin hacer y duermo durante las dieciséis horas siguientes.

Me despierto a media tarde del día siguiente, cuando el sol verde empieza a colarse por la hiedra. Lo primero que veo es la encuesta. «Los relojes sólo son una forma de medir el tiempo... Es infinito... Una frontera del espacio-tiempo, el punto de no retorno... ¿qué es la excepción de Weltschmerz?»

Buena pregunta.

Diez minutos después estoy en la costa. El cielo es enorme, infinito, y está vacío. Pedaleo por el camino desierto de la playa. Soy la única persona que queda en el universo. El mundo al completo es en 3D de alta definición, mucho más grande y brillante de lo que lo he visto nunca. O quizá sea yo. Al enfrentarme a ese último agujero de gusano, me siento como la luz del sol, alejando la niebla.

Cuando llego al instituto y encadeno la bici a la valla, hay estudiantes por todas partes. Me asalta la ansiedad, ¿ya ha empezado el trimestre?

La clase de la señora Adewunmi está abierta y vacía. Es raro, esto de estar en el instituto cuando se supone que no deberías estar ahí. Me pone nerviosa; de pronto, las sillas en las que me sentaría normalmente y las pizarras de las que tomaría notas son piezas de museo. Mirar, pero sin tocar.

La pizarra está llena de ecuaciones del trimestre pasado, son cosas de segundo año. Probablemente la limpien antes de que las clases vuelvan a empezar en septiembre, así que cojo un rotulador y añado la ecuación del correo electrónico de Thomas, la que está escrita con mi letra. Todavía no sé qué significa.

—Guau.

Me sobresalto. La señora Adewunmi está en la puerta de la clase y me está mirando a mí en lugar de la pizarra.

—Te has cambiado el peinado —dice.

—Emm, sí. —Me palpo el pelo un tanto cohibida—. Usted también.

Deja la caja que trae encima de la mesa y se tira de las trenzas.

—Me gusta. A lo Chrissie Hynde.

—¿Se traslada?

—Me estoy preparando para el próximo trimestre. —Empieza a sacar las cosas: rotuladores nuevos para la pizarra, montones de papel, paquetes de carpetas de cartón, una bolsa de chupa-chups de tamaño industrial—. Coge uno de cola antes de que se acaben.

Acepto la bolsa, cojo un chupa-chups al azar y espero a que termine de organizar sus cosas antes de machacarla a preguntas.

—Siéntate, cerebrito —dice señalando la mesa—. Échate a un lado. Enseguida estoy contigo.

Me siento en el borde de la mesa y miro la pizarra. «¿Soy inteligente?» Sé que entiendo todo los números que estoy mirando. Pero no es tan diferente de la capacidad que tiene Sof para interpretar una pintura renacentista o la facilidad que tiene Ned para leer música. O la forma que tiene Thomas de traducir una receta para convertirla en un pastel.

Este verano me he dejado llevar por el mundo, yo no he tenido nada que ver; lo de los agujeros de gusano podría haberle pasado a cualquiera. Yo sólo sabía cómo reorganizarlos matemáticamente. Aún así, las ecuaciones de la pizarra... son increíbles. Quizá podría hacer eso en la universidad. Aprender todas las formas que existen de describir el mundo.

—Muy bien, señorita Oppenheimer. —Mi profesora aparece a mi lado y habla alrededor de su chupa-chups como si fuera un cigarrillo—: Llegas pronto.

—¿Para el trimestre?

—Para los resultados. —Sonríe y muerde el palo del chupa-chups—. Vuelve dentro de un año.

—Necesito hablar con usted —digo—. He vuelto a traer mi examen. Y quiero preguntarle por una teoría..., falta una página en uno de los libros que había en la lista que me dio...

—¡Ah! Eso me recuerda que tengo una cosa para ti. —Coge la hoja del examen de mi mano pero no la mira, la deja en la mesa y se pone a rebuscar entre sus cosas—. Ajá. Recogí esto, tenía pensado bombardearte el primer día, a cambio de tu redacción. Pero, bueno..., toma.

La señora Adewunmi me da un montón de folletos: Oxford, Cambridge, la Imperial de Londres. Pero también hay lugares lejanos en los que no he pensado, como Edimburgo y Durham, y algunos de los que ni siquiera he escuchado hablar, como MIT y Ludwig-Maximilians. Paso la mano por las portadas brillantes intentando imaginarme dentro de un año, la persona que seré entonces.

Da un golpecito sobre la pila con una uña adornada con un rayo.

—Recibí las notas de tu teoría, el Principio de Gottie H. Oppenheimer.

Tardo un momento en recordarlo: los correos electrónicos que le envié desde el Book Barn.

—Son buenas. Hay un poco de ciencia ficción, pero son buenas. Si lo redactas de forma comprensible, tendrás el mundo a tus pies.

—Puede que le parezca una pregunta absurda, pero…

—Pues claro que irás a la universidad que elijas, Gottie. Si el dinero es un problema, puedes pedir becas, en especial para chicas con aspiraciones como tú, hay todo tipo de programas, becas y esas cosas. Cuesta un poco encontrarlas, pero están. Te escribiré una recomendación.

—En realidad, le iba a preguntar si es usted capaz de entender la ecuación que escribí en la pizarra.

—No. Oh, no. No la entiendo. —Se vuelve hacia mí con los ojos abiertos como platos y aterrorizada, y susurra—: Debes de ser un *genio.*

Pongo los ojos en blanco mientras ella se ríe con más ganas que cuando me dio la bienvenida al Club del Universo Paralelo. Al poco, dice:

—Perdona. Oh, vaya. Es un bucle temporal paradójico.

La interrogo negando con la cabeza, desconcertada.

—Un chiste —aclara—. Una ecuación para explicar algo que no existe. Un cálculo de ciencia ficción, venga, ¿es que no ves la tele?

—¿Me lo podría explicar de todas formas?

—Eh, por qué no.

Se levanta de la mesa de un salto y limpia una esquina de la pizarra, va hablando por encima del hombro mientras dibuja un esquema de la ecuación.

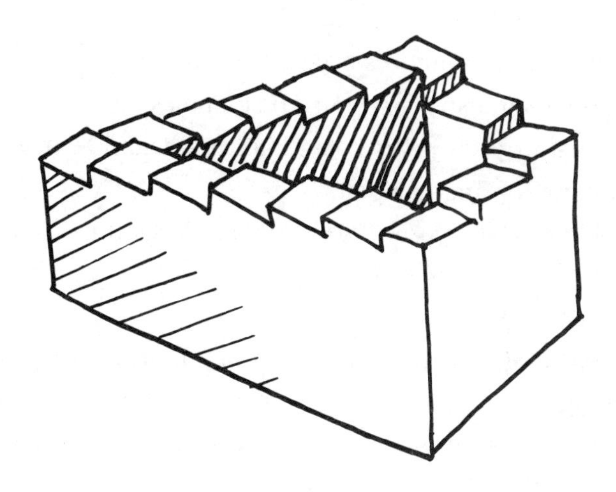

—Describe un bucle, ¿ves? Un túnel hacia el pasado, creado en el presente. Un agujero de gusano de doble dirección. Pero el chiste es que sólo puede abrirse porque ya se abrió en el pasado. —Rodea el dibujo con un rotulador—. Y lo opuesto es verdad. Existe porque existe. Es una paradoja. ¿Tiene sentido?

—Más o menos. —Señalo la parte que más me confunde—. ¿Qué factor es éste?

—Esto es la materia que se creó cuando desapareció todo esto. Una especie de válvula de desagüe. Un exceso de energía. La ecuación sólo funciona si canalizas esta solución en su propia sección, que significa que nunca funcionará. No es más que un chiste creado por algún físico aburrido.

—Un chiste —repito.

Estoy decepcionada; había albergado esperanzas de que fuera la Excepción de Weltschmerz. Es evidente que eso también es una broma de físicos, una divertidísima leyenda urbana matemática. Nunca sabré lo que ha ocurrido este verano. La señora Adewunmi vuelve a sentarse a mi lado y balancea las piernas por debajo de la mesa.

—Muy bien —dice—, un chiste. Pero las matemáticas son geniales. ¿No quieres preguntar nada más? Seguro que querrás salir a disfrutar de un día como éste.

Resbalo por la mesa hasta bajarme. Cuando llego a la puerta, me doy media vuelta.

—Una última cosa. Sobre la lista de lectura. ¿Por qué incluyó la novela *Forever*?

Se ríe.

—Pensé que te iría bien un poco de lectura ligera. Es un clásico.

Sábado 21 de agosto

[MENOS TRESCIENTOS CINCUENTA Y SEIS]

—*Liebling* —Papá se materializa de la nada y llama a mi puerta con suavidad.

—Estoy bien, papá —murmuro con la boca pegada a la almohada—. ¿Te acuerdas de que cambiaste los turnos? Es mi día libre.

—*Ja*, lo sé —dice dejando una taza de té al lado de mi cabeza.

Llevo casi una semana de bajón y él no para de intentar animarme con «sorpresas», como dejar que Ned toque la guitarra en el Book Barn. Aunque ésta es la primera vez que viene a buscarme a mi habitación. Quizá incluso la primera vez en toda la vida. Siempre era Grey quien venía a buscarme cuando yo estaba depre.

Abro un ojo y miro cómo deambula por allí, advirtiendo el vacío, las ecuaciones de la pared, deteniéndose junto a la mesa, pasando la mano por los folletos que me dio la señora Adewunmi. Los diarios.

Se vuelve hacia la cama.

—Sof está fuera.

Vaya.

Papá se queda allí mientras me tomo el té, como si pensara que voy a tirarlo por la ventana si se marcha.

Va a hacer un día muy caluroso: el aire ya huele a *toffee*, y el sol ya empieza a quemar. Me encuentro a Sof en la sombra, sentada con su cuaderno entre las descuidadas plantas de frambuesas, los revoltijos de hiedra, las zarzas y las ortigas ya florecidas.

—Hola.

La saludo con la mano mientras papá se marcha y me dejo caer en el césped a su lado, el rocío me moja el pijama. Su cuaderno está lleno de dibujos del jardín.

—¿Te das cuenta de que se puede decir *literalmente* que esto es una jungla?

Sof señala la vegetación con el lápiz mientras *Umlaut* da un brinco y desaparece entre la hierba. Ya hace tiempo que las flores se han marchitado y se han cocido por el calor. Todavía asoma alguna entre los arbustos, como si fueran globos deshinchados después de una fiesta. En invierno, las playas de Norfolk se cubren de una deprimente niebla blanca, y uno es incapaz de imaginar que algún día llegará la primavera. Ahora el jardín tiene ese mismo aspecto de soledad.

—¿Crees que tu madre se podría pasar por aquí? —le pregunto. No tengo ningún derecho a pedirle un favor, pero sé que su madre querrá ayudar—. Para echarnos una mano, no sé, ¿a podar?

No culparía a Sof si me mandara a la mierda, si sólo hubiera venido a decirme eso. O quizá haya venido a ver a Ned, y papá no lo haya entendido bien.

—Podrás preguntárselo tú misma un poco más tarde —dice—. Estará en el puesto de plantas de la feria del pueblo.

Ah, la feria. La reunión anual de Holksea con competiciones pasteleras y carreras en burro que marca el fin del verano, para el pueblo. Yo ya tenía la fiesta de Grey para eso. Yo siempre he visto la feria como el principio del otoño. Un nuevo comienzo.

—Podrías venir conmigo... —Sof habla tan bajo que por poco no la oigo.

—¿Te gustaría que fuera contigo? Pensaba que seguirías enfadada conmigo.

—Lo estaba —dice, y después ve mi mirada y añade—, vale, todavía lo estoy, un poco. Mira, ¿lo del año pasado? Que no me dijeras que dejabas la clase de arte, que pasaras de mí, fue una mierda. Fue peor que una ruptura amorosa. Pero lo entiendo, ahora. O sea, perdiste a tu padre.

Parpadeo sorprendida por el error tan raro que ha cometido.

—Mi abuelo.

—Qué va. He estado hablando con Ned sobre esto. Era tu padre. Tu padre es tu padre, claro. Pero Grey fue el suyo y el tuyo también. Era como el padre de todos, o algo así.

—Sí, lo era.

Suspiro y apoyo la cabeza en su hombro. Ella me rodea con el brazo y nos quedamos allí sentadas un rato, las dos esperando a no sentirnos incómodas. Quizá siempre nos sintamos así. Me miro los pies, los tengo muy morenos. Y sucios. Está claro que tengo tierra entre los dedos, y la laca de uñas color cereza que me puse al principio del verano está descascarillada. Estoy a punto de quedarme dormida encima de Sof hasta el otoño, pero entonces se separa.

—Por favor, ¡quiero ver una carrera de cerdos! Y comer pastel; voy a volverme loca y comeré gluten *y* lactosa. ¡Y azúcar! ¡Y quiero ver la escultura de verduras! Por favooooor —me suplica—. No puedo ir sola.

—¿Qué hay de Meg? Y… está… —No recuerdo el nombre de su última novia—. Emm, ¿Susie? O Ned, ¿no querría acompañarte?

—Meg sí que irá. Con Susie ya no voy. Y Ned está tocando con los Fingerband. Pero yo quiero ir *contigo.*

Me pincha con el lápiz y yo me río de mala gana.

—¿Los Fingerband? ¿No ibais a ser Las Parkas Jurásicas?

—Me gusta ensayar —reflexiona—. Y cantar en la fiesta fue divertido. Pero creo que prefiero estar entre bambalinas. No me gusta que me miren.

Se estremece de pies a cabeza. Miro su camiseta de lentejuelas doradas, los pantalones con estampado hawaiano y su peinado de piña. No sé si seremos amigas para siempre. Pero sí sé que Sof puede ponerse esta ropa *y* ser reacia al protagonismo al mismo tiempo, y que toda esa contradicción puede darse en una sola persona, bueno: quizá seamos más que la suma de nuestro pasado.

Sin Thomas, la feria está desprovista de drama. Mi justificado enfado con él ha desaparecido y en parte añoro el caos que podría haber provocado.

Después de la carrera de cerdos, Sof y yo deambulamos por los puestecitos: los hay donde esquilan ovejas, vendedores de antiguallas, el zoo de animales domésticos más pequeño del mundo… A lo lejos oigo los berridos de los Fingerband. Por tácito acuerdo, evitamos el puestecito donde se celebra el concurso de pasteles.

—¿Qué te parece Las Bellas Granjeras? —pregunta Sof cuando llegamos a los puestecitos de comida, donde hay de todo, desde hamburguesas vegetales orgánicas hasta *donuts* fritos—. Un grupo sólo de chicas que actúan en ferias de verano. En todas nuestras canciones hay que dar palmas.

—¿Con unos teloneros que hagan música pop de los años cincuenta? —Señalo un puestecito de perritos calientes. El chucrut me aliviará el alma.

Sof niega con la cabeza.

—Lo peor. Viajaremos en un autobús con la tapicería a cuadros.

—Y viviremos del mercado de comida de los granjeros.

Sof no deja de arrugar la nariz a la comida hasta que sugiero que nos compremos un helado, y entonces se marcha encantada a hacer cola en el puesto de helados de máquina mientras yo me quedo a observar el mundo sentada en la hierba. Niños tirando de las manos de sus padres, una pequeña llorando porque se le ha escapado el globo por el aire. Gente del instituto, algunas caras de la fiesta tomando sidra en botellas de leche y comiendo pollo y ensalada de col en envases de poliestireno. Algunos me saludan al pasar. Yo les sonrío con vergüenza.

Y entonces, caminando hacia mí bajo la luz del sol: Thomas.

Lleva dos cucuruchos de helado, uno de ellos es sencillo, el otro es una torre de bolas con mil salsas, frutos secos y caramelitos. Sin decir ni media, se agacha y me da el de vainilla. Lo acepto sin hablar. Estoy más liada que su helado, que prácticamente da cabida a todos los ingredientes del mundo en un solo cucurucho. Mi corazón es la guinda que lleva en lo alto, y Thomas la muerde.

Lo miro mientras él me mira a mí, bloqueando la luz del sol.

—Me he encontrado con Sof —explica por fin, tragando—. Me ha dado los helados, te ha señalado, ha cogido a Meg y se han pirado. Casi como si lo hubieran planeado. El helado se me estaba derritiendo en las manos, y no encontraba ninguna basura, así que...

—Ah. Gracias.

—Es sólo un helado. No te he perdonado.

—Ah.

A pesar de lo que ha dicho, se sienta a mi lado. Mi piel pasa del calor al frío debido a la confusión, el sol y la sombra. No me perdona; no estoy segura de haber hecho algo que precise perdón. Pero él sabe sin preguntar que el helado de vainilla es para mí. Lo mordisqueo mientras miro a Thomas a escondidas y pienso en qué decir. En cómo recuperaremos nuestra amistad. Creo que por el momento eso es todo lo que quiero.

—¿Meg y Sof han planeado esto? —acabo preguntando.

Thomas se remueve incómodo.

—Me quedé en su casa las dos primeras noches. Qué raro, ¿no? Ahora estoy en casa de Niall, en el sofá. Ah, y me he apuntado al concurso de pasteles. —Se abre la solapa de la chaquetilla y me enseña la condecoración que lleva en la camiseta—. Primer premio. Me han levantado el castigo.

—*Mein gott,* Thomas, eso es alucinante.

Mi voz suena falsa, resuena demasiado fuerte. Estoy enfadada, contenta y confundida, todo al mismo tiempo.

—Sí, bueno. ¿Sabes que trabajé en una pastelería en Toronto? Cada sábado desde que cumplí los catorce años, y los veranos. —Levanta la mano y va contando imperceptibles cicatrices de quemaduras que tiene en los dedos—. ¿Cómo es posible que nos hayamos pasado todo el verano hablando y nunca haya salido este tema?— *Brownie.* Milhojas. Bandejas repletas de dulces. No se me da mal. Ahorré un poco de dinero de ese trabajo. Mi padre no dejaba de repetirme que era para la universidad. Yo no sé para qué era, quizá para irme de viaje cuando terminara el instituto. Me gustaría ver un tiburón. O estudiar cocina. Irme a Viena y aprender a hacer *strudel.*

—¿Y qué vas a hacer con él? —pregunto con nerviosismo.

—Bueno, resultó que había ahorrado menos de lo que yo había pensado, los cárdigans de punto no son baratos. No me alcanzaba para lo del tiburón. O para ir a Viena. Cuando vendí mi coche, a duras penas me llegaba para comprar un billete de ida a Inglaterra. El viaje loco de treinta y ocho horas vía Zúrich y Madrid fue el billete más rápido que pude permitirme cuando terminó el trimestre. Le dejé una nota a mi madre explicándole que viviría contigo hasta que llegara ella. Ella y mi padre ya casi habían decidido que me quedaría con él en Canadá. Por eso ella me llama tanto. Es la misma historia del señor Tuttle pero multiplicada por diez. Estoy metido en un buen lío.

Helado. Cerebro congelado. Guau.

No tenía ni idea de a dónde iría a parar su historia, estaba sencillamente feliz de que volviera a hablarme, pero aquello era impresionante, tanto como el gran colisionador de hadrones. Thomas invirtió su dinero de pastelero en venir a verme. *¿Y por qué?*

Antes de que pueda preguntárselo, me mira y dice:

—Probablemente debería habértelo dicho antes.

—Emm, sí. Probablemente —reconozco, e intento volver a llenarme de aire los pulmones, que parecen haber pasado a mejor vida—. ¿Por qué no lo hiciste?

—¿Porque es más confuso que este helado? —Se encoge de hombros—. Nunca me parecía un buen momento para confesar. Ya debes de haberte dado cuenta de que no se me da muy bien decirte cosas. Y porque… Sabía que estaba utilizando tu correo electrónico como excusa. La idea de marcharme de Toronto y elegir vivir con mi madre; ya llevaba bastante tiempo pensando en eso. Si yo lo hacía, sin darles elección, tendrían que dejar de discutir sobre el tema. Y no te expliqué lo de Manchester, y no te dije que en parte estaba aquí para cabrear a mi padre…

Thomas vuelve a manotear en el aire y salen gotas de helado disparadas, y el gesto me derriba como si fuera una ficha de dominó. Cada emoción cae sobre otra: amor y cariño y familiaridad y deseo; el deseo doloroso de que estemos bien. Tanto si entre nosotros hay amistad o algo más.

—… o ninguna otra cosa, porque parecías alegrarte de volver a verme, y me gustabas.

Me mira en busca de mi reacción. Que básicamente se limita a intentar seguirle el ritmo. Se me ocurren, como poco, unas cien preguntas, pero mordisqueo mi cucurucho y me las trago.

—No quiero que pienses que estaba huyendo. Quiero que pienses que corría hacia delante. Que todo era un gran gesto.

—¿Un gesto como decirme que habías gastado todo tu dinero en un billete de avión por mí, cuando en realidad era para huir de tu padre?

Alzo una ceja.

—También fue un poco por ti. Quería saber si volverías a clavarme la barbilla en la cabeza. —Sonríe y se frota la mandíbula. De alguna forma, incluso cuando dejamos de estar en sintonía, seguimos yendo a ritmo—. Es bastante gracioso que lo hicieras de verdad.

Dejo el helado a medio comer en el suelo y me limpio los dedos en la hierba. Y digo, con la boca pegada a las rodillas:

—Es bastante gracioso que volvieras a escaparte...

—Sí, bueno.

Suspira. ¿Eso es todo lo que va a concederme? ¿Un suspiro?

—Mira. —Me doy la vuelta hasta estar sentada de piernas cruzadas delante de él. Lo miro a los ojos—. Voy a explicarte esto una vez, lo mío con Jason, y se acabó. Pero no puedes volver a desaparecer así. Me prometiste que no lo harías. ¿Trato hecho?

Sin mirar hacia atrás, lanza lo que le queda de helado por encima del hombro y me tiende la mano para que se la estreche.

—Hecho.

—Vale. Siento haberte mentido.

Thomas asiente sin soltarme la mano y espera a que continúe.

—No, eso es todo. Es todo cuanto tengo que decir; siento haberte mentido, o haber provocado un malentendido o lo que sea. Punto. Ned dice que soy egoísta. No lamento que Jason y yo lo hiciéramos ni que me enamorara de él antes que de ti, y lo que dije en el jardín lo decía en serio, no es asunto tuyo, y no tengo por qué contarlo, y tú no tienes derecho a juzgarme ni a ponerte celoso. Y si lo estás, guárdatelo para ti. No significa nada.

Después de mi pequeño discurso, asiento con firmeza. Creo que Sof estaría orgullosa.

—¿Por qué lo hiciste? Me refiero a lo de mentir —pregunta. Yo recupero la mano—. Lo siento. Es sólo, si me lo hubieras dicho... Vale, me habría puesto completamente celoso igualmente. Pero fue como si te estuvieras riendo de mí.

—Estaba acostumbrada a mantenerlo en secreto —le explico—. ¿Sabes eso que dijiste? ¿Que el beso que me habías dado era el primero que contaba? Pensé que era una idea bonita. Tú fuiste mi primer amigo. Pero ya no estoy segura de que siga importando, lo de primero, segundo, el orden en el que uno hace las cosas.

Thomas no dice nada, se queda allí sentado de una forma muy impropia de él. Está inmóvil. ¿He vuelto a congelar el tiempo? ¿Puede siquiera escucharme? Entonces, parpadea.

—¿Y ahora qué va a pasar? —pregunto con la voz chillona—. ¿Vas a volver a casa? Papá, y Ned, y *Umlaut*, todo el mundo quiere que vuelvas. Ya sé que te marchas dentro de una semana de todas formas, pero es la verdad.

—¿Me estás pidiendo que vuelva como amigos, o como lo que sea que fuéramos?

—No lo sé. —Es cierto, la verdad es que no lo sé—. ¿No puedes sencillamente volver y dejarlo en manos del destino?

—El problema es —dice— que me sigues gustando. Y después de la fiesta, ¡te rendiste sin más! Ni siquiera estaríamos hablando ahora mismo si yo no me hubiera acercado. Y me gustas tanto que, probablemente, te habría dejado hacer esto.

—¿Esto?

—No hacer ningún gran gesto a cambio. Tú me enviaste un correo electrónico y yo vine desde Canadá para estar contigo. Ahora me estás pidiendo que vuelva a casa, pero tú no vienes a mí. Cuando te mentí sobre lo de Manchester, fui a buscarte. Después vas tú y me rompes el corazón, y sigo siendo el que va detrás de ti.

Grey solía leerme un cuento de hadas titulado *Guilt and Gingerbread*. Alguien roba el corazón de oro de la princesa y lo cambia por una manzana. La manzana se pudre dentro de la princesa, hay hasta un gusano. La princesa suspira, y muere. Ésa soy yo. Estoy podrida. En el lugar donde debería estar mi alma hay un pegote marchito.

—Te haré un gran gesto —declaro.

—Mmmm.

—¡Que sí! Todavía no sé lo que será. Pero vuelve primero.

Thomas resopla medio riendo.

—¿Y volver a recoger todas mis cosas?

Me muevo un poco para sentarme a su lado, los dos estamos apoyados en la verja. Somos amigos. Nos lo prometimos el uno al otro.

—No la recordaba tan pequeña —comenta Thomas al final gesticulando en dirección a la feria.

—Ahora somos más grandes. Proporcionalmente, la feria es más pequeña. Si ahora tu masa corporal es tres veces mayor de lo que era entonces, y antes ocupabas el 0,5 por cien de la feria, ahora hay menos feria en comparación contigo.

—Oye, he estado a punto de entenderlo. —Me da un codazo suave y después se levanta y se sacude la hierba seca de los vaqueros—. Bueno…, te veré antes de irme a Manchester, ¿no? Para despedirnos.

El sol ha empezado a ponerse y ahora, cuando levanto la cabeza para mirarlo, sólo veo luz.

—Vale —contesto.

Y entonces se marcha, desaparece en el atardecer. Yo me quedo allí sentada un rato, sintiendo que me he perdido un momento realmente importante, y ni siquiera puedo echarle la culpa a un agujero de gusano.

Cuando llego a casa, papá está en el jardín. Está tumbado boca arriba entre los dientes de león, mirando el cielo del atardecer. Tiene una copa de vino tinto medio torcida en la mano, la botella está enterrada en la hierba a su lado, y parece que haya estado llorando. Me dan ganas de echarme a correr sin parar, esconderme en el horizonte, pero decido sentarme a su lado. Estoy diciendo que sí. Estoy corriendo hacia delante.

Él me sonríe y me da una palmadita en la mano.

—*Grüß dich* —dice—. ¿Qué tal la feria?

—He visto a Thomas —le anuncio sin rodeos—. Lo siento. He intentado convencerlo para que volviera, fue culpa mía que se marchara, y lo del grifo, todo.

—*Liebling* —dice, sonriendo—. Eso es imposible. Ned lo golpeó con una llave inglesa.

—Sí, pero... —Tartamudeo con la garganta apelmazada. Tengo un océano de disculpas que dar y nadie quiere aceptarlas.

Papá se sienta y toma un sorbo de vino, frunce el ceño al darse cuenta de que tiene la copa vacía y vuelve a llenarla.

—Todo es culpa mía, todo es culpa mía —repite como un loro—. Así es como Thomas se ganó su reputación de, ¿cómo lo llamabas? ¿Diablillo? Vosotros dos os pasabais el día inventando alguna trastada. Y después tú siempre te sentías culpable. No dejabas de disculparte y de hacer promesas: «Seré *gut* toda la semana, ¡muy *gut!*», y lo eras. Naturalmente, siempre dábamos por hecho que las trastadas eran cosa de Thomas.

—Él no deja de decirme que todo era siempre idea *mía* —protesto—. ¿Sabías que lo de venir este verano fue idea suya y no de su madre?

—Ja, ja —Papá se ríe alegre como un duendecillo—. Al principio no, pensé que habías sido tú, como lo del gato.

—Papá —digo con cautela—. Yo no traje a *Umlaut* a casa.

—*Nein?* Es igual, después de la fiesta llamé a la madre de Thomas y me dijo que él le había dicho que había sido idea tuya. —Me ofrece la copa—. Te he echado de menos.

Tomo un sorbo —amargo y avinagrado— y digo:

—He estado aquí.

—¿Ah, sí?

Su voz no es áspera —como el vino—, pero escuece. Si todo el mundo me está diciendo que sólo estoy aquí a medias, quizá todos tengan razón.

—Yo también te he echado de menos —le digo. Papá flexiona las rodillas y contempla el jardín enmarañado—. Y añoro a Grey.

Vuelvo a beber vino para ocultar mi vergüenza. Nunca hemos hablado de esto. Nos hemos escondido, hemos evitado el tema.

—*Ich auch.* (Yo también). No sé…, ¿lo he hecho mal? ¿Lo de dejar que Ned y tú encontrarais vuestro camino? Cuando tu mamá murió, Grey hizo lo mismo por mí. Se mantuvo al margen. Me dejó descubrir. —Papá guarda silencio y me quita la copa de vino de la mano—. *Liebling.* Has estado leyendo los diarios. Ahora ya sabes que estaba enfermo, ¿sabes lo de la radioterapia?

*R

*R

*R

¿Radioterapia? El vino y la segunda declaración sorprendente del día me adentran en el crepúsculo. Pienso en los cambios de humor de Grey del último verano. En los días en que se iba pronto a la cama. En todas las veces que pasé con la bicicleta por delante del Book Barn y me encontraba la puerta cerrada. En eso de que pensara regalarme un libro para mi cumpleaños. La voz de Thomas en la cocina, diciendo «morfina».

Y en Grey saltando por encima del fuego. Pidiendo a gritos una muerte vikinga.

—No. No lo sabía.

Todos esos secretos se hacen pedazos.

—*Ja, liebling*—dice papá. Se toma el vino hasta que sólo queda un poco en la copa, después me la da—. Ve despacio, que ya tengo bastante con Ned. Linfoma de Hodgkin. —Paladea las palabras, desconocidas—. Cáncer. Durante un tiempo. Siempre hubo riesgo de apoplejía. Pero aun así. No le quedaba mucho tiempo, y él no quería que lo supierais. Tú y Ned teníais exámenes. Ya habíais perdido a vuestra madre. A él le gustaba que todo el mundo estuviera contento, ya sabes.

Y yo pensaba que teníamos todo el tiempo del mundo. Me había pasado un año aferrada a un deseo absurdo. Me duele un poco dejarlo marchar. Había echado raíces. Entonces vierto el vino en la hierba: un ritual. Y por fin, la culpa se disipa como el humo en el aire.

Papá me está mirando. «*Ich liebe dich mit ganzem Herzen*», dice. «Te quiero con todo mi corazón.»

Ned elige este momento tan conmovedor para poner AC/DC, que suena a todo volumen por la ventana.

—¿*Ist* tu hermano? —pregunta papá haciendo una mueca.

—Iré a buscarlo.

Me levanto y corro hasta su ventana dejando mis sentimientos en la hierba. Tulipanes amarillos y agujeros de gusano y un deseo. Me ha estado atormentando durante un año, pero ahora se ha ido.

—¡Ned! —Aporreo la ventana—. Nos estamos emborrachando.

Asoma la cabeza automáticamente.

—¿Por qué motivo?

—Grey.

—¿Te acuerdas de las babosas? —le pregunto.

—Las babooooooosas.

Ned alarga la palabra hasta la luna mientras se deja caer hacia atrás en el césped. Llevamos aquí fuera desde que he aporreado su ventana y el crepúsculo ha dado paso a la oscuridad; estamos compartiendo nuestras anécdotas preferidas sobre Grey. La ropa colgada en el árbol. La historia de la naranja congelada. Las babosas.

Fueron la primera prueba de Grey en su camino a la iluminación. Había leído todos esos libros, se hizo vegetariano durante un tiempo, empezó a meditar. Comenzaron a aparecer pequeñas estatuas de Buda por toda la casa y Grey tenía las piernas llenas de picaduras porque no mataba ni un solo mosquito.

El verano y los mosquitos dieron paso al otoño y a los murgaños. Hacia octubre empezó a llover. Y la lluvia trajo babosas, y las babosas trajeron más babosas, y las babosas fueron consiguiendo, muy lentamente, que Grey perdiera la paciencia. Pasó algunas semanas recogiendo los bichos del suelo y lanzándolos al jardín de los Althorpe.

Y entonces, una noche, nos despertó a todos a las dos de la mañana gritando: «¡Al cuerno con la iluminación!», y Grey empezó a golpear el suelo con una azada. Una masacre.

—¿Alguna vez os he contado lo de Grey con las campanas? Se quedó ahí plantado —papá gesticula en dirección a la iglesia— y empezó a gritarles que se callaran.

Sonaron campanas después de su funeral, resonaron al atardecer. Todos nos quedamos callados. Ned se levanta como puede.

—Deberíamos hacer algo —dice, rompiendo el silencio.

—Es tarde —opina papá—. Es hora de ir a la cama. Se acabaron las fiestas, y nada de beber.

—Me refería… —comenta Ned poniendo los ojos en blanco— a Grey. Ya casi ha pasado un año. ¿No deberíamos pedir que doblaran las campanas?, vale, igual no. ¿Fuegos artificiales?

—Si os parece bien a los dos, quizá podríamos esparcir las cenizas —dice papá—. Están en la caseta del jardín.

—¿En la *caseta*? —grita Ned—. ¡No puedes guardarlas en la caseta! Es…, es…

—¿Dónde las guardarías tú, *Liebling*? —pregunta papá con la cara arrugada por la confusión—. Bueno, Gottie las dejó ahí.

—Yo… *¿qué?* —me atraganto con el vino.

—Yo las metí en uno de los budas, y tú los recogiste todos —explica levantándose—, así que están ahí.

—Papá, cuando dices que están en *uno* de los budas… La mitad de ellos están de vuelta en casa. ¿Sabes cuál es?

—Sé cuál es —afirma. Está claro que siempre lo ha sabido. ¿Es tan difuso y ausente como yo pienso o, sencillamente, es que no me fijo en él?—: Iré a buscarlo. Empezad a pensar dónde podemos hacerlo. Quizá aquí.

Desaparece en la oscuridad.

—Aquí... —digo—. ¿Crees que se referirá al jardín?

Ned resopla y volvemos a la normalidad.

—Un poco macabro. Supongo que podríamos esparcirlas cerca del Book Barn, o en los campos. ¿Tú qué crees?

Espero a que papá vuelva de la caseta, con una caja de madera en la mano. La deja con suavidad en el césped justo entre nosotros. Es inaceptablemente pequeña.

—¿Grots? —me apremia Ned—. ¿Dónde deberíamos esparcirlas?

—En el mar —digo, porque Grey quería morir como un vikingo.

No hay ningún otro sitio. El mar es el único sitio lo bastante grande, y la caja es demasiado pequeña. ¿Cómo puedes albergar todo el universo en la palma de la mano?

Domingo 22 de agosto

[MENOS TRESCIENTOS CINCUENTA Y SIETE]

Ojalá ya supiera cómo funciona el mundo. Porque me he despertado pronto con un fuerte dolor de cabeza y con el correo electrónico de Thomas en la mano. Y ahora puedo leerlo.

De: thomasalthorpe@yahoo.ca
Para: gottie.h.oppenheimer@gmail.com
Fecha: 4/7/2015, 17:36
Asunto: Par de Dos

La respuesta es sí, claro.
Pero creo que ya lo sabías.
¿No ha sido siempre sí entre nosotros?
Quiero contemplar las estrellas contigo.
Y lo que sea que tengas que explicarme, me lo creeré.
Porque, recuerda…
Las cosas pueden ponerse feas y bastante horribles, pero la cicatriz que tengo en la mano te hace jodidamente eterna.

Lo leo una docena de veces y sigue sin tener sentido. Las estrellas, eso es evidente, las de plástico que él pegó a mi techo. Pero ¿a qué está diciendo que sí? ¿Qué le he explicado que afirma creerse? Y me dan ganas de estrangularlo: ¡ésta no es exactamente la clase de advertencia clara que envías si vas a cruzar todo el Atlántico para ir a ver a alguien! Pero es completamente típico de Thomas: unas líneas escritas con el corazón, un gran gesto y un poco alocadas, sin pensar en las consecuencias.

Creo que sé por qué puedo leerlo también, y no tiene nada que ver con la excepción de Weltschmerz. Por fin me he perdonado por la muerte de Grey. Me he dado permiso para tener un poco de amor en mi vida.

Y ya sé qué gran gesto puedo hacer. Todavía en pijama, cojo la mochila del armario y cruzo la niebla del alba hasta la cocina.

Cuando me subo al manzano, ya brilla el sol. Mientras *Umlaut* persigue ardillas por las ramas, yo me aseguro de que no haya ranas, no quiero pisar ninguna por accidente. Después, poco a poco, voy vaciando la mochila y lleno la caja minúscula. El alga del mar. Monedas canadienses, el mapa del tesoro y mi constelación, las pequeñas estrellas de plástico, una bola de calcetines de Thomas, la servilleta manchada de helado de la feria de ayer. La receta que él me escribió.

Y los terribles y aplastados resultados de mi primer intento en solitario de hornear algo esta mañana: una magdalena de chocolate.

Cierro la tapa y le pongo un candado para que la abra Thomas; esta cápsula del tiempo de nuestro verano. Es lo mejor que puedo hacer. Luego me recuesto en la rama, y empiezo a escribirle un correo electrónico con el móvil.

De: gottie.h.oppenheimer@gmail.com

Para: thomasalthorpe@yahoo.ca

Fecha: 24/8/2015, 11:17

Asunto: Gallina

Par de Dos, ¿te acuerdas? Resulta que uno de los dos es peor que el otro. No puedo explicarlo, pero necesito que vengas y abras la cápsula del tiempo conmigo. Ya sé que no tienes ningún motivo para hacerlo. Pero no sé cómo vivir sin ti.

Si necesitas algún motivo más, imagíname ahora, tendiéndote el dedo meñique. Y diciendo: Ey, Thomas, te reto.

Leo lo que he escrito. Pienso en el correo de Thomas y que me dijo que era una respuesta al mío. Mis dedos se mueven por instinto y cambio la fecha al 4 de julio. Y sé que funcionará, porque ya ha funcionado. Lo envío y me meto el teléfono en el bolsillo junto a la llave del candado. Ahora sólo tengo que ducharme e ir a buscar a Thomas.

Me estoy levantando y dándome la vuelta en la rama, con un pie suspendido en el aire, buscando un sitio donde apoyarlo, cuando la cápsula del tiempo empieza a cambiar. Primero, el viejo y deslustrado candado que he sacado de la caja de herramientas esta mañana se vuelve brillante y limpio. Después los nombres de la tapa, THOMAS & GOTTIE, desaparecen.

—Vaya —le digo a nadie, a *Umlaut*, medio colgada del árbol. Pensaba que toda esta tontería había acabado después de la fiesta. Después del último agujero de gusano. Excepto que, *um Gottes Willen*, Gottie, pedazo de idiota, ¡excepto que, de pronto, esta mañana he podido leer el correo de Thomas! Hablando de limpiaparabrisas.

Mientras observo la caja, cautivada, las letras reaparecen, seguidas del óxido. La cerradura vuelve a oxidarse a la velocidad del rayo. La cápsula del tiempo palpita de delante hacia atrás, cada vez más rápido: limpia/sucia, letras/vacío, óxido/brillante. Pasado/futuro, pasado/futuro, pasado/futuro. La Excepción de Weltschmerz no empezó cuando murió Grey. Está empezando ahora.

Y cae una gota de lluvia.

A lo alto. No hay ni una sola nube en el cielo. Cuando me cae otra gota de agua, me separo de la cápsula del tiempo y...

—Oh, mierda.

Me parece escuchar a alguien gritando mi nombre mientras me caigo del árbol.

Hace cinco años

—¿Has visto eso? —grita Thomas a través de la lluvia.

Está bastante oscuro, pero he visto ese gato pelirrojo que se metía debajo del anexo.

—Sí, está aquí debajo.

Me pongo a cuatro patas e intento mirar debajo del edificio. La hierba está asquerosa —mojada y pegajosa—, pero ya tengo los vaqueros empapados. Aunque sólo es agua. Soy una niña de doce años, no la Malvada Bruja del Oeste.

—Ven aquí, gatito, gatito.

—¿Qué? No —dice Thomas por detrás de mí—. G, tienes que venir a ver esto.

—Mmmm, un momento.

—G —insiste Thomas con impaciencia—. Olvídate del gato un segundo. Una chica se acaba de caer del árbol.

—Qué dices.

—Geeee….

Suspiro. Thomas lleva raro todo el día, desde el beso/cabezazo. No quiero seguirle su estúpido juego. Quiero coger el gato. Pero me levanto de todas formas y me doy la vuelta mientras me limpio las manos llenas de barro en los vaqueros.

Hay una chica tendida sobre la hierba, debajo del manzano.

De verdad.

Thomas y yo estábamos solos en el jardín. Grey nos ha echado del Book Barn, después ha llegado a casa y nos ha echado también de allí. ¡Increíble! Thomas se marcha hoy a Canadá, y es la última oportunidad que tengo de besarlo —de besar a ALGUIEN en toda mi vida— y no dejan de interrumpirnos. Luego ha entrado el gato. Y ahora esta chica. Se sienta y se frota la cabeza por detrás.

—Ha caído del cielo-ooo —canturrea Thomas arrimándose a mí.

—En realidad —dice la chica desplegando toda su altura—. Me he caído del árbol.

Se protege la cara de la lluvia y nos mira. Me mira a mí.

—Hola, Gottie.

Yo me la quedo mirando alucinada. ¿Cómo sabe mi nombre? Se parece a mi madre, a la que sólo he visto en fotos. En todas se parece a esta chica: morena y delgada, con la nariz grande, y con trasquilones en el pelo, como yo.

—¿No tienes frío? —le pregunto. Yo llevo botas de agua, vaqueros y una camiseta, el suéter de Thomas y un impermeable. La chica va en pijama, lleva una mochila y está descalza. Debe de ser amiga de Grey. Y no lleva sujetador. Es evidente. Lleva las uñas pintadas de rojo descascarillado.

—¿Te has dado un golpe en la cabeza? —pregunta Thomas. Me deslizo hacia él y le doy la mano. Él me la estrecha.

—No, he caído encima del seto.

Se ríe.

Está loca, aquí no hay ningún seto. El gato pelirrojo viene corriendo hasta ella, ronronea y se frota contra su tobillo.

—¡*Sabía* que tendría que haberte llamado Schrödinger! —le dice, y después se vuelve para mirar hacia lo alto del manzano—. ¡Guau! Es un bucle temporal paradójico.

«¿De qué está hablando?» Thomas me mira y muy despacio, para que ella no me vea, me señalo la oreja con el dedo y dibujo algunos círculos. Articulo: «Loca».

Pero ¿cómo puede sonreír si se marcha hoy? ¿Es que no le importa?

—Pero ¿por qué aquí? ¿Por qué se abre hoy y no en cualquier otro momento? ¿Es por la cápsula del tiempo? —murmura la chica al árbol. Entonces nos mira—. Oíd, Par de Dos. ¿Podéis hacerme un favor?

—No —digo al mismo tiempo que Thomas dice: «Sí».

Lo fulmino con la mirada.

—Cuando me haya marchado, subid a este árbol a ver qué encontráis —dice la chica sacándose algo del bolsillo y lanzándoselo a Thomas a través de la lluvia; es un objeto pequeño y plateado.

—¡Tengo un cuchillo! —anuncio. Es verdad.

—Ya lo sé —Me guiña el ojo—. Y no deberías. Gottie. Escucha. Sé que debería decirte algo superinteligente en este momento. Como, habla con papá. Cómete la verdura. Llama a Ned cuando esté en Londres. Préstale atención al mundo. Di que sí cuando alguien te pida que hagas un pastel. Haz gestos significativos. Sé valiente.

Se ríe.

—Pero…, emm, lo olvidaremos, y lo haremos todo mal de todas formas. Pero ten cuidado con ese cuchillo, ¿vale? Podríamos hacernos daño.

Y yo pienso: «¿Podríamos?» Pero la chica ya está desapareciendo por el jardín, y Thomas me está tirando de la mano mientras dice:

—Hay algo en el árbol, tengo la llave, vamos.

Y me va a abandonar para siempre dentro de una hora y tenemos que jurar un pacto de sangre, así que trepo detrás de él con el cuchillo en el bolsillo.

Como ya ha pasado, no puedo evitar que mi estúpida versión infantil acabe clavándose el cuchillo en la mano en lo alto de ese árbol, así que voy a protegerme de la lluvia en el coche de Grey. Está aparcado de lado, medio metido en el seto. Le falta una rueda y en su lugar hay varios ladrillos. Hoy vamos al hospital en ambulancia, así que aquí estoy a salvo. No me encontraré con nadie más.

¿Qué he provocado al encontrarme conmigo misma hace un momento? Cuando Thomas me preguntó por los viajes en el tiempo, yo me había mostrado absolutamente convencida al explicarle que esto no podía ocurrir. Censura cósmica. Está claro que me equivocaba: se puede ver más allá de un Horizonte de Eventos. Pero, entonces, está esto: sigo sin recordar lo que ocurrió con el pacto de sangre, aunque sí que recuerdo lo de antes, cuando Thomas y yo estábamos en el jardín, bajo la lluvia. Estoy empezando a recordarlo ahora.

Y, definitivamente, no había ningún gato. Definitivamente no había otro yo. ¿Qué ha cambiado?

La lluvia aporrea los cristales del coche mientras yo intento entender qué falla en mi teoría, lo que podría provocar ese agujero en la memoria. Entonces escucho un grito y me vuelvo para ver al pequeño Thomas corriendo por el jardín, agarrándose la mano ensangrentada y llamando a gritos a Grey, a papá, a la chica del árbol —«ésa debo de ser yo», pienso —, a cualquiera, que vaya rápido.

Papá asoma la cabeza por la puerta de la cocina. Cuando ve a Thomas se pone verde y se da la vuelta. Unos segundos después, Grey sale a toda prisa de la casa.

Y yo me quedo *verklemmt.*

Una cosa es verlo en los recuerdos, leer sus diarios. Recordarlo una y otra vez. Pero esto, lo estoy viendo ahora, en carne y hueso, aquí y vivo...

Me duele darme cuenta de lo mucho que lo echo de menos.

Empieza a cruzar el jardín medio corriendo en dirección al manzano mientras Thomas aúlla y corre detrás de él.

Grey. Grey, vivo, y *aquí,* y yo también estoy aquí, y si pudiera seguirlo por el jardín... Está desapareciendo por detrás de las hojas, ya casi no lo veo, si pudiera hablar con él... Tengo la mano en la manecilla de la puerta, estoy a punto de salir, de correr hasta él, una última vez...

Si pudiera.

Pero no puedo. No es el momento. No es el lugar. Soy el yo equivocado.

Y, en cualquier caso, Grey está saliendo de detrás de las azaleas, con cautela y prisa. Lleva a la otra Gottie en los brazos. Ya estoy con él. Otra yo, en otro momento, siempre estaré con él.

Me río, un poco, entre las lágrimas. Viendo mi cara de pequeña, obstinada, con esa satisfacción de diablillo, emborronada por el dolor y la confusión. ¡Y orgullosa! Pienso que parezco segura. Creo que Sof tenía razón: Grey era el padre de todos. Era mi padre. Ahí estoy, en sus brazos.

Todo el amor que hemos perdido me golpea como una ola del océano.

Ahora se oyen sirenas; papá debe de haber llamado a una ambulancia. Y hay gritos, y hay dolor.

Dios. ¿Por qué no consigo recordarlo?

¿Es porque hay dos versiones de mí? ¿Y por qué no había dos versiones de mí cuando retrocedí una semana hasta la cocina? Me inventé todo eso, lo de que el universo te esconde en un canutillo minúsculo, pero quizá sea cierto, y ahí es donde ha estado mi memoria todo este tiempo.

O quizá sea esto: como sólo habían pasado siete días, yo era la misma persona, no había cambiado. No podía encontrarme con mi yo de hacía una semana, debido a la causalidad. Esto es distinto. Yo a los doce años, y yo a los diecisiete: hay un abismo de dolor entre nosotras. Yo me perdí cuando murió Grey, y ya no queda ni una sola partícula de la persona que era antes. Puedo encontrarme con mi yo de antes porque no somos la misma persona. Ya nunca volveré a ser esa chica.

Thomas corretea para seguir el rimo de las zancadas de siete leguas de Grey. Entorno los ojos intentando ver lo que lleva en la mano. Corre por el jardín con la mano sana cerrada. ¿Las monedas canadienses? Tiene la boca manchada de chocolate. Y espero que lleve una receta en el bolsillo. No mira ni a izquierda ni a derecha, ni a mí, que estoy en el coche: corre detrás de Grey, detrás de mí, hasta la cocina. Y entonces nos marchamos.

Es hora de volver a casa.

La lluvia está aflojando cuando salgo del coche y cruzo el jardín. Debajo del árbol me encuentro el cuchillo abandonado en la hierba. El agua se ha llevado la sangre. Me lo meto en el bolsillo, después trepo por las ramas.

Umlaut me está esperando junto a la cápsula del tiempo abierta. El candado está al lado, y todas las cosas que yo había metido antes —el alga, las monedas— ya no están. ¿De verdad iba a conseguir que volviera Thomas con un par de calcetines viejos?

Me siento en la rama de siempre, saco una libreta de la mochila y me pongo a escribir.

EL PRINCIPIO DE GOTTIE H. OPPENHEIMER, V7.0.
UNA TEORÍA GENERAL SOBRE EL SUFRIMIENTO,
EL AMOR Y EL SENTIDO DEL INFINITO, O:
LA EXCEPCIÓN DE WELTSCHMERZ.

Querido Thomas:

Me prometiste que te creerías cualquier cosa que te dijera. ¿Te acuerdas? Bueno, pues ahí va.

Los viajes en el tiempo son reales.

Hace cinco años, tú y yo creamos accidentalmente un bucle temporal paradójico. Es el destino.

¿Qué es un bucle temporal paradójico? Pues mira, si haces un canutillo... ¡Es broma! Es un agujero de gusano que existe porque existe. ¿Sabes la ecuación que escribí en tu correo electrónico? Mi profesora de física dijo que era un chiste. Describe la abertura de un agujero de gusano en el presente, porque, al mismo tiempo, se está abriendo en el pasado. Es imposible, ¿no?

Pues yo no estoy de acuerdo.

Es real. Y creo que su poder procede de la energía negativa, o la materia oscura, que existe de forma natural en el universo.

Creo que sale de la tristeza.

Yo ya había perdido a mi madre. Ya había tristeza en mi mundo. Las circunstancias para que se diera la excepción de

Weltschmerz (luego te explico esto) eran ideales. Y tú eras más que mi mejor amigo. Éramos incuestionables. Cuando te marchaste, lo único que me quedó fue una cicatriz, un agujero en la memoria,* y la idea de que no quisiste besarme. ¿Te rompí el corazón? Tú me lo rompiste primero. Así que estamos en paz. Por eso el bucle vuelve a este día en particular (te estoy escribiendo esto desde nuestro árbol, el día que me cortaste la mano, por cierto).

Cuando mi abuelo murió, yo implosioné. Fue la segunda vez que se me rompía el corazón, y eso completó el bucle. ¿Podría haber retrocedido cinco años por un agujero de gusano si Grey no hubiera muerto? ¿Su muerte me hubiera destrozado si no te hubiera perdido a ti antes? Para decirlo de otra forma: ¿me habría dolido tanto perderte si no hubiera perdido a Grey en el futuro?

Y después está este verano. Se supone que no deberías estar aquí. Estás aquí por un correo que yo te envié. Pero sólo lo mandé porque tú ya estás aquí. Cuando vuelves a Holksea, el tiempo se vuelve loco. Creo que desencadenaste algo. ¿Qué encontramos aquel día en el árbol? Todavía no lo recuerdo, pero voy a intentar adivinarlo: unas monedas canadienses, que te llevaste a Toronto. ¿Compraste un cómic con ellas y te lo trajiste en el avión este verano? Este julio me has escrito una receta para hacer bizcocho de chocolate, y la encontraste hace cinco años; ¿es por eso que quieres ser pastelero?

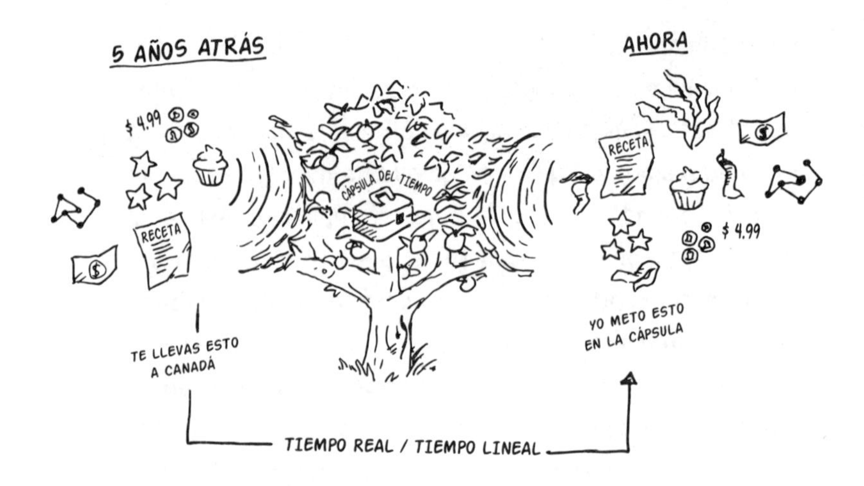

El universo ha estado hecho un lío tratando de corregir todas estas paradojas.

Se llama Excepción de Weltschmerz.

Las reglas del espacio-tiempo no funcionan. Cuando me rompiste el corazón, el mundo se dividió en mil líneas temporales. En tu versión del universo, recibiste un correo que yo te envié. ¿Quieres saber por qué ha sido un verano tan raro? Porque, cada vez que lo mencionabas, saltábamos a una línea temporal nueva. ¿Sabes que las partículas llegan a su destino sin viajar hasta allí? Ésa era yo. A veces el tiempo se congelaba, como un nudo en un cordel. O se curvaba y se distorsionaba por completo, y hacía que saliera de mi habitación una noche lluviosa y saliera en una cocina cálida la semana anterior. Donde te besé. (¡Es un secreto que nunca te había contado!)

Existen años de dobleces y giros, pero el mundo me sigue enviando al verano pasado, porque ahí es donde necesitaba estar. Y, por eso, quiero decirte: gracias.

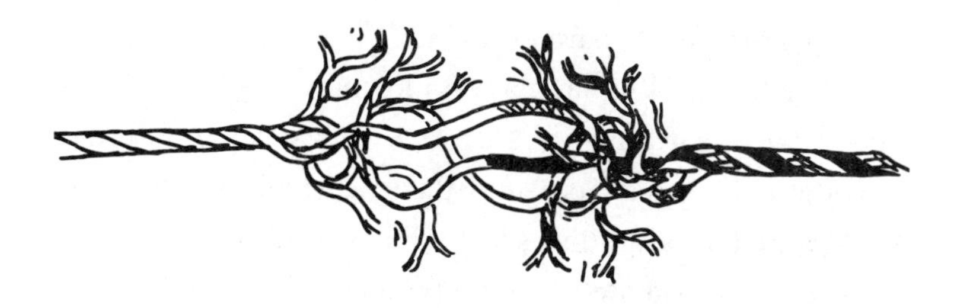

Eternamente tuya,
G. H. Oppenheimer x

*PD: Ese recuerdo está en algún canutillo minúsculo en alguna parte. Perdido en el espacio-tiempo. Ya no lo necesito.

Escribo la fecha del futuro, 24 de agosto, en el encabezado, después meto la carta en la cápsula del tiempo, cierro la tapadera y echo el candado.

El efecto es instantáneo. Primero florece el manzano. En cuestión de segundos los pétalos empiezan a caer como si fueran confeti. El sol sube y se pone, sube y se pone, es como un latido de corazón en el cielo. Las nubes pasan a toda velocidad.

—Todo va bien —le susurro a *Umlaut* poniéndomelo sobre el regazo—. Nos vamos a casa.

Ya no tengo miedo. Puedo ver todos los bucles, los salientes y nudos que he hecho en el tiempo. Puedo ver todos los universos a la vez.

Las líneas temporales se sobreponen las unas a las otras. Veo una docena de Gotties distintas corriendo por el jardín, aparecen y desaparecen, cada vez más deprisa. Matemáticamente hablando, todo esto ocurre una y otra vez, cien corazones rotos de cien formas diferentes. Una de las Gotties se despertará debajo de este árbol a principios de verano, con una sensación de *déjà vu,* triste y sola. Me lamento por ella. Pero, para mí, eso forma parte del pasado.

Estoy preparada para el *ahora.*

Ahora los años pasan más rápido, nieve, después sol, después nieve. El jardín es un borrón. Y el cielo conjura un último otoño y las hojas caen, un pedazo de papel pasa flotando. Me levanto para cogerlo: es la página de un libro del futuro. La todavía inexistente ecuación para la Excepción de Weltschmerz. Y veo mi nombre junto a ella, y el título «Dra.».

En un momento de absoluta claridad, lo sé: no lo recordaré todo. No *debería* recordarlo todo. En especial, esto. Así que suelto la página al viento y dejo que vuele hasta la nieve. Desaparece en el aire. Es un secreto que puede guardar el universo. Sale el sol, primero la primavera, después el verano. Entonces cierro los ojos, y bajo del árbol de un salto…

Ahora

Aterrizo en el césped, todavía tengo el pijama empapado.

Me siento un poco mareada, me quito la mochila y miro a mi alrededor. El césped está segado y percibo el olor a hierba recién cortada. Rosas amarillas, cientos de ellas, se derraman por encima de la ventana de la cocina.

Echo la cabeza hacia atrás y veo mi habitación, del revés. La hiedra está recortada y veo parte de las cortinas que cuelgan por el interior de las ventanas. Por detrás, y contra todo pronóstico, me parece ver el brillo de las estrellas.

Cortinas en mi habitación. Rosas amarillas, no son de color melocotón. El cosmos de Thomas vuelve a estar en mi techo. Mil detalles diminutos, mil cambios progresivos. He rehecho el universo. Mejor. Es el fin de mi *Weltschmerz*.

Una repentina explosión de Black Sabbath ruge en el jardín procedente de la habitación de Ned. Algunas cosas siguen igual. Y cuando vuelvo a echar la cabeza hacia delante, veo que Thomas me está mirando desde el manzano, medio oculto entre las hojas. ¿Fue él quien gritó mi nombre cuando me caí?

—Bienvenida de vuelta —dice. Sonríe.

—Emm. Hola. —Miro hacia arriba—. ¿Qué estás haciendo?

—Leyendo tu carta.

Me enseña las páginas por entre las hojas. Si está sorprendido por lo que escribí, o por el hecho de que yo lleve un pijama mojado un día soleado, o por que tenga los pies llenos de barro, no se le nota. A menos que... Los recuerdos del verano flotan a mi alrededor como la pelusa de los dientes de león.

«¿Te acuerdas? Aquel día junto al manzano con la cápsula del tiempo. Aquel día tenías el pelo corto.»

«La cápsula del tiempo. Quizá la hayamos abierto demasiado pronto.»

«Hornéalo a 180° durante 40 minutos. Hasta tú puedes hacerlo. Confía en mí.»

—Me refería a esto —digo dejando volar mis pensamientos. Sin importarme lo que sabe, o siquiera si ocurrió así—. En mi jardín. Encima de un árbol.

—Ah. Espera.

Las hojas se agitan y veo un destello en el aire cuando algo pequeño y plateado aterriza a mi lado en el césped.

Lo recojo. La llave del candado, la que le lancé a través de la lluvia a Thomas hace cinco años.

—¿Te la quedaste? —pregunto, a pesar de saber que debió de hacerlo. ¿De qué otra forma habría conseguido mi carta, abriendo la cápsula del tiempo con una motosierra? En realidad, teniendo en cuenta que hablamos de Thomas...

—Ayer, después de la feria, la madre de Niall me echó del sofá —me explica—. Encontré la llave en mi maleta mientras guardaba mis cosas. Y empecé a pensar en el día que abrimos la cápsula del tiempo y descubrimos que no había nada dentro. Me habías prometido un gran gesto. Pensé que por fin era el momento adecuado…

Me mira desde lo alto. Yo levanto la cara para mirarlo a él. Compartimos una cicatriz. Y no tenemos que explicarnos nada el uno al otro.

—Ah, pero te has equivocado en una cosa —dice Thomas—. No era julio, era abril. ¿Tu correo? Soy canadiense. Escribimos las fechas al revés.

Abril… Tiene que ser una broma, ¡físicos aburridos! *Ése* es el factor multiplicador del bucle paradójico, lo que creamos para equilibrar todo esto. *¡¿Umlaut?!*

—Lo siento —La voz de Thomas desciende del árbol y yo vuelvo a mirarlo—. Mira. Cuando recibí tu correo, fue el gran gesto original. —Vuelve a hacer ondear las páginas—. No podía estar seguro., pero merecía que me gastara todo el dinero que gané en la pastelería para averiguarlo. Pensé que tú y yo estábamos predestinados. Que éramos incuestionables. ¡Entonces apareció ese imbécil con su chaqueta de cuero! Me puse celoso.

—¿Y ahora?

—Me senté en el árbol, me asustaba que hubieras desaparecido, y esperé a que volvieras. Me acordaba de ti y de Grey aquel día, de lo mucho que él te quería; me echó la bronca de mi vida por haberte hecho eso en la mano. Cualquiera se habría quedado destrozado después de su muerte. Yo no me lo tomé lo bastante en serio. Todo por lo que estabas pasando.

Recorro su cara con la mirada, sus pecas están demasiado lejos como para poder verlas. Se marcha dentro de una semana. Pero aquí estamos. Estoy cubierta de minúsculas briznas de hierba, él está escondido en un árbol… Quizá estemos lo bastante locos como para que esto funcione.

—Oye, Thomas —digo. Cierro el puño, lo levanto para arriba y extiendo el dedo meñique—. Te reto.

Cuando aterriza a mi lado en la hierba, me doy media vuelta para mirarlo. No le busco la mano todavía. Me limito a asimilarlo todo. Todavía tengo el pijama mojado de una lluvia de hace mucho tiempo, pero el olor es agradable. No es exactamente petricor, es algo diferente.

—¿Crees que si nos hubiéramos escrito cuando te marchaste podríamos habernos ahorrado todo esto?

—Qué va —afirma Thomas. Alarga la mano y me quita un pétalo de flor del pelo, lo mira frunciendo el ceño y lo deja caer—. Quizá entonces no habría pasado. Ya sabes, los canutillos y todo eso. Ahora pregúntame otra vez por qué estoy en tu jardín.

Pega la frente a la mía y sus gafas chocan con mi nariz.

—¿Por qué...?

—No podía marcharme a Manchester sin prometerte que volveré. Te visitaré. Te escribiré. Correos. Haré fortuna con la pastelería y me reuniré contigo por todo el país antes de que te marches a estudiar ciencias por ahí y te olvides de mí.

Sé que tiene ganas de agitar las manos, pero es difícil de hacer cuando estás tumbado.

—Hagamos una cápsula del tiempo nueva —digo con la boca a escasos momentos de la suya—. Para darte un motivo para volver. Quizá podamos meter el estéreo de Ned dentro.

Thomas se ríe.

—G, yo sé vivir sin ti. Pero la vida es mucho más interesante contigo.

—Y supongo que ése —le digo, cogiéndole la mano— ha sido siempre el sentido de todo.

Esta vez, cuando nos besamos, el mundo no termina. El universo no se para. Las estrellas no se caen del cielo. Es un beso normal.

La clase de beso durante el que puedes escuchar el latido de los dos corazones. La clase de beso que sirve para que volvamos a conocernos, bocas y manos y risas, como cuando Thomas encuentra el cuchillo en mi bolsillo, o la torpeza con la que intento quitarle las gafas. La clase de beso que nos deja sin aliento a los dos, cubiertos de césped, entre despedidas y promesas.

La clase de beso que para el tiempo, a su manera.

Uno

Una semana después, celebramos el funeral vikingo de Grey. Le digo a papá que me reuniré con ellos en la playa; primero tengo que hacer una cosa.

Dentro de la librería está oscuro, pero no enciendo las luces; no estaré mucho rato—. En el desván, en un rincón escondido al que nadie se acerca, saco los diarios de Grey de mi mochila. Paso las páginas, veo su caligrafía, viva sobre el papel: ESTOY FURIOSO CON EL UNIVERSO, PERO GOTTIE ME RECUERDA QUE TODO VA A SALIR BIEN. SOY UN VIKINGO.

Aquí no hay ningún bucle temporal y, sin embargo, estoy rodeada de invierno. La nieve cubre los libros. Y recuerdo…

estoy sentada a la mesa de la cocina con la espalda pegada a la chimenea repasando lengua, y preguntándome cómo es posible que sepa explicar $E = MC^2$ *pero no consiga entender los gerundios.*

Estoy enviándole un mensaje a Sof—¿Es una raza de perro?*—cuando entra Grey y se adueña de la habitación. La mesa se bambolea cuando él se acerca al hervidor de agua, canturreando con entusiasmo.*

Me planta una taza delante, después se sienta al otro lado de la mesa y empieza a reírse de lo que pone en el periódico. Yo me tomo el té, y me sobresalto cuando una mano gigante me cierra el libro de golpe.

—Venga, colega —anuncia—. Vámonos de paseo.

Le explico que estoy repasando lengua, pero dejo que me arrastre hasta el gélido jardín. Me agarro con fuerza a la puerta del coche mientras cruzamos los baches de Holksea a toda velocidad, contenta de haber salido de casa.

—¿Sabes que solía hacer esto contigo cuando eras un bebé? Paseábamos en coche por toda la costa. Tú dejabas de llorar y me mirabas. Probablemente pensaras: «Oye, anciano, ¿adónde vamos?» Ned odiaba ir en coche. Pero tú y yo, pequeña, nosotros salíamos disparados hacia el mar. A veces te hablaba, como si me escucharas. A veces no, poníamos música, o sencillamente compartíamos el silencio, como ahora. Lo que hiciera falta, ya sabes, colega.

Me mira.

—Lo que intentas decirme es... —Finjo pensar—. ¿Que no sabes adónde vamos?

Grey se ríe, un gigantesco estallido cósmico.

—¿Metafóricamente hablando?

—Más bien en términos de conducción.

—¿A dónde quieres ir? —me pregunta Grey—. Esto es para ti; una huida de la realidad. Yo sólo soy el chófer. El mundo a tus pies.

La frase me provoca un déjà vu. *Miro el indicador de la gasolina en el salpicadero.*

—Un mundo a tus pies que esté a unos 25 kilómetros a la redonda.

—Entonces vamos a mojarnos los pies —dice entre risas, girando al llegar al semáforo.

Hace demasiado frío para eso, así que nos compramos unos cucuruchos de patatas fritas que gotean vinagre, y nos sentamos en el coche en silencio a mirar las olas entre la niebla. El viento convierte el mar en espuma.

Cuando llegamos a casa se va directo a la cama, aunque sólo son las seis de la tarde.

—Tanto hablar me ha dejado hecho polvo —me dice dándome un beso en la cabeza.

Al día siguiente vuelvo a sentarme a la mesa de la cocina y me peleo con los adjetivos. Grey me revuelve el pelo con su mano gigante cada vez que pasa por mi lado, y se dedica a hacer estofados para hacerme compañía. Escuchamos la radio con estática y cantamos juntos la nada. Estamos felices.

Tic-tac…

Tic.

Toc.

El reloj me devuelve a la librería. Y dejo que lo haga. Consagro una sonrisa al recuerdo de mi abuelo, que me paseaba por toda la costa. Y entonces dejo de vivir en el pasado.

Amontono los diarios en la estantería. El Book Barn es el sitio perfecto para los secretos de Grey. Quizá alguien intente comprarlos. O tal vez desaparezcan. Mientras los escondo detrás de unos libros de bolsillo, me parece escuchar un maullido. Me parece ver una ráfaga de color naranja cruzando el universo.

Y todo ese tiempo se me escapa entre los dedos.

La fecha equivocada en un correo electrónico y un gato que no debería existir. Una cápsula del tiempo que encontramos en un árbol hace cinco años, y el chico que me dio un verano. Una amiga de los años cincuenta y un hermano de los setenta. Un padre que aparece y desaparece y una madre a la que nunca conoceré.

Y Grey. Grey, que todavía me duele el corazón cuando pienso en él. Grey, al que siempre añoraré. Grey, a quien siempre podré volver a encontrar.

Esto es lo que significa querer a alguien. Esto es lo que significa llorar a alguien. Es un poco como un agujero negro.

Es un poco como el infinito.

Ned me está esperando cuando bajo las escaleras. Está apoyado en la mesa, pasando las páginas de un libro y moviendo el pie al ritmo de un sonido invisible. Levanta la mirada y me hace una fotografía cuando me acerco, su cara, por detrás del objetivo, es lápiz de ojos y nariz. El loco de mi hermano mayor.

—Oye, Grots. Todo el mundo está esperando fuera —dice—. ¿Vienes?

—Ahora mismo —le contesto.

Se marcha hacia la puerta, el viento le agita la capa. Me quedo un momento plantada en el porche dejando que mis ojos se acostumbren a la luz. Cuando por fin puedo ver, todo el mundo se está montando en el coche de Grey, por la única puerta que funciona. Ned se está subiendo al asiento del pasajero. Sof y sus lentejuelas entran detrás de él, y luego Thomas. Se da la vuelta para saludarme desde la ventana de atrás. Nos queda un día.

Papá me espera pacientemente fuera del coche, con unas Converse tan azules como el cielo.

Todavía estoy de pie en el filo del escalón, meciéndome sobre los dedos de los pies, conteniendo el aliento y viendo el futuro ante mí —subirme al coche conducir hasta la playa esparcir las cenizas decir adiós volver a casa encender una hoguera escribir una redacción— cuando Thomas asoma la cabeza por la ventana.

—¡G! —grita—. Date prisa, ¡te lo estás perdiendo todo!

Tiene razón. No quiero esperar ni un segundo más. Mi corazón rebosa de color amarillo cuando salgo de la librería, porque todo empieza…

«Ahora.»

Coge una hoja de papel. En una cara, escribe: «Para descubrir el secreto del movimiento continuo, por favor, dale la vuelta a la hoja». Después, en la otra cara, escribe: «Para descubrir el secreto del movimiento continuo, por favor, dale la vuelta a la hoja».

Lee lo que has escrito. Sigue las instrucciones. Y sigue adelante.

Agradecimientos

En recuerdo de mi abuela, Eileen Reuter. Este libro es, por encima de todo, una carta de amor a mi familia, que lo leerán y dirán: «Bueno, no pasó nada de *esto*». Mis padres, Mike Hapgood y Penny Reuter; mi hermana y mi hermano, Ellie Reuter y Will Hapgood; y todos los amigos y conocidos de Rabbit (en especial a Martha Samphire).

Y un millón de sentidos agradecimientos a:

Mi maravillosa agente y amiga, Gemma Cooper, de The Bent Agency, ella me cambió la vida. Es tan sencillo y extraordinario como eso. Su asesoramiento, sus explicaciones y su alegría me cambiaron, a mí y también mi forma de escribir. A los brillantes escritores de Team Cooper. Y a los excepcionales co-agentes y *scouts* de todo el universo (ya estoy pensando en la edición lunar) que trabajaron sin descanso para sacar este libro y sólo se molestaron un poco por mis traducciones alemanas sacadas de Internet. Soy tan, tan *glücklich.*

A mi editora de Roaring Brook Press, Connie Hsu, que me dejó poner todos los localismos y comas del mundo, para después convertir el libro, en silencio y con mucha inteligencia, en algo más atrevido y brillante de lo que jamás me habría atrevido a imaginar: gracias. A Elizabeth H. Clark por haber plasmado tan bien el mundo de Gottie en la portada estadounidense; a Kristie Radwilowicz por las fantásticas ilustraciones, y a todo el equipo de publicación por decir: «*Ja!*» a una extraña novelita inglesa llena de localismos.

En el Reino Unido, a mi otra editora (esto es como los martinis, dos es la cantidad perfecta), Rachel Petty, que me convenció ayudándose de Judy Blume y de vino, y me animó a plasmar mis días de baños en cueros sobre el papel; a Rachel Vale por la portada, y a todo el personal de Macmillan Children's Books por su entusiasmo infinito.

¡El aquelarre! No hay que meterse en la cueva de la escritura sin un buen aquelarre. Jessica Alcott, que manda los correos electrónicos más largos del mundo (en serio, la tecla para borrar existe) y se ríe de mí, bueno, *continuamente*; a Mhairi McFarlane, que se ofreció amablemente a leer los tres primeros capítulos, no le parecieron odiosos y citó a Batman cuando más lo necesitaba; a Alwyn Hamilton, de las trincheras de la edición, y a John Warrender, a regañadientes, supongo. En fin.

Por haberles robado el nombre de una forma tan descarada: Bim Adewunmi, Megumi Yamazaki y Maya Rae Oppenheimer. Por los libros, Stacey Croft. A A. J. Grainger, por las clases; a Keris Stainton, por las lecciones de escritura; a Genevieve Herr, por mandarme a ver a Gemma; y a Sara O'Connor, por el curso intensivo de novela. Quiero darle las gracias a Georgina Hanratty y al doctor Luke Hanratty por los consejos sobre física: cualquier error que haya en la novela es sólo mío. A la gente de YALC, al equipo

#UKYA y a los blogueros literarios. Y por sentarse en lo alto del manuscrito a la mínima ocasión, a Stanley, mi gato.

Y por último, quiero decir que no podría haber escrito ni una sola palabra sin mis amigas. Nunca dejará de sorprenderme, y les estaré eternamente agradecida, que sigan abriéndome la puerta del pub después de que las abandonara durante meses a favor de los mundos imaginarios. Catherine Hewitt; Jemma Lloyd-Helliker; a las 5PA: Rachael Gibson, Isabelle O'Carroll, Laura Silver y Emily Wright, y al videoclub: Dot Fallon, Anne Murphy, Maya (¡otra vez!) y, más que a nadie, a Elizabeth Bisley: la mejor piloto y ser humano del mundo.